回旋城

The Whirling City

左小权 著

相信自己的IQ吗？那么，欢迎你来到回旋城！
前世巫师创造的平行空间 在我们身边秘密地回旋
两个世界，同一样的关爱、阴谋、仇恨、善良、贪婪、决心
两个世界，指向同一个2012

重庆出版集团
重庆出版社

图书在版编目(CIP)数据

回旋城 / 左小权著. —— 重庆：重庆出版社，2011.7
ISBN 978-7-229-04308-7

Ⅰ.①回… Ⅱ.①左… Ⅲ.①长篇小说－中国－当代 Ⅳ.①I247.5

中国版本图书馆CIP数据核字(2011)第125530号

回旋城
HUI XUAN CHENG

左小权 著

出 版 人：罗小卫
策   划： 重庆日报报业集团图书出版有限责任公司
责任编辑：吴向阳 余音潼
特约编辑：徐昕叶
封面设计：何海林
装帧设计：何海林

重庆出版集团
重庆出版社   出版

重庆长江二路205号 邮政编码：400016 http://www.cqph.com
重庆华林天美印务有限公司印制
重庆出版集团图书发行有限公司发行
E-MAIL：fxchu@cqph.com 邮购电话：023-68809452
全国新华书店经销

开本：787mm×1 092mm 1/16 印张：16.75
2011年9月第1版 2011年9月第1次印刷
ISBN 978-7-229-04308-7
定价：28.00元

如有印装质量问题，请向本集团图书发行有限公司调换：023-68706683

版权所有   侵权必究

目 录
CONTENTS

一、403号房间的男人 …………………………… 001

二、黑暗时代 …………………………………… 031

三、世界 ………………………………………… 050

四、真实之路 …………………………………… 075

五、回旋之城 …………………………………… 091

六、匪夷所思 …………………………………… 111

七、背叛 ………………………………………… 134

八、从被抹去的历史中抹去的历史 ……………… 160

九、黑暗前的黄昏 ……………………………… 176

十、Fairy Land ………………………………… 192

十一、改变事实 ………………………………… 218

十二、灰色的新世界 …………………………… 236

尾声：邀请函 …………………………………… 258

一、403号房间的男人

雷婉红收到了一个邮寄包。

寄信人的名字是，华欣。

那是雷婉红的初恋情人。5年前，还在大学里念书的她是那么深地爱着他，天天盼着毕业，盼着穿上洁白的婚纱，和他一起步入幸福的结婚殿堂。

可是，就在大学的最后一年，两个人却突然分手了。

分手，对于初恋的人们来说，也许并不算是什么新鲜事。分手的理由也是千篇一律，什么门不当户不对啊，性格不合啊，移情别恋啊，感情不成熟等等。可是，要说到华欣跟雷婉红分手这事儿，还真太让人难以接受了。

就在大学毕业的最后一年，华欣死了。

准确地说，应该是失踪了。

雷婉红永远都忘不了5年前的那一天下午，正在KFC中一边喝着咖啡，一边跟自己畅谈着人生未来的那个自己深爱的男人，突然接到一个电话。

华欣拿起手机，听着话筒中传来的声音，他什么都没有说，但表情却变得异常严肃起来。

挂上电话之后，华欣立刻从座位上站了起来。

"婉红，我有急事，得离开两天，等着我回来。"

说完，华欣头也不回地冲了出去。

雷婉红有些懵了，在她记忆当中，华欣还是头一次在约会中这样离她而去。

"我有急事，得离开两天，等着我回来……"

这算什么？打发小孩子呢！

"你等等！"

雷婉红追了出去，可华欣早已消失在汹涌的人群之中。

雷婉红立刻拿出手机，拨打了华欣的号码，通了，可没人接。她有些生气了，刚才还在说着要让自己嫁给他，要照顾她一辈子的男人竟然就这么一溜烟地走了，这也太让人没有安全感了。

无论发生了什么事情，这都是不可原谅的。

"给你两分钟时间，给我回电话，否则你永远都见不到我了。"

在编辑好这条短信，发送出去之后，雷婉红便静静地等待着。

两分钟过去了，5分钟过去了，10分钟过去了……

雷婉红再次拨打华欣的电话，竟然关机！

一种不祥的预感升上心头，和华欣交往的这两年多的时间里，为了让雷婉红随时都能找到自己，华欣的身上从来都带着两块备用的手机电池，他的手机是不可能没有电的。

也就是说，是他主动关了手机。

为什么？

他走得这么急，到底是什么事情？

雷婉红思索着。在大学里主修心理学的她，逻辑思维能力是非常强的。

到底是什么事情？什么事情会让他走得这么急？什么事情是他不能告诉自己的？什么事情让他把手机都给关掉了？

走得急，说明是非常重大的、不能耽误的急事；没有告诉自己，有可能是因为没有时间告诉她，也有可能是……不能让自己知道。可他有什么事情是不能让自己知道的呢？难道是……去见别的女人了？

雷婉红的心脏激烈地跳动着，她从来没有怀疑过华欣对自己的忠诚，他从来就没有做过能够引起她怀疑的事情。在这个时候关掉电话，唯一的理由就是不愿意让自己打电话给他。是啊，只有在和其他女人见面时，才会不方便接听自己的电话。

难道说，他瞒着自己，和其他女人之间发生了必须要立刻去解决的事情？

雷婉红只觉得自己的胸口像是燃烧起来了一样难受。对于只有21岁，初尝爱情甜蜜的她，轻易地就被嫉妒的火焰给吞噬了。

她一遍又一遍地拨打着华欣的电话，依然关着机。

1天过去了，2天过去了，3天过去了，华欣连一点音信都没有。

这3天的时间里，雷婉红问遍了学校中所有认识华欣的人，全都没有他的消息。嫉妒的火焰逐渐熄灭，随之而来的是深深的恐惧与不安。

一个礼拜过去了。雷婉红知道，她再也不能这样等下去了。

于是，她去警察局报了案。第二天，寻找华欣的寻人启事，上了电视新闻，上了报纸。可是，仍然没有任何回应。

一个活生生的人，难道就这么人间蒸发了？他一定是出了什么事，不然绝不会不和自己联系的。

那段时间里，雷婉红简直要崩溃了。想着华欣的音容笑貌，想着他在自己耳边说的那些甜言蜜语，往日种种，浮上心头……无论如何她都无法接受所发生的这一切。

没有任何人知道华欣那天到底干什么去了。除了给他打电话的那个人！那是唯一的线索。

通过电信公司的记录，雷婉红找到了当天打给华欣的那个电话号码。

13434343434，奇怪的手机号码。不过，幸运的是，对方不是用的公用电话。

根据记录显示，这个号码近期内只呼叫过一次，时间正好是华欣失踪的那一天。

雷婉红觉得有些压抑，又有一些激动，用颤抖的手按动着手机上的数字键。

"嘟……嘟……"的声音响了起来，通了！

雷婉红的心跳加速，汗水也从额头上渗出。

"嘟嘟"的声音响了6下，没人接听。

然后，电话自动切换到了应答录音上。

"艾萨克雷斯……艾萨克雷斯……"

电话那头传来一个苍老而低沉的男人的声音，不！如此恐怖的声音，也许根本就不是活人能够发出来的。

"艾萨克雷斯……艾萨克雷斯……"

那声音像是恶魔的诅咒，又像是死亡前的呐喊，雷婉红感到一阵惊悸，拿着电话的手剧烈地颤抖……

"啪！"电话落到了地上。雷婉红深深地吸了口气，尽量让自己平静下来。

当她把地上的手机再捡起来，放到耳边的时候，电话那头早已经断线了。

而之后，那个号码再也没有拨通过。

这一切实在太奇怪了，"艾萨克雷斯……艾萨克雷斯……"连续两年的时间，这个可怕的声音一直在雷婉红的脑海中回荡着。好几次，她在梦中见到华欣血流满面地站在自己面前，带着怪异的笑容，充满瘴气的嘴唇上下翻动着："艾萨克雷斯……艾萨克雷斯……"

噩梦，简直就是一场噩梦！

艾萨克雷斯，这到底是什么东西？那个再也打不通的电话唯一的一次打通，就像是故意为了让她听到这个声音而存在的一样。

雷婉红用尽了一切办法，网络上，图书馆里，古老的文献上……但依然找不到任何关于"艾萨克雷斯"的信息。

5年过去了，那个像鬼魂一样附在雷婉红耳边的声音，终于也渐渐地消散了。可就在这时，她竟然收到了一个邮件包，而寄件人——华欣！

失踪2年以上的人，基本被当做死亡人口对待。3年前，华欣的死亡证明还是雷婉红陪着他那悲痛不堪的双亲去公安局领取的。

这是谁搞的恶作剧？

还是说，华欣还活着？

邮寄包是一个叫做"荒落"的快递公司送来的，上面没有寄信人的地址，也没有任何联系电话，就连那个面貌猥琐的快递员，也在将邮寄包交给雷婉红之后，便一溜烟地离开了。

这个只有一台笔记本电脑大小的包裹，重量还不到2公斤，拿在手中，却让雷婉红感觉到无比沉重。

这里面装着的，究竟会是什么？

回到家中，雷婉红拿出剪刀，把封在包裹上的胶布剪开，小心翼翼地打开。

她首先看到了一张纸，纸上写着："婉红，拿着这里面的书，去找风铃大街13号403房间里的人，只有他能救我。"

纸上的笔迹凌乱，显然是仓促之中写下的。

这真的是华欣寄过来的吗？

雷婉红曾无数次地告诉自己，华欣已经不在这个世界上了，自己还年轻，还有新的生活，必须忘了他。

她都已经快要忘记他了，可这个时候，竟然让她收到了这样一封奇怪的信。而这封信上，很明确地传达了3个信息。

1．华欣还活着，但很危险；2．这里面装着一本很重要的书；3．只有住在风铃大街13号403房间里的人，可以救他。

雷婉红的心脏无规律地跳动着，这上面写的是真的吗？第一个信息完全无法得到验证，第三个信息暂时也无法得到验证，那么，只能从第二个信息提到的书进行调查了。

拿起面上的纸，一个十分精致的黄木盒子出现在雷婉红眼前，那本书应该就放在里面。

黄木盒子被放到了桌子上，盒子的成色很新，还泛着淡淡的木香味。

这里面究竟放着一本什么样的书？

抽开盒盖，雷婉红又看到了另外一张纸。

"千万记住！无论任何时候都不能看书的内容，否则你将和我落到同样的下场！"

雷婉红皱了皱眉，从收到邮寄包的那一刻起，她的心里就一直忐忑不安。

如果华欣已经死了，那么这所有的一切绝对是什么人搞的恶作剧，因为死人是不可能给活人寄东西的。可又是谁会跟自己开这样的玩笑呢？

如果华欣真的还活着，那么，这5年里他肯定经历了什么可怕的事情，说不定根本连行动自由都丧失了，要不然他不会连一点音信都没有。可是，既然他有能力寄出这个包裹，怎么不直接打电话给她呢？她的电话号码一直就没有换过。

雷婉红又读了一遍纸条上的字。

这句话明显是写给她看的，寄信的这个人希望自己把书交到他指定的地点，却不希望自己看到里面的内容。

"否则你将和我落得同样的下场！"

这句话是什么意思？难道当初华欣就是因为读了这本书，才会失踪的？

书就放在这张厚厚的牛皮纸下面，雷婉红的手已经不自觉地伸了过去。

所有危险的事情都是由好奇心引起的，不过，如果人类连好奇心都丧失了的话，恐怕一切的自然科学也就都不存在了。

但是，雷婉红相信，这个世界上的事情，有很多是自然科学所不能解释的，永远都不能。

就在那张牛皮纸被掀起的瞬间，一个刺耳的声音在雷婉红的耳边响了起来。

"叮咚，叮咚……"

门铃声！

雷婉红抬起头，墙上挂钟的时针正好走到5的位置。

是谁？

"叮咚，叮咚……"

门铃声再次响起，雷婉红赶忙把木盒子盖好，塞进床底。

透过猫眼洞，雷婉红看到一个高大英俊、30岁出头的男人。

他是雷婉红公司里的上司，也是他现在的男朋友。不，也许只能称得上是追求者，李瑞阳。

她用最快的速度在衣柜的镜子前整理了一下自己的头发，并且用手擦去了头上的汗水。

打开门，一束红色的玫瑰花出现在雷婉红的面前。

"送给你的，喜欢吗？"李瑞阳微笑道。

雷婉红愣了愣，伸出手，却不敢去碰那束鲜红的玫瑰。不知为什么，她竟然闻到了一股腥味，那是鲜血的味道，鲜血，没错，玫瑰花一样的颜色。

这让她觉得恶心，转过头，捂着嘴冲进了洗手间。

"你怎么了？身体不舒服吗？"李瑞阳赶紧跟了进去，站在洗手间的外面关切地询问着。

雷婉红觉得自己的胸口中有股瘴气在打转，她想要吐，可是什么都吐不出来。

"你没事吧？要不要我送你去医院？"

"我没事，马上就好，你把那花扔了吧，我有些过敏。"

"这……"李瑞阳看了看手中这束他精挑细选的玫瑰，有些无奈地回答道，"对不起，我不知道你……"

"你怎么这么多废话呀？我都这样了，你还不快拿出去给我扔了！"

雷婉红的脾气李瑞阳是知道的，没办法，看来并不是所有的女人都喜欢鲜花。

"你怎么来了？"雷婉红有些不耐烦地问道，她的脑子里此时想的全都是木盒子里那本书的事情。

"想你了，就不能来看看你吗？"李瑞阳回答道。

"那你也应该提前打个电话呀，什么都不说就来了，万一我不在家怎么办？"

"你要是不在，我会一直在门口等。"

这个年轻有为的男人对自己如此痴迷，雷婉红不免有些得意。华欣失踪之后的四年，她都没有交过男朋友。不可否认，她深爱着华欣，这种爱，因为生与死的绝对距离而一直保持着。可就在第五年，她因为工作调换，遇到了李瑞阳。这个男人无论在事业上，还是在生活上都对她关怀备至，爱护有加。雷婉红今年26岁，已经到了该结婚的年龄了。

如果要嫁人的话，李瑞阳的确是个不错的选择。事业有成，对她又好，模样也挺俊朗，可雷婉红心中却始终有个疙瘩，她不知道自己是不是真的爱李瑞阳，如果两个人不是因为爱而结合在一起的话，那么，未来那么几十年的漫长的生活，该多难熬啊！

"想什么呢？"李瑞阳抓住雷婉红的手，把她搂到自己怀里。"昨天陪客户去了一家餐厅，那里的川菜做得特别地道，你不是最喜欢吃水煮鱼吗，走，我带你去。"

"这……"雷婉红用眼角扫了扫床底，"改天吧，我今天没什么胃口。"

"是吗？"李瑞阳并不显得失望，又继续说道，"那，我带你出去散散心，逛街买东西，怎么样？"

"不用了，我有点累，让我一个人休息一下好吗？"

雷婉红的意思是希望李瑞阳离开，可不知道他是脸皮太厚呢还是真的没有听出来，开口说道："是这样啊，那你休息吧，我在这里陪着你，需要端茶倒水什么的知会一声就行了。"

自己的顶头上司说出这样的话，实在让雷婉红有些感动。要不是心里老惦记着华欣寄来的那本书的话，雷婉红肯定会好好陪陪他的。

"我应该把这件事情告诉他吗？"雷婉红在心里寻思着。李瑞阳比她大5岁，虽然谈不上什么见多识广，可还是比雷婉红强多了，又是个男人，遇到这种事情，应该更懂得怎么去处理。

不过，一想到牛皮纸上的那句话，雷婉红立刻又打消了这个念头。万一害李瑞阳出了什么事，自己可负不了这个责任。而且，如果他知道自己因为那个连死亡证明都已经在家里供了3年的前男友而心神不宁的话，心里不知道会怎么想。

"哦，我突然想起来有件事要办，你能带我去一趟风铃大街吗？"

"风铃大街？"李瑞阳愣了愣，"那个地方离这里很远啊，你去那里干吗？"

"有点事，能带我去吗？"

雷婉红侧着头，她不敢看李瑞阳的眼睛。

李瑞阳也不多问，很干脆地回答道："好，我带你去，走吧！"

"你先到车上等我，我换件衣服就下来。"

"行，那我先下去了。"

李瑞阳离开之后，雷婉红迅速把床底的木盒子拿了出来，放进了自己最大的手提包里。然后从衣柜里随便拿了一套白色衣裙换上。

她决定暂时不去碰那本书了。

银色的奥迪Q7在公路上飞快地行驶着。一路上，李瑞阳不停地谈笑着。他是一个开朗而热情的男人，说实话，雷婉红很喜欢和他聊天，可是今天，她一点听他说话的兴致都没有。

"你到底怎么了？"李瑞阳很快察觉到了雷婉红的异样，关切地问道，"是不是出了什么事？需要我帮忙吗？"

"不，没事，心情不太好，你好好开车吧，别管我了。"

李瑞阳突然一踩刹车，汽车在一个僻静的地方停了下来。

"你一定是出了什么事，别怕，告诉我，无论什么事情我都会帮你的。"

迎着李瑞阳那灼热的目光，雷婉红沉默了。

对于她来说，如今遇到的的确是一件十分棘手的事，但是她不能告诉李瑞阳，至少现在不能。

"瑞阳，你听我说，我……"

雷婉红的话还没说完，李瑞阳火热的嘴唇便贴了过来，同时，他的手也在雷婉红那娇美的身体上肆意抚摸着。

雷婉红本想将他推开，可是她被李瑞阳吻得心如鹿撞，一点力气都使不上来，只能任由他控制。

好长时间，暴风雨般的热吻才终于停了下来。

李瑞阳用手轻轻地抚着雷婉红的脸，温柔地说道："对不起，我有些控制不住自己……"

"别说了。"雷婉红侧过头，对着反光镜整理了一下被弄得蓬乱的头发，捡起落在脚边的手提包，紧紧地抱在怀里，"你什么都不要问，明天，我会把一切都告诉你。"

李瑞阳点了点头，发动了汽车。

晚上7点左右，雷婉红来到了风铃大街13号公寓楼的面前。

她让李瑞阳在200米之外的一家咖啡厅里等她，自己一个人提着手提包过去了。

风铃大街是20世纪三四十年代修建的老街了，作为对城市文化古迹的保护，一直没有改建。

雷婉红深深地吸了一口气，走进了这栋只有4层楼高，看上去还有些破烂的公寓楼里。

20世纪的老房子，楼道里的通风和采光设计有问题。空气中充满了刺鼻的怪味，雷婉红沿着昏暗的阶梯一步一步地向上走着，2楼，3楼，4……

雷婉红站在3楼通向4楼的阶梯上停了下来。

她不得不停下来，因为，这段阶梯，竟然在中间断裂了。

断层的直线距离大概有1米左右，因为是倾斜向上的，所以很难跨越过去。底下就是2楼通向3楼的阶梯，如果就这么跌落下去，后果可想而知。

雷婉红不得不退回到3楼，她想，楼层的某个角落一定还有别的阶梯。

在仔细搜索了一番之后，雷婉红绝望了。这栋每层有12家住户的老式公寓楼，竟然只有一个楼梯。

这是怎么回事？雷婉红越想越觉得有些不可思议。唯一的一个通往4楼的楼梯中间竟然会有断层。这个距离，从上面往下跳是没有问题的，可是，想从下面跳上去就不太容易了。住在4楼的住户不可能每次都冒着生命危险上楼吧！而且，既然楼梯垮塌了一截，为什么不找人来修？想来想去，雷婉红只能得出一个答案，那就是，4楼根本就没有人住。

幽暗的路灯左右摇晃着，不时还发出"嘎吱嘎吱"的声音。雷婉红用手紧紧地握住挂在肩膀上的白色手提包，她的心也跟着摇晃起来。

怎么办？要先回去吗？

不！好不容易来了，一定要弄个水落石出。

雷婉红决定随便敲开一家人的房门，问一下4楼到底是怎么回事。

于是，她从301开始，一直敲到了311，全都没有回应。

难道这整栋楼都没有人住？

就在雷婉红感到无比疑惑时，312的房门打开了一条缝。

一个10岁左右的小女孩探出了头。

"姐姐，你找谁？"女孩的声音清脆而明亮。

看着这个一头洋娃娃似的卷发，眼睛大大的，神情动作都十分可爱的小女孩，雷婉红竟然有些不知所措。

"姐姐，你听不见我说话吗？"女孩眨了眨眼睛，又问到，"你是来找人的吗？"

"啊，对。"雷婉红吸了口气，继续问到，"小妹妹，我想去4楼，但是楼梯……"

"你等等！"还不等雷婉红说完，小女孩转身往屋子里跑去。

她怎么了？

雷婉红透过门缝往屋子里看了看，除了一张双层的小木床，什么都没有。墙壁，地板，一切，都是白色的。

接着，房间里传出了"嘎！嘎！"的声音，声音一顿一顿的，像是有什么很重的东西在地板上划动着。

这是什么声音，刚才的那个小女孩，她到底在干什么？这个房间是怎么回事？这栋楼又是怎么回事？还有手提包里的那个木盒子，里面的那本书，那封信，那个本应该静静地躺在记忆中某个角落的名字，这一切，到底是怎么回事？

"嘎……嘎……"的声音越来越近，在空旷的楼道中回荡着。从这个角度，根本看不见房间里发生了什么。

雷婉红头脑中一片混乱，这个地方实在太奇怪了，奇怪得让人害怕。她真应该让李瑞阳陪她过来。

雷婉红拿出手机，给李瑞阳打电话，让他马上过来。

她从手机的通讯簿中调出了李瑞阳的号码，拨了，可立刻就断了。

这是怎么回事？雷婉红仔细地看了看手机，信号是满的，可为什么……

就在这时，房间的门打开了。

刚才的小女孩很费劲地拉着一块长方形的木板，一步一步倒退出来。那"嘎嘎"的声音，就是这块木板与地面摩擦所发出来的。

木板被整个拉出房间之后，小女孩转过头，对雷婉红笑了笑："姐姐，你用这个，就能上去了。"

雷婉红明白了，她的意思是把木板搭在楼梯的断层上，踩着木板上去。

"小妹妹，家里就你一个人吗？"雷婉红问到。

小女孩点了点头。

"你的爸爸妈妈呢？"

"他们……和大家一起，全都不见了。"

说这个话的时候小女孩的脸上居然洋溢着快乐的笑容，笑得让雷婉红头皮发麻。

"姐姐，你快去找你想找的人吧，走的时候别忘了把我的东西还给我。"

说完，不等雷婉红回答，小女孩已经关上了门。

雷婉红深深地吸了几口气，这一切实在太诡异了。如果不是这个小女孩的出现，她也许早就已经下楼去了。

"全都不见了。"

小女孩的话是什么意思？还有她那天真的笑声，似乎过得很开心，可是她怎么能一个人居住在这种地方？

雷婉红盯着放在地上的木板，心中一阵惊悸。

该怎么办？往上还是往下？

自从发生了华欣失踪的事情之后，雷婉红晚上经常会做噩梦。如果是普通人，恐怕精神早就崩溃了，不过好在她懂得一些心理学，知道怎么样去调节自己。

此时此刻，雷婉红心中感觉到的恐惧，有三分之一来自于楼层内部那幽暗的环境，还有三分之一来自于刚才的小女孩，剩下的，便是她手提包里放着的那个东西以及对过去所发生的一切的记忆。

而这一切，全都出自她的潜意识，至少到目前为止，还并没有发生任何能在实质上伤害到她的事情。

在经过半分钟的思考之后，雷婉红把地面上的木板搬了起来。

李瑞阳还在等她，无论如何，有关华欣生死的事情，必须要尽快弄清楚。

木板大约有10公斤重，对于雷婉红来说，这并不是什么了不起的重量。

在楼梯的断层处，雷婉红小心翼翼地把木板搭了上去。木板下方的凹陷处刚好挂住了前方的阶梯，长度正好合适。

雷婉红伸出一只脚，在木板上踩了踩，试了试。

没问题，很平稳。

看来，这块木板是专门为了上4楼而准备的。

虽说如此，雷婉红心中还是有些担心。万一木板滑了，或者是承受不住她的重量而断裂了，那可不是开玩笑的。

雷婉红左脚踩在断层下的台阶上，右脚尽量往前跨，踏在了木板的中心位置。

她深深地吸了口气，用右脚作支撑，左脚离地，猛地往前一蹬，上去了！

整个动作也就只有1秒钟的工夫，可雷婉红那因为紧张而变得异常猛烈的心跳却至少持续了1分钟。

4楼上连灯都没有，一团漆黑。雷婉红只好依靠手机上的拍照灯来照明。

这一层楼比3楼明显要显得破旧许多，又脏又乱，空气中到处都是灰尘，楼道上还乱七八糟地摆放着许多废旧的家具，看上去像是很长时间都没有人来过。

整个空间安静得可怕，除了雷婉红的脚步声，心跳声，呼吸声，就再也听不到任何别的声音了。

雷婉红借着手机的灯光，在一扇一扇古老的房门前搜索着。

406……404……405……401……402……

奇怪，怎么没有403？

根据3楼的布局，雷婉红知道，上楼梯之后，左手边是01-06号房间，右手边是07-12号的房间，绝对不会错。

雷婉红又重新搜索了一遍，还是没有发现403号房间的房门。

这怎么可能？

雷婉红开始在脑海中回忆刚才她在楼下一家一家敲门时的情景，303号房间就在304和302的中间，309对面的位置。楼层的布局是不可能改变的，那么，403号房间的位置就应该在402和404之间。

可是，402和404号房之间的墙壁上并没有403号房门。

雷婉红来到409号房门的面前，背过身来。在她前面的，本应该是403号房间门的地方却什么都没有。

雷婉红用手在面前的墙壁上摸了摸，上面全是灰尘，并没有什么不同之处。

雷婉红知道，在购买房子时，有的人会一次买下两套靠在一起的房子，然后把中间打通，再把其中一套房子的入口封了，敷上墙，这样一来，两套房子就被连成一套更大的房子。难道说，原来的403号房间，就是这样被旁边的402或者404给合并了？

雷婉红的眉头皱了起来，她的心里开始有些不耐烦了。纸条上写的403号房间竟然根本就不存在，害得她来到这个令人毛骨悚然的地方……

要去敲一下402和404号房间的房门吗？

刚想到这里，突然，手机的光熄灭了。整个空间一片黑暗，伸手不见五指。

应该是电池没电了，真糟糕。

什么都看不见，这样根本就连方向都摸不着，在这样的一栋古老阴森的公寓楼中，黑暗给人带来的恐惧已经全完将她的精神意志给吞噬了。

雷婉红全身开始发起抖来，心跳声越来越重，越来越急。

她真后悔一个人来到这个鬼地方。为什么不给手机充满电再来，或者是多带上一块电池？现在该怎么办？就算是摸着墙壁一步步找到了往下的楼梯，可别忘了，那可是中间有断层的阶梯啊！在没有光线的情况下，实在太危险了。

就在这时，雷婉红听见楼下传来的，"冬，冬"的声音，那是人的脚步声，不急不慢，十分沉稳的脚步声。

有人！有人要上来了。

这么说，自己得救了？

还是说,更加可怕的事情就要来临了?

脚步声逐渐变大,那个人已经上到了4楼。

他是怎么上来的?在没有任何光线的情况下,他是怎么辨别方向的?

那块木板还搭在楼梯的断层上,黑暗中,所有的声音都听得异常清晰。脚步声一直很平稳,音调、节奏都没有变过,雷婉红可以确定,他的脚绝对没有踏上过那块悬空的木板。

听着那逐渐靠近的脚步声,雷婉红的心简直都要提到嗓子眼上了。

天哪,走过来的,真的是人吗?

她用手捂住嘴,屏住呼吸,靠在墙边蹲了下来。

冷静,一定要冷静下来。

她的右手伸进了手提包中,那里面应该有一把用来削水果的小刀。

"哐!"

由于太过紧张,拿在右手的手机碰到了手提包里的木盒子。

在这样的环境中,任何声音都是那么的清脆、刺耳。

脚步声停止了。

虽然什么都看不见,不过雷婉红可以感觉到,那个"人",就站在离自己不到5米的地方。毫无疑问,他肯定发现自己了。

雷婉红拿出水果刀,紧紧地握在手中,只要有任何超出她心理承受能力的事情发生,她会毫不手软地使用这把刀。

黑暗中传出一声沉重而缓慢的呼吸声。

"好香的味道。"

是个男人,而且年纪还有些大。

他的意思,是指雷婉红身上的香水味?还是说……

"你在发抖?"

男人的声音带着明显调讽的意味,果然是个可怕的人。

"咔!"的一声,黑暗中亮起了一丝火光。

那是一个老式的打火机,透过这微弱的火光,雷婉红看到一只异常瘦弱,骨骼、血管异常突出的手。

"哦,还是位漂亮的小姐。"

男人那杂乱的头发在火光中若隐若现,看不清脸,雷婉红知道,这个时候

害怕是没有用的,于是,她壮着胆子问到:

"你是谁?你想要干什么?"

"你是谁?你想要干什么?"男人反问道。

"我是……我是来这里找人的。"

听了雷婉红的话,男人的嘴角露出了一丝冷冷的微笑。

"但愿你要找的人是我,美丽的小姐。"

对于女孩子来说,容貌被人称赞,是一件十分令人高兴的事情。可是,在这样的情况之下,雷婉红感觉到的却只有恐惧。

"不,我是来找403房间里的人,"她赶紧解释道。"我该走了,对不起,请让一让。"

雷婉红刚想逃走,打火机的火光熄灭了,整个空间再一次陷入了黑暗之中。

"他想干什么?"雷婉红的心脏都快从胸口跳出来了,可是,她的头脑依然保持着冷静。什么都看不见,即使勉强逃跑,也只会在狭窄的楼道中被撞倒而已。

"冬……"

"冬……"

那个男人在向她逼近,雷婉红紧紧地握住水果刀,她下定决心,只要脚步声第三次响起,就刺过去……

可是,脚步声在响了两次之后便停止了。

"咔!"打火机的火光再次亮起,那个男人就站在雷婉红的面前,微笑着看着她。

他显然已经注意到了雷婉红手中的水果刀。

"刚才打火机太烫了,所以我才关掉了,别紧张。"

"你到底是谁?想要干什么?"

"我就是你要找的人。"

"你是……这不可能,这里根本就没有403号房间。"

"是有的,你看!"男人说着,蹲下了身子。

就着打火机的光线,在泛黄的木地板上,雷婉红赫然看到了3个令人战栗的数字。

"403"。

天哪！脚下的这块地板，竟然是一扇门的形状！

有门牌号，还有钥匙孔！

这真的是一扇门吗？实在太不可思议了。

"好了，我们进去吧！"那人说着，不知从哪里掏出了一把钥匙，插了进去。

进去！他在说什么？如果403号房间真的就在脚底下的话，门一旦打开，岂不是掉下去！

"等等！别……"

晚了。

随着钥匙的旋转，雷婉红只感到脚下空悬，身体失重，落了下去。

"啊！！！"

雷婉红终于忍不住叫了出来，她闭上双眼，脑子里一片空白，整个世界一片空白。

色彩的转换是如此频繁，黑色变成了白色，白色，又在瞬间晃动出彩色。

当雷婉红睁开眼睛的时候，她发现自己站在一个奇怪的房间里。

房间非常大，里面挂满了各种各样五颜六色的小吊灯，古老而破旧的圆形饭桌，椅子，一张崭新的白色双人沙发，十分整齐地摆放着。房间的一角，还挂着一张红色的不透明的布帘，那是一个被隔离出来的空间。

正当雷婉红疑惑的时候，"哐当！"背后突然传出巨大的声响。

她吓了一跳，转过头一看，那个满头乱发的男人就站在自己的身后，刚才的声音，是他关门时发出的。他的手握在房门的把手上，房门居然是直立的，而不是在天花板上，难道空间在进来的一刻翻转了？

"请随便坐，可爱的小姐。"

男人说完，对直走到了房间里挂着红色布帘的角落，掀开，进去。

奇幻的彩光在墙上、地板上、桌椅上、整个房间中晃动着，这种气氛，竟然比黑暗还要让人感到压抑。

有谁会在自己的房间里挂那么多的灯？还有刚才，自己明明感觉身体在往下掉，可为什么……

红色的布帘里什么都看不见，他在干什么？

转过头，房门就在她的面前，要趁这个机会开门逃走吗？

雷婉红的手伸向了房门的把手……

一阵冰凉的感觉由手心传入了她的心里。

打开门，会发生什么事情？真的能出去吗？

想到刚才所发生的一切，雷婉红不免有些犹豫。毫无疑问，某些事情已经超出了她的理解能力，就如同5年前华欣的突然消失一样。

这也让她越来越相信，或者说是愿意去相信那两张纸上的话的真实性。华欣，那个自己深爱的男人还活着，他需要自己的帮助。

雷婉红的手离开了冰凉的把手，她转过身，在一张木椅子上坐了下来，静静地等待着。

红色的布帘被掀开，他换上了一套……应该是燕尾服吧！黑色的衣裤，白色的衬衣，红色的领结，手中还拿着一束红色的花。

虽然他的头发依旧那么蓬乱，连眼睛都看不见，不过那高高的个子，嘴角的微笑，配上这套华丽的衣服，倒显得格外优雅。

他这是要干什么？为什么要换上这样的衣服？刚才……刚才他穿的是什么？雷婉红竟然一点都想不起来了。

男人走了过来，将手中的花放到雷婉红的面前。

"送给你。"

雷婉红愣了愣，接过花束，一股清香扑鼻而来。

"好香啊，这是什么花？"

"百合。"

"百合？百合怎么会是红色的？"

"我把它染红了。"男人一边说着，一边在雷婉红面前坐了下来。

染红了……是用什么染的？

雷婉红不敢问，她怕这个问题的答案会让自己接受不了。

"对了，这是你的包吧！"

看着男人手中的白色手提包，雷婉红这时才发现自己的手上除了那束红色的百合，竟然什么都没有。

她赶紧从男人手中抢过提包，抱在胸前。

这包，什么时候到他手里去了？

"刚才进门的时候,掉在地上了,我帮你捡起来的。还有这个。"

男人说着,将那把水果刀也递了过来。

雷婉红有些不知所措地接过水果刀,拉开手提包的拉链,放了进去。

她的手再一次碰到了华欣寄过来的那个盒子。

"你真的是403号房间的主人?"

"当然,"男人笑了笑。"你找我有什么事,年轻的小姐?"说完,他又补充道,"但愿这是一件让我们两个人都感到快乐的事情。"

这绝对是一句不怀好意的话。

华欣怎么会和这样的人扯上关系?他这几年到底都在干什么?

雷婉红侧过脸,不愿意让他看到自己眼睛中流露出的鄙夷之色。

"我来找你是因为……"

刚说到这里,房间里突然传出"当,当……"的声音。

那是打钟的声音。

她是7点进入这栋公寓,现在已经是8点了吗?时间似乎过得快了一些。

3下,4下……

雷婉红并没有看见房间里什么地方挂着钟,她在心里默默地数着钟声。

5下,6下……

对面的男人也静静坐着,似乎也在默数着钟声。他的眼睛被完全隐藏在那茂盛的头发中,不知道睁着还是闭着的。

7下,8下……

9下,10下……

11,12,13,14……

怎么回事?这是钟声吗?怎么还没停?

15,16,17,18,19,20……

还在响,钟声还在响。雷婉红的心也随着钟声剧烈地跳动了起来。

21,22,23,24,25,26,27,28……

这该死的钟声,到底要响到什么时候?

面前的男人一动不动地坐着,看不到他的眼睛,这让雷婉红感到很害怕。

眼睛是心灵的窗户,从一个人的眼中可以看到他的内心世界。雷婉红学过心理学,她尤其知道这一点。

29，30！

停了！这如同水银灌耳般难受的钟声终于停了下来。

整整30下，这钟声竟然整整响了30下。

"晚饭的时间到了。"

男人的声音没有任何的异样，他似乎早就习惯了这样的钟声。

"你还没吃饭吧？这样吧，我现在去准备晚餐，你先坐一会儿。"

"不，你先听我说完我想说的事，说完我就走，不用麻烦了。"雷婉红几乎快要叫了起来，她可不想跟这个怪人在这个怪地方吃什么奇怪的晚餐。

"不行，除了辛蒂蕾娜，我已经好长时间没有见到别的女孩子了。这顿饭你一定要吃，否则我不会听你说任何话。"

男人说完，站了起来，朝着红色的布帘走了过去。

雷婉红有些傻眼了，看着男人的背影，完全不知道如何是好。

他刚才话里提到的辛蒂蕾娜是谁？那不是童话里的人物吗？那个被继母虐待，穿着水晶鞋去参加王子舞会的灰姑娘。

"噢，对了！"男人说着，又走了回来，从沙发的坐垫下拿出一本书，放到雷婉红面前。

"准备晚餐大约需要半个小时的时间，你可以看看这本书打发时间。"

那是一本——《格林童话》。

难怪他刚才会说出"辛蒂蕾娜"这个名字。凭着直觉，雷婉红想，他一定是患上了精神分裂症，把书中的人物当成了真实的存在。

如果真的是这样，那就太可怕了。

雷婉红咬着嘴唇，不能继续待在这里了，她已经受不了了。

想到这里，她立刻站了起来，来到房门前，用手握住了门上的把手，用力一拧……

根本就拧不动！

看着把手上的钥匙孔，雷婉红明白了，房门已经被锁上了。

她深深地吸了口气，回到椅子上坐下。

冷静，这个时候一定要冷静。

雷婉红把刚才发生的一切像过电影似的在脑子里过了一遍，进楼，上楼，在3楼挨家挨户地敲门，遇到312号房间的小女孩，搭木板上4楼，用手机的灯光寻找房间，手机没电，直到遇到现在房间里的这个男人之前为止，所有的事情都还算正常。

是的，所有真正奇怪的事情都是在遇到那个男人之后才发生的。从地面上的房门口掉了下来，却站在门的正对面。

想到这里，雷婉红一愣，转过头看了看身后的房门。

难道说，自己根本就不是从那扇门进来的？

也就是说，这里实际上是3楼与4楼之间的某个地方，她的确是从楼顶上掉下来的，而身后的那扇门，一直就在那里，也许根本就打不开，只不过是房间里的一个装饰品而已。

雷婉红抬起头，从吊灯的缝隙中看到天花板，离地面大约只有两米一二的距离，虽然并不太高，但是，从上面掉下来的话不可能会是那样的感觉。

这到底是怎么回事？

越想越想不通。

手提包里的那本书上应该会有什么线索。

雷婉红把木盒子拿了出来，打开盖子，又看到了那张牛皮纸上的字。

"婉红，千万记住！无论任何时候都不能看书的内容，否则你将和我落到同样的下场！"

她又有些犹豫了，已经见到403号房间里的人了，真的有必要去冒险看这本书吗？

牛皮纸被掀开，书的封面是白色的，中间是用英文写的书名。

"ISSACREIS"

这是一个不认识的单词，雷婉红试着拼了一下。

"艾……萨，克……克瑞丝！"

"艾萨克瑞丝……"

不！不对！

一个恐怖的声音在她脑海中响了起来。

"艾萨克雷斯！"

没错，应该是：艾萨克雷斯！5年前，那个电话里的声音……

这一切都是真的，这一切都是有联系的。

这果然是一本危险的书，至少现在，绝对不能打开它，必须要控制住自己的好奇心。

虽然这么想，可面前的这本书，就像是有着某种魔力，雷婉红觉得自己的手像是被什么给抓住了一样，不自觉地伸了过去。

一本看过之后能让人失踪5年的书，里面究竟写了什么？

如果真的像那张纸条上说的那样，看过之后就会遇到和华欣一样的事情，那么，是不是说这样就能够见到他？

雷婉红的手压在书的封面上，她决定翻开它。

书的封面被掀开了一半，就在这时，雷婉红的手停住了。

她看到了右手上戴着的那个绿色的翡翠手镯，那是李瑞阳送给她的生日礼物。

"不要！婉红，不要看！"

脑海竟然响起了李瑞阳激动的声音。

这是幻觉吗？

还是说，她真的听到了李瑞阳的声音？

这个声音就像是涌进黑暗的一束光一样，雷婉红如梦初醒，赶紧把手缩了回去。

她突然特别想李瑞阳，那个什么事情都愿意为自己做的男人。

都过了这么长时间了，他一定给自己打过电话。手机没电了，他会不会很担心？会不会过来找她？

雷婉红长长地吐了口气，将牛皮纸放进了手提包里，又把木盒子盖上，放到了那束红色百合的旁边。

那个男人进到那块被红色布帘隔离起来的空间之后，便一点声音都听不到了。他到底在那里面干什么？只要走过去，把布帘掀开就知道了。

算了，也许，在什么都不清楚的情况下，静静地等待是最好的选择。

想到这里，雷婉红拿起了放在面前的《格林童话》，虽然这本书她很小的时候就看过不止一次，不过现在，这至少是一本可以翻开看的书。

已经早就过了相信童话的年纪，王子的亲吻、公主的眼泪、天使的微笑、女巫的诅咒、银色的水晶鞋、红色的毒苹果……这些已经是连做梦都不再梦到的东西了。

可令雷婉红没有想到的是，刚打开书读了几行字，她就被深深地吸引住了。不知不觉中,她甚至连恐惧都忘却了,完全沉浸在了那美丽的、跟现实毫无关系的幻想世界中。

"让你久等了,真是抱歉。"

雷婉红抬起头,那个男人不知何时已经来到了她的面前,手里还端着两个木盘子,里面盛的……是面条?

"请用餐吧,但愿你能喜欢!"

淡黄色的粗面条,红色的西红柿酱,还有一粒一粒散乱的肉末。

Spaghetti,意大利面条。

弄了这么半天,就做了这么两碗看上去令人一点食欲都没有的东西?

出于礼貌,雷婉红不得不拿起叉子,将面条卷起,放入口中……

令她没有想到的是,如此其貌不扬的一盘面条,味道还真不错。

男人的嘴角扬起浅浅的笑意,"需要来点红酒吗?"

雷婉红赶紧拒绝道:"不用了。"说完,她放下刀叉,将旁边的木盒子推到男人的面前。"这是我的一位朋友托我交给你的东西,你看看吧!"

男人并没有急着接过盒子,而是不紧不慢将卷起的面条高高举起,放入口中,慢慢地咀嚼着。

"男朋友?"

"是……是的。"

"分手了吗?"

雷婉红皱了皱眉,这个人问的什么呀?

如果华欣还活着,那他们俩,到底算不算分手呢?

"你还是先看看里面的东西吧!"

"好吧!"男人笑了笑,右手继续用叉子卷着面条,伸出左手把木盒子拖到自己面前,打开盖子……

雷婉红一动不动地盯着面前的男人,她心里也越来越紧张。

他垂着头,握着叉子的右手在半空中停住了,卷在上面的面条慢慢地滑落进盘子里。

虽然依然看不见他那双藏在乱发中的眼睛,不过,雷婉红知道,那一定是一双瞪得特别大的眼睛。

足足过了10秒钟的工夫,他那只悬在空中的右手才落了下来。

"你看过这本书里的内容吗？"男人的声音变得有些严肃了起来。

"没有！"

"真的没有吗？"

"真的没有！"

光凭这两个问题，雷婉红就知道，这一趟她是来对了。

"我再问你一次，如果你曾经翻开看过这本书，哪怕只看了一眼，现在就告诉我！"

"我……刚才我把封面翻起了一半，不，不到一半，但是我没有看见里面的内容。"

"真的什么都没有看见吗？"

"真的，我发誓！"

在沉默了大约5秒钟之后，男人长长地吐了口气。

"那就好，那就没什么问题了，哈哈哈……"

他竟然大声地笑了起来！

"这到底是什么书？里面到底写了些什么？"雷婉红焦急地问到。

男人放下叉子，把书拿了出来，指着封面上的英文字母："你知道这是什么吗？"

"艾萨克雷斯！"雷婉红回答到。

"没错，看来你听说过这个名字。"

雷婉红点了点头，"5年前，我的男朋友接到一个电话，然后就失踪了。我是从……"

"知道这个单词的意思吗？"

男人打断了她的话。

雷婉红摇了摇头，"我曾经查过，但是什么都没有查到。今天我是第一次看到它的英文拼写，如果有英文词典的话，应该能查到这个单词的意思。"

"英文词典？"男人冷笑道，"不不不！这个词语你在任何地方都查不到，它早就已经从世界上消失了。"

"你的话是什么意思？这个词到底是什么意思？"

"对某些人来说，这个词没有任何意思。但是，对另外的一些人来说，这个词，就等于一切！"

雷婉红听得有些不耐烦了,她特别讨厌说话拐弯抹角、故作神秘的人。

华欣以前就经常这样跟她说话,这是她唯一不喜欢他的地方。

"你能说点我听得懂的东西吗?"雷婉红问到。

"你想听什么?"

"这到底是本什么书?"

"这……得等我看了才能告诉你。"

男人说完,把书本立了起来,打开了。

雷婉红只能看到书的封面,也不作声,静静地等待着。

男人飞快地翻动着书页,似乎一点都没有去看里面的内容。

很快,一本书就这样翻完了。

"怎么样?现在能告诉我这是本什么书了吗?"

"这个嘛……嗯……"男人的嘴角露出一丝苦笑,"该怎么说好呢?还是你自己看吧!"

男人说完,把书本推到了雷婉红的面前。

"你是让我……打开看?"雷婉红吃惊地问到。

"是的。"

"你不是说我不能看这本书吗?"

"我可没这么说过,刚才只不过是问你有没有看过这本书而已。"

"可你的意思不就是……"

"你不敢看?是不是有人告诉过你什么?"

雷婉红点了点头,从手提包里拿出了一同寄过来的那张牛皮纸。

"原来如此!"男人也不多问,伸手把书在雷婉红面前摊开。

"你干什么?"雷婉红大声叫了起来,赶紧闭上眼睛。

真是奇妙地反应,不让她看时老想着偷看,真的让她看的时候,却又不敢看了。

"别害怕,睁开眼睛看看,你就知道了。"

听了男人的鼓励声,雷婉红才终于将左眼睁开了一条缝。

紧接着,她不但同时睁开了双眼,还瞪得大大的。

她伸出手,翻动着书的纸页。

天哪!这本书上竟然什么都没有写,是一本空白的书。

"这是怎么回事？"雷婉红吃惊地问道。"这本书上为什么什么都没有？"

"因为……"男人像是故意要吊她胃口似的，顿了顿，才接着说道："因为这本书，是假的。"

"假的？"

"没错，这根本就不是《艾萨克雷斯》，只不过是一堆废纸而已。"说完，他又补充道："当然，也不完全是废纸，用来写日记倒是不错。"

这怎么可能呢？失踪5年之久的华欣，寄过来的一本极有可能可以挽救他性命的书，竟然是假的，里面什么都没有？

一本空白的书，还不让自己看？难道真的是谁故意搞的恶作剧？

不对！如果真的是恶作剧，那么"艾萨克雷斯"，这个她在电话中听到的词又如何解释？她从来没有将这件事情告诉过任何人！

"在想什么？说出来听听。"

"你认识华欣吗？"雷婉红反问到。

"不认识，不过我猜，他就是你那失踪了5年的男朋友吧！"

"没错，这本书就是他寄给我的，他说让我把这本书带到这里来找你，只有你能救他。"

"也许我是能帮上一点忙，不过前提是，这本书得是真的《艾萨克雷斯》！"

"这就是真的《艾萨克雷斯》！"

"是吗？你凭什么说这本空白的书就是真的《艾萨克雷斯》呢？"

"直觉！"

"直觉？"

"没错！一本空白的书，还不让我看，你不觉得很奇怪吗？"

"这个世界上奇怪的事情太多了，见得多了，也就没什么好奇怪的了。"

"不是的，他是担心我看了以后，发现书里什么都没有，就误认为这是别人搞的恶作剧，所以才会用那句话来封住我的好奇心，实际上，这就是《艾萨克雷斯》。你知道，但是你不愿意帮他。"

"我的确不愿意帮他，因为我根本就不认识那个人。"

"你承认了！没关系，那你至少告诉我这到底是怎么回事？他这5年到底在什么地方，在干什么？我自己想办法。"

"我都说过了，我根本就不认识他，怎么会知道他在什么地方干什么呢？虽然我不愿意帮他，可我愿意帮你，但是你带来一本假的书给我，这我可没办法！"

"你见过真的《艾萨克雷斯》？"

"没有。"

"那你怎么知道这是假的？"

"虽然我没有见过，不过，我知道它是用来干什么的，所以，它不可能是一本空白的书。"

"那你告诉我它是用来干什么的。"

"不行！"

"为什么不行？"

"告诉你的话，也许，你也会失踪的。"

"我不怕！"雷婉红越来越激动，"你不告诉我，我是不会走的！"

听了雷婉红的话，男人的嘴角透出一丝邪恶的笑容。

"怎么你以为，你还能出得去吗？"

正是这个邪恶的微笑，这句不怀好意的话，让雷婉红又重新感觉到恐惧的存在。

"你……我……我要走了，你让我出去！"

"哈哈哈哈……"男人大声笑了起来，他那蓬乱的头发随着身体的颤动不停地晃动着，简直就像是一只野兽！

"你害怕的样子，真可爱！"

听了这句话，雷婉红的手心直冒冷汗。

男人抓过放在桌子上的那本《格林童话》，翻了起来。

"婉红，这是你的名字吧！"

雷婉红没有回答。

"你怎么都不问问我叫什么名字呢？"

雷婉红仍然没有作声。

"我的名字叫做……野兽。"

男人说着，把手中的《格林童话》翻了过来对着雷婉红，指着上面的字说:"就是这个'野兽'!"

翻开的书页上,正是那篇经典的童话故事:《美女与野兽》。

"你不愿意留在我的城堡里吗?My beauty。"

疯子,真是个疯子!

雷婉红毫不迟疑地拿出了水果刀,将刀刃对准了面前的男人。

"如果你不让我走,我发誓,我会用这把刀刺瞎你的眼睛!"

"哈哈哈哈……"

男人再一次发出了狂暴的笑声。

"真是位勇敢的小姐!"

"你看过这个故事吗?美丽的女孩一旦离开城堡,野兽就会生病,直至死亡!"

"对不起,我不相信童话。"雷婉红紧紧地握住手中的水果刀,态度坚决地说:"请你把门打开,我现在就要走!"

"你当然不相信童话!那么,你能相信什么?那个叫华欣的男人,你能相信他吗?你相信你的眼睛所看到的东西吗?或者说,你相信你自己吗?"

雷婉红毫不理会他的胡言乱语,激动地说道:"快把门打开,让我走!"

"你真的要走?"

"当然了!"

"连你男朋友的死活都不顾了?"

雷婉红点了点头,可马上又摇了摇头。

"你愿意帮他了?"

"我愿意帮你。"

"那你就帮我救救他吧!"

"可以,不过你得先把你弄丢的书给我找回来。"

"弄丢的书?你什么意思?"

"当然是他托你交给我的那本,真正的《艾萨克雷斯》。"

"可他交给我的就是这本书啊!"

"不!绝对不是,你先把刀放下,听我说。"

雷婉红迟疑片刻,把刀收了起来。

"你说吧,但愿是一些真正有意义的话。"

男人笑了笑，开口说道："你的男朋友失踪了5年，毫无疑问，这5年来，他都生存在孤独与恐惧之中，甚至是绝望。我不知道他是怎么样得到那本书的，不过既然他把它寄给了你，绝对不会是想要跟你开玩笑那么简单，那是他获救的唯一机会！他寄给你的那本书，不可能是假的，因为一本假的《艾萨克雷斯》根本就救不了他。所以我想，要么就是你已经把那本真正的书弄丢了，或者说是……被人偷换了；要么，就是你已经看过了那本书，把它藏了起来，故意拿着一本空白的假书到这里来找我，别有用心呀！"

"不！我没有看过，也不可能把它藏起来，我是今天下午才收到这本书的，然后，我就来这里找你了。它一直在我的手提包里放着，根本就不可能弄丢！"

"是吗？你再好好回忆一下，从你拿到这本书，到见到我之前的这段时间，都发生了些什么，都和什么人接触过。"

"和什么人接触过……也就只有我的男朋友和楼下的小女孩。可是，我的包从来就没有离开过我的手，怎么可能被他们偷换掉呢？而且，他们也没有理由干这样的事情呀！"

"有没有理由你先别管，刚才你说，你的男朋友？你到底有几个男朋友？"

"我……"雷婉红的脸有些发红，她不知道该如何回答这个问题。

"我的意思是说，我的男性朋友，是他开车送我来的。"

"哦，原来如此。"男人点了点头，嘴边挂起了意味深长的微笑。"那么，你再好好想想，你和你的这位男性朋友之间，在这段时间里都做过些什么事情？"

"什么都没做过，不可能是他！"

"不不不！你还是好好回忆一下再说吧！从你见到他开始，到跟他分开这段时间，每一个细节都不要漏掉。"

于是，雷婉红开始在脑海中回忆起来。

李瑞阳是下午5点按的她家的门铃，在开门之前，雷婉红就已经把装书的盒子塞进了床脚。

然后，因为对他送来的那束玫瑰花过敏，雷婉红在洗手间里待了大约1分多钟的时间。不过，这段时间里李瑞阳一直站在洗手间的门外跟她说话，透过玻璃门还能看到他的影子，玫瑰花被他扔到了门外的垃圾桶里，也就不到10秒的时间，不可能做出偷书、换书的事情。而且，他穿的是薄衬衣和薄西裤，就算偷换了，也没有地方可以藏。

从洗手间出来之后，雷婉红坐在床上，李瑞阳坐在沙发上，一直到他离开。

接着，雷婉红把木盒子放进了手提包。下楼，上车，一路之上她都把手提包紧紧地抱在胸前……

等等！

不对，车在中途曾经停了下来……

当时，雷婉红被李瑞阳那张热得发烫的嘴唇，那双大而灵巧的双手挑逗得几乎快要失去知觉……

雷婉红只记得当时自己的脑子里一片空白，什么都不知道，甚至连眼睛都没有睁开过。

不过，她清楚地记得，这一切结束之后，那个手提包，落在了两个人座位中间，不，是靠李瑞阳的那一边。

到底持续了多长时间？

5分钟，或者更长？

想到这里，雷婉红的脑袋像要爆炸了一样，心跳越来越快，越来越快……

根据以往的经验来看，在那种情况之下，李瑞阳肯定会毫不迟疑地将自己推倒在车的后座上，撕开她的衣服……

当时，甚至连雷婉红自己心里都有些渴望着李瑞阳这么做！可是，他却停了下来！

只有在他想做的事情已经做完的情况下，才可能停下来。

……

"怎么样？是不是想到了什么？"

听到男人那低沉的声音，雷婉红猛地抬起头，她觉得自己的身体像是在发烧，热得透不过气来。

"发生了什么事？说说看。"

这种事情，可说不出口。

即便是说得出口，雷婉红也不知道该怎么去说。

如果真的是李瑞阳换走了她的书，那就太可怕了。

首先，这肯定是预谋好的事情，也就是说，他不但知道《艾萨克雷斯》的存在，还知道自己在什么时间收到的这本书，要不然不可能来得这么快，这么突然，事先连电话都不打一个。

其次，他为什么要偷走这本书？是害怕自己通过这本书找到华欣，还是有别的目的？

关于华欣的事，她从来都没有跟李瑞阳提过，他是怎么知道的？

雷婉红越想越觉得可怕。5年前，因为一个"艾萨克雷斯"，华欣失踪了；现在，这第二个自己看上的男人，竟然也……

"艾萨克雷斯……艾萨克雷斯……"

雷婉红的脑海中又响起了那个恐怖的声音。

不行，她不能再待在这里了，她要立刻去找李瑞阳，问个水落石出。

雷婉红站了起来："我真的要走了，你给开开门好吗？"

"看来，你是真的想到什么了。"

就在这时，"当……当"的钟声又响了起来。不过雷婉红已经没有心情再去记数了。

"是啊，你也该走了。"

"那你快告诉我怎么出去呀？"雷婉红焦急地问道。

"你后面不是有门吗？"

"可是，那扇门……"

"快走吧，等钟声响完，你就走不了了。"男人说着，把已经装好书的木盒子递了过去，"这个你也带走吧！"

雷婉红也不多问，把木盒子装进了手提包，转身来到门前，握住把手，一拧，门开了……

雷婉红回过头，看了依旧坐在椅子上的男人一眼。

"我还会再回来的！"

二、黑暗时代

从房间里出来之后,雷婉红便不顾一切地往楼下奔去。

下楼的时候,她还险些撞上了一个提着大包小包回家的老大妈。

"慢点,姑娘,小心摔着。"

老大妈还好心地劝了雷婉红两句,不过,雷婉红可不在意这些,两三下从公寓楼里冲出,往李瑞阳所在的咖啡厅奔去。

李瑞阳肯定知道很多事情,她要问个水落石出。

天色已经基本暗了下来,街道上霓虹闪烁,人来人往,好不热闹。

如果是平时,雷婉红一定会拉着李瑞阳,在街上逛一逛,买几件漂亮的衣服,或者是一些精致的小首饰什么的。

风铃大街是一条古老的街道,雷婉红还是在上大学的时候跟华欣一起来过一次。那个时候两人正处于热恋当中,每到周末,都会到处游玩,打打闹闹、说说笑笑,好不快乐。

可自从他失踪之后,除了来往于她住的地方和上班的地方,雷婉红根本不想出门。

整个城市里都充斥他们两个人的回忆,这太可怕了,简直让人受不了。

参加工作之后,追求她的人多得数都数不清,可雷婉红根本就没有心思去谈什么恋爱,在心里的那个影子消失之前,她没有办法去接受任何人。

随着时间的推移,阴影在逐渐消失,雷婉红的年龄也在一天一天地增长,很多事情变得越来越现实起来。

雷婉红把所有的心思都放在工作上,可这样的日子其实并不好过。一个人的时候,特别是在夜里,她也会感到深深的孤独。

工作变得越来越没劲儿，生活也变得越来越无聊。

想当初上大学的时候，她曾想，毕业之后开一家心理诊所，不要求挣多少钱，只要能帮到别人就好。

她也知道这可不是一件容易的事情，心理学在中国只能算是一种刚起步的学科，本来就没有多少人相信这个，而谁又会去找她这么一个刚从大学里毕业的孩子去作什么心理咨询呢？

"你想做的事情就放手去做，我支持你。实在不行，你就免费给他们咨询，我养你。"

这是当年华欣对她说的话，这让雷婉红很感动，很有安全感。就算一开始的生活会很艰苦，但她相信华欣，相信他们之间的爱情与未来。

是啊，在那个年纪，每个人都会去相信这些，爱情……未来……

可是……

热情、梦想，甚至生命都在一点点的消失。雷婉红看不见她的未来，她能看见的，只有黑暗。

她决定要换一份工作，换一种心情。

她没有想过要找比当时好很多的工作，只要能从当时的生活状态中解脱出来就行。

没有想到，自己竟然进入了现在这家全球500强的外资投资公司，成为年轻的业务部经理李瑞阳的下属。

面试的那一天，李瑞阳一直盯着雷婉红的眼睛，他那双充满激情的眼睛中闪耀出的异样色彩，让雷婉红觉得很不好意思。

面试结束之后，当雷婉红从电梯里走出来时，发现刚才那位年轻的经理就站在自己的面前，微笑着看着她。

这个人明显是在等她，这太让她感到意外了。

"我想请你去游乐场玩，可以吗？"李瑞阳十分友善地问道。

"游乐场？"雷婉红有些吃惊，他怎么会说出这样的话呢？

"对，游乐场，我想你应该很长时间都没有去过了吧！"

的确如此！

最后一次去那个地方，已经是4年半以前的事情了。

跟华欣一起去的。

该怎么回答？去还是不去？

才第一次见面，又是以这样的方式……

"我都已经请好假了，如果你不去的话，我就只能和糖糖一起去了。"

"糖糖？"

那是谁？他的女朋友？

没错，像他这样的男人，怎么可能没有女朋友呢？

真是个庸俗的名字。真是个无聊的男人！

"对不起，我没时间！"雷婉红说完，从他身边穿过，向着办公大楼外的街道上走去。

她没有回头，不过她想，李瑞阳现在的样子一定很难看、很尴尬。

工作肯定是没有希望了，不过，雷婉红也不稀罕跟这样的男人一起工作。

可是……

后来，雷婉红真的跟李瑞阳去了游乐场，还是和"糖糖"一起去的。

看着那只黄色的加菲猫，胖乎乎、懒洋洋的可爱样子，雷婉红开心地笑了。

旋转木马、碰碰车、摩天飞轮……

那种久违的感觉，似乎又将她拉回到了儿童时代，一切都是那么美好，无忧无虑、天真纯洁。

那一天，在绿色的草坪上，仰望着满天的星光，李瑞阳把她抱在怀里，温柔地亲吻着雷婉红的脖子、耳朵、嘴唇……

雷婉红从来没有过这样的感觉，整个世界都在旋转着，她的心跳得好厉害，完全不能自己……

雷婉红不是个随便的女人，真的不是。

心理和生理都压抑得太久了，她需要解脱。

第二天，从某个酒店某个房间里宽敞的双人床上醒过来的雷婉红，望着自己身边那个还在熟睡中的帅气男人，雷婉红的心中不免有些感伤。

以前，华欣是那么地渴望得到她的身体，可自己却一直坚守着。

她真后悔。

应该发生的没有发生，不应该发生的却就这么发生了！

雷婉红并没有想过要跟李瑞阳往下发展，她把这当做是一时的激情，因为他觉得，李瑞阳绝对是个花花公子类型的人，跟他在一起，不可靠。

可是，在日常的交往中，雷婉红发现事实跟她想象的不一样，李瑞阳对她是真心的。

至少他的表现让雷婉红觉得是这样。

上班接，下班送，天天请她吃饭，带她逛街、购物。

雷婉红用4年工作存的钱买房子，从选房到装修都是李瑞阳一手操办，凭着他在社会上的那些关系，雷婉红买到的房子不但价格低，还省心。

雷婉红是个挺任性的女孩，经常会发一些小女生脾气，可李瑞阳从不动怒，总是微笑着对她说："好了好了，我错了还不行吗。你别生气，下不为例。"

对于雷婉红的要求，李瑞阳从来就没有拒绝过，哪怕是一件特别小的事情他都会认真去做。

这样的男人，恐怕每个女孩都会喜欢，都愿意嫁给他。可是，雷婉红却一直在犹豫，她觉得李瑞阳太过完美了，一个人怎么可能连缺点都没有？

李瑞阳告诉她，他对她是一见钟情，不能自拔。

真的是这样吗？

李瑞阳才31岁就成为了这家国际化大公司的部门经理，毫无疑问，他是一个相当聪明的人。他认为，所谓的跑业务，实际上就是把别人的钱骗到自己口袋中的技术，李瑞阳成天做着这样的工作，可想而知，他的骗术是相当高明的。

而且，他也是一个非常好强的人，也许正是因为雷婉红对他那不温不火的态度，激起了他心中那股征服的欲望，所以才会对她那么好。

雷婉红是学心理学出身的，所以，她会去思考、分析这些问题。不过，这些并不是最重要的。

最重要的是，和他在一起的感觉，总是不如和华欣在一起那么好。

华欣并不像李瑞阳对她那么好，两人甚至经常会为一些事情争论不休、赌气吵架，可是，和他在一起，雷婉红觉得很自在、很轻松，彼此之间没有隔阂，也不会去刻意掩饰什么。

不过，华欣已经不在了，雷婉红也必须得有新的生活。

如果不是刚才那几个小时中发生的事情，说不定不出两个月，雷婉红就会对李瑞阳彻底投降。

现在，所有的一切都联系起来了，这让雷婉红觉得很可怕，也很伤心。

当然，也许事实并不像她想象的那么糟糕，她一定要保持冷静，绝对不能意气用事。

来到咖啡厅门口的时候，雷婉红的心情已经平静了许多。

她深深地吸了一口气，推门走了进去。

李瑞阳坐在一个相对僻静的位置上，一边看着报纸，一边喝着咖啡，似乎丝毫没有感觉到雷婉红的逼近。

如果这一切真的是他预谋好的，那么，就这么问他的话，他肯定不会承认。

雷婉红心里很清楚，李瑞阳的智力绝对在她之上。在他面前，自己耍的任何小把戏都会被轻易识破。

怎么办？她该怎么跟他说，怎么从他口中把实话给套出来？

如果这一切真的是他干的，那么，现在他肯定知道雷婉红已经发现了书被调换过，并且还在怀疑他。

她不能硬来，更不能说谎骗他，唯一的办法就是主动把一切都告诉他，看他的反应，见招拆招。

"婉红，你回来了！"李瑞阳放下报纸，微笑着说道，"怎么样，事情办得顺利吗？"

雷婉红没有回答，要了杯最苦的黑咖啡，她想，今天晚上肯定是睡不着了。

李瑞阳握住雷婉红的手，十分认真："不管你出了什么事，我都会帮你，如果你需要钱，就算倾家荡产我也在所不惜。"

这话说得，像是电影台词一样。

不过，看着李瑞阳那双真诚的眼睛，雷婉红的心中还是不免有些感动。

真的会是他把书给调包了吗？

"不是的，你不明白，根本就不是钱的问题，我也不会要你的钱。"

"那到底出了什么事？你告诉我好吗？我可以帮你。"

"你……"

雷婉红低下了头，做出一副欲言又止的样子。

"你快说呀！你怎么了？难道你不相信我吗？别怕，无论什么事情你都可以告诉我。"

"唉……"雷婉红叹了口气，打开手提包，把下午收到的那两张纸拿了出来，递给李瑞阳。

李瑞阳看着上面的字，脸上逐渐露出惊讶的表情。

"这……这是谁写给你的？你刚才就是去找那个人去了？到底这是怎么回事？"

到目前为止，从李瑞阳的身上看不出任何破绽。

"这是我大学时的男朋友寄给我的，他叫华欣。"

"你大学时的男朋友？"李瑞阳皱了皱眉，"怎么从来没有听你提起过呢？"

"没什么好提的，他在5年前失踪了，我以为他早就已经不在这个世界上了。"

"这5年之内你们都没有再联系过吗？"李瑞阳似乎有些不相信雷婉红的话。

"我说了，他失踪了！"雷婉红有些不耐烦地回答道，她必须表现得和平时一模一样。"连死亡证明都是我陪他父母去开的，还怎么联系？"

"嗯！"李瑞阳点了点头，"我明白了，怪不得你一直都心神不宁，一个死人竟然会给你写信，的确是件可怕的事情。"

"死人是不可能写信的，要么他还活着，要么这封信根本就是什么人搞的恶作剧。"雷婉红解释到。

"没错，那么，你刚才去见到那个人了吗？他怎么说的，到底发生了什么事？"

他怎么都不问问华欣是怎么失踪的？

是因为他早就已经知道了这一切，所以才会更关心那些他不知道的事情？

"你怎么不问问他是怎么失踪的呢？"雷婉红问道。

"我对他的事情不感兴趣，我只关心你的安危！"

李瑞阳的回答非常漂亮，像他这样的男人，的确不愿意去了解自己的女人跟她前男友之间的那些陈年往事。

"可是，这件事情很重要，我必须得告诉你。"雷婉红说道，"但是，你要发誓不能告诉其他任何人。"

李瑞阳点了点头："行，我答应你，你说吧！"

于是，雷婉开始讲述起了华欣失踪的整个过程，一边讲，一边仔细观察着李瑞阳的一举一动。

李瑞阳的神情由轻松变为紧张，又由紧张变为震惊。

"艾萨克雷斯！你说电话里的那个声音，真的是艾萨克雷斯！？"

听了李瑞阳的话，雷婉红整个愣住了！

"你……你知道这个名字？"

李瑞阳没有回答，他的脸上布满了恐惧。

这个反应实在太出乎雷婉红的意料了。

如果书真的是被他换掉的，那么他肯定会装做什么都不知道。

可是……

"你快说呀？你到底都知道些什么？"雷婉红焦急地催促道。

"不……这不可能是真的……不可能……"

第一次看到李瑞阳惊慌失措的样子，实在是让雷婉红有点措手不及。

"瑞阳！"雷婉红伸手摸着他的脸，"你到底是怎么了？你别吓我好不好？"

李瑞阳抬头看了看她，深深地吸了口气……

"婉红，你说的都是真的吗？"

"当然是真的了。"

"那后来呢？后来又发生了什么？"

"后来，那个电话就再也打不通了。5年了，我真的以为他……"

"你听我说！"李瑞阳打断了她的话，压低了声音，十分严肃地说道，"现在我要告诉你的，是一个传说，虽然我从来就没有相信过，但是……"

"是什么传说，快告诉我。"

李瑞阳点了点头，开始说道："欧洲中世纪开始的时候，也就是大约公元5世纪，古罗马帝国灭亡之后，整个欧洲大陆便陷入了群雄割据的战乱之中。欧洲的封建社会跟中国不一样，他们……"

"你别跟我讲历史好吗？"雷婉红插话道："直接拣关键的说，艾萨克雷斯到底是什么？"

"好！总之，欧洲中世纪一直持续了1000年，又被称之为'黑暗时代'，文化落后、思想愚昧、科技发展十分缓慢。但是，另外一种超科学的东西却异常活跃地发展了起来。"

"那是什么？"

"巫术！"

"巫术？"

"没错，就是巫术。"

李瑞阳的声音低沉而神秘，显得有些紧张，一点都不像是在开玩笑。

"当时的欧洲宗教盛行，每个国家都有属于自己的国教，主要是基督教与伊斯兰教。每个教里都有相当一部分人在进行着巫术的研究。这种超科学的技术不但对各国之间的战争有着直接影响，甚至连人的思想都被牢牢地控制着。"

"你说的这些巫术，到底是什么样的东西？"

"我想应该是诅咒之类的东西，具体是怎么回事没人知道，因为巫术这种东西，到了公元13世纪末期就彻底地从世界上消失了。"

"消失了？"

"是的，至少真正的巫术的确是消失了，现在还流传的一些所谓的'巫术'，都只不过是类似于魔术的一种骗术而已。"

"为什么会消失？"雷婉红追问道。

"因为，这种东西的存在，对于统治者来说，是一件极为可怕的事情！在那一段时期内，政权往往被各个国家的大主教所掌握，而国王，只不过是一个傀儡。迫于巫术力量的威胁，他们完全无法反抗。另外，他们也意识到，如果世界被巫术所控制的话，整个社会经济、科技的发展都将面临巨大的障碍。所以，无论对于统治者还是整个社会来说，只有让巫术彻底从世界上消失才能得到安宁。

"到了公元11世纪末期，整个欧洲大陆懂得巫术的宗教徒已经超过了10万人，要想把这么庞大的拥有特殊力量的群体消灭，几乎是不可能的事情。唯一的办法就是让他们自相残杀！

"在当时，基督教和伊斯兰教是两个对立的宗教，也是两个最大的宗教。只要能让这两个教内的巫师们打起来，那么，就有机会将他们全部铲除。

"可是，要怎么样才能让他们打起来呢？"

"其实很简单！当时，基督教的圣地耶路撒冷一直被伊斯兰教教徒所占据，只要统治者稍加煽动，便能让基督教的巫师们为了解放耶路撒冷而战。

"于是，从11世纪末开始，西欧的基督教国家便开始了以夺回耶路撒冷为名的战争。开战之后，基督教派出了他们最精锐的巫术军团参与战斗，而伊斯兰教也不甘示弱，两个庞大的巫术军团之间终于打了起来。

"这个过程十分漫长，战争规模也不断地扩大，逐渐演变成了两个宗教之间的全面战争。

"而这两边阵营的统治者似乎也达成了某种默契，不断将国内的巫师们往外送，让他们死在战场上。随着国内的巫术集团日渐被削弱，统治者们便开始采取进一步的措施。他们通过收买、暗杀、安插卧底等各种方式，一点点地清理着国内的巫术残余势力。

"战争经历了整整200年，在这期间基督教国家一共发起了9次针对伊斯兰教国家的远征，这就是历史上著名的——"十字军东征"！

"经过200年、几代人的努力，终于将巫术彻底从世界上清除。宗教和统治者之间的关系被完全逆转，宗教成为了统治者用来控制人民的道具。几乎没有人知道这场战争的真实目的。人们对于巫术的记忆也逐渐被淡化，到了现在，那已经成为了只有电影里才能看到的虚构的东西了。"

雷婉红一字不漏地听着李瑞阳的话，关于"十字军东征"这一著名的历史事件，雷婉红在学校的历史课上学过，不过现在，除了这个名字之外，其他的内容早就已经忘记了。

李瑞阳说的是真的吗，还是在编故事？

想到刚才403房间中所发生的一切，雷婉红不禁有些后怕。

难道那一切无法解释的现象，都是那个看不见眼睛的男人使用巫术造成的？

"那么，艾萨克雷斯呢？它跟你讲的这个故事有什么联系？"

李瑞阳拿起桌子上的咖啡，喝了一口，才继续说道："在这长达200年的战争中，有一些懂得巫术的人站到了政府这一边，艾萨克雷斯便是其中之一。"

"你是说，艾萨克雷斯是一个人的名字？"雷婉红吃惊地问道。

"对，艾萨克雷斯是'黑暗时代'末期最杰出的巫师，但他却一直认为巫术是一种十分可怕的东西，甚至可能会导致世界毁灭。于是，他决定帮助政府。谁知，就在这场消灭巫术的战争即将胜利的时候，政府竟然开始对这部分帮助过他们的巫师下手。本来，只要这些人不再传授和使用巫术，等他们自然老死之后，便万事大吉了。可是，统治者们依旧担心这股势力卷土重来，为免除后患，他们开始了一系列的暗杀行动。

"当时的艾萨克雷斯年事已高，已经接近死亡的他并不吝惜自己的生命，可是，对于政府的这种行为十分愤怒。一生研究巫术的他，到了这一刻，竟然有一些不舍。于是，他将自己这一生所会使用的全部巫术写在了一本书上，他当时的心情很矛盾，一方面，对于巫术的彻底消失心有不舍；另一方面，他又害怕因为自己的这本书，使得长达200年的努力、数百万人的流血牺牲化为泡影。在反复思考了之后，他在这本书上施加了一个只有他才会的诅咒。然后，他将这本书交给了他的孙子，希望能够世代相传下去，并嘱咐他无论任何时候都不能看这本书，否则那个可怕的诅咒将在他身上应验。"

"那本书的名字，就叫做《艾萨克雷斯》？"雷婉红问道。

"没错！"

雷婉红已经渐渐地被李瑞阳所讲述的故事所吸引，几乎忘记了这次谈话的主要目的。

"这些事情你是怎么知道的？"

李瑞阳盯着雷婉红的眼睛，长长地吐了口气，好半天才从他口中吐出一句让人震惊的话来。

"艾萨克雷斯……是我的祖先！"

"你说什么？"雷婉红忍不住大叫出来，李瑞阳的话实在太让她吃惊了。

好在他们坐的是一个比较偏僻的位置，周围没有人，不然旁人肯定会被她的声音给吓倒。

"你……你是艾萨克雷斯的后人？"

李瑞阳点了点头。

"可他不是欧洲人吗？怎么会……"

"黑暗时代结束之后，欧洲各国的经济文化果然开始迅速发展起来。15世纪末期，世界进入了大航海时代；16世纪，开始了文艺复兴；17世纪中期，我的祖先带着那本《艾萨克雷斯》，跟随经商的船队来到了中国，并在这里安家生活了下去。"

"天哪！你说的这都是真的吗？实在太不可思议了！"

"这是我爷爷在临死之前告诉我的，但我并不相信他的话。直到今天听了你的话我才开始有些相信了。"

"那……那本书呢？那本书现在到哪里去了？"

"在我家的保险柜里。"

"在你家的保险柜里！？"雷婉红脸上露出惊异的表情，继续问道，"你说的是真的吗？真正的《艾萨克雷斯》就在你家！"

"没错，就在我家！那本书是爷爷在临死前转交给我的，希望我能继承家族的遗志，将这本书继续传下去，但绝对不去看那本书。"

"这么重要的书就放在你家的保险柜里？你就不怕被偷走吗？"

李瑞阳笑着回答道："就算是有特别专业的小偷打开了保险柜，也没什么大不了的。如果那只是一本普通的书，他拿走了也不可惜；如果爷爷的话是真的，那么，那个小偷一旦因为好奇心看到了里面的内容，就会受到艾萨克雷斯留下的诅咒。在我们家族的历史上，曾经有3个人因为偷看过那本书而神秘失踪了。我想那小偷也只会落到同样的下场。"

"曾经有3个人因为偷看过那本书而神秘失踪了？"雷婉红皱了皱眉，继续追问道，"这些都是你爷爷告诉你的吗？那些人失踪之后又怎么样了？那本书呢？书有一起失踪吗？"

"没有！书一直放在原来的地方，但是放书的盒子被打开过，而那些消失的人也再也没有出现过。"

"天哪！"雷婉红深深的地吸了一口气，"这些事情，你为什么以前都没告诉过我？"

李瑞阳笑了笑："我告诉你，你一定会把我当成疯子。这样的事情连我自己都不敢相信。"

没错，这样的事情，只是当做故事来听的话还好，如果要说是事实的话，听起来简直让人觉得荒唐。

"你偷看过那本书吗？"雷婉红问道。

"看过封面，但没有看过里面的内容！"

"真的吗？"

"当然是真的了。我什么时候骗过你？"

"那好，你看看这个！"雷婉红说着，从手提包里拿出了那本书，放到李瑞阳面前。

看到封面上的英文字母，李瑞阳的眼睛都绿了。

"这……这……这怎么可能？这就是那个华欣寄给你的那本说是可以拯救他性命的书？"

"没错。"雷婉红点了点头。

"假的，这本书肯定是假的！"

"你怎么知道是假的？万一现在放在你家里的那本才是假的呢？"

"这不可能！"李瑞阳突然站了起来，"我这就回家看看去！"

"你给我坐下！"雷婉红叫住了李瑞阳，"你回家看什么呢？如果书还在保险柜里，就能让你安心了吗？"

"当然了！那就说明这本书是假的！"

"好，既然你说这本书是假的，那就打开看看吧！打开看看，你就知道是真是假了。"

听了雷婉红的话，李瑞阳重新坐了下来，双眼死死地瞪着桌面上的书！

他的手颤抖着伸了过去……

"不！万一这要是真的，万一这里面真的有什么奇怪的诅咒，那我……"

"你有没有想过，"雷婉红按住了那只还在发抖的手，对他说道，"说不定你们祖祖辈辈一直守护着的那本《艾萨克雷斯》，一开始就是一本假的。"

李瑞阳皱了皱眉，他立刻就明白了雷婉红话里的意思。

"你是说，因为那本书没人看过，而看过的人又都消失了，所以根本就没有人知道那本书是真是假，也许在这几百年的过程中早就已经有人把它偷偷地换走了？"

"没错！你刚才说你们家族里曾经有3个人因为看过那本书之后失踪了，那都是什么时候的事，你爷爷告诉过你吗？"

"他告诉过我，前两个都是500年之前的事情了。"

"那最后的一个呢？他告诉过你吗？"

"他刚想告诉我的时候，就咽气了……"李瑞阳说完，眼睛中闪过一丝沉痛的神色。

怎么可能会发生这么巧的事情？

"看来，关键就出在这第三个人的身上了。"雷婉红解释道，"像这样的一本书，对于人类的好奇心来说是绝佳的食物。要说700年的历史里就只有3个人偷看过这本书是绝对不可能的。为什么会只有3个人失踪呢？那就说明，这第三个人也许根本就没有看过这本书，而是把它给偷换了，为了掩饰，故意装成失踪的样子。这样，后面的那些人即使看了那本流传下来的假的《艾萨克雷斯》，也不会再因为受到诅咒而失踪了。"

"你的意思是，这本书从那第三个人开始就流落到了民间？"

"这仅仅是一种猜测，不过我觉得这种可能性非常高。不过就算是这样也没有意义，那恐怕也已经是几百年前的事情了。"

"这么说，你拿到的这本书，是真的《艾萨克雷斯》？"

"不！这是本假的。"雷婉红说完，将书翻开。

看到那一页页空白的书页，李瑞阳也不由得露出了疑惑不解的表情。

"这到底是怎么回事？你进入那个公寓之后，到底发生了什么？"

"是这样的……"

雷婉红开始讲述起在那栋公寓里所发生的一切，3楼的小女孩，4楼地面上的房间，以及之后在房间里发生的那些事。

除了对李瑞阳的怀疑之外，所有的事情都告诉了他。

听完雷婉红的话，李瑞阳用手托着下巴，开始思考起来。

"也就是说，要么那本书根本就是假的，要么，就是有人把它给偷换了。"

"没错。"雷婉红点了点头，"华欣的失踪很有可能就是因为看了那本真的《艾萨克雷斯》，这跟你们家族里那3个失踪的人的情况不谋而合。如果那本书真的能够帮到他，那么，他不可能寄一本假的书给我……"

雷婉红的话还没说完，李瑞阳突然一拍桌子，愤怒地说道："不管是真的假的，如果真的是那个家伙寄给你的这些东西，他就太混账了，怎么能让你陷入这么危险的事情当中，真他妈的不是男人！"

他的话让雷婉红有些感动，不过这种感动很快就被其他的东西所代替了。

"瑞阳，你不能这么说。如果他真的遇到了什么危险的事，我是他唯一能相信的人，你明白吗？如果是你，也许你也会这么做的。"

"不！我不会的！"李瑞阳斩钉截铁地回答到道："就算死，我也不会做出有可能伤害到你的事情。"

"好了好了，你先坐下，我问你，如果那本书真的是被什么人偷换掉了，你认为会是谁干的？"

雷婉红的这个问题，一半是在试探，一半是她真的也想听听李瑞阳的想法。

"在整个过程中，你就只接触过2个人。我，那个小女孩，对吗？"

"没错。"

"也就是说，如果书真的被偷换掉了，只有可能是这两个人其中的一个。"

"是这样的。"

李瑞阳看着雷婉红的眼睛，片刻的沉默之后，开口问道："你是不是在怀疑我？"

"嫌疑最大的的确是你，不过，一般这种情况之下，嫌疑最大的人往往是无辜的。"

这可不是什么有说服力的说法。

"而且，"雷婉红又接着说道，"你刚才说的那些话也打消了我的怀疑，我相信你。"

"是吗？"李瑞阳似乎有些不相信雷婉红的话，开口问道，"难道你不会想，也许真的就是我换掉的，因为那本来就是属于我们家族的东西，只不过是物归原主而已。"

"如果真的是那样的话你就不会把这一切告诉我了，不是吗？"

"嗯……"李瑞阳垂着头，再一次陷入了沉思。

突然，他猛地抬起头，对雷婉红说道："不，不对，除了我和那个小女孩之外，还有一个人有可能换走那本书。"

"是谁？"

"就是403房间里的那个男人！你不是说进入房间之后，是他把你的手提包还给你的吗？中途他还去了那个你看不见的红色布帘里换衣服，他有足够的时间去做这样的事情！"

"你说的这点我也想过，他是有足够的时间，不过，他没有做这件事的动机啊！因为那本书我本来就是要交给他的。"

"可是他那个时候并不知道不是吗？说不定他偷偷地打开了你的手提包，看到了那本书，将它换掉之后，才知道你打算给他又不好意思承认自己做的事，所以才告诉你那是本假书，让你去找真的书给他。"

李瑞阳的话并不是没有道理，可是，如果真的是那样的话，他应该会很希望雷婉红立刻离开那个房间，然后自己才能去看那本书。不过他并没有这么做，反而是很希望雷婉红能够留下来。而且，他看到那本书时的表情，的确是很惊讶。虽然看不见他的眼睛，不过那种感觉很真实，至少要比李瑞阳看到这本书时的反应要真实。

不过，她的这种想法是不能告诉李瑞阳知道的。她并没有完全消除对李瑞阳的怀疑，必须要装做完全相信他，这样才有机会找出破绽来。

"你说得有道理。也许，他是故意告诉我这本书是假的，这样就可以不用回答我的那些关于书的问题。他让我去找真书，可是那本真的书是找不到的，所以，我也不可能再回去找他，这样反而能够保护我。"

雷婉红被自己无意识当中说的话吓了一跳。没错，这种推理是成立的。以她的性格，如果不是以这种方式被支走的话，一定会刨根问底的。就算当时因为恐惧而离开了，之后也会再去那个地方找他，说不定还会带几个保护她的人过去，这绝对不是那个男人愿意看到的事情。

"好了，婉红。"李瑞阳站了起来，对雷婉红说道："你跟我回家一趟，先看看我家保险箱里的那本书到底怎么样了再说。"

说完，李瑞阳叫来服务生结了账。

"你先到车上去等我吧，我去一趟洗手间。"雷婉红说着，朝着洗手间的方向走了过去。

不过，她并没有进入洗手间，而是在转角处停了下来，靠着墙沿，等看到李瑞阳走出门外之后，她立刻来到了服务台前。

"请问，"她指着刚才他们坐的那个位置对台前的服务员小姐问道，"那边那个角落里你们有装监控摄像头吗？"

服务员小姐抬起头，颇感意外地看着她："有的，请问你有什么需要帮忙的吗？"

"能让我看看这一个小时里的录像吗？"

"这个……如果你没有正当理由的话，监控录像是不能随便让人看的。"

"那能不能请你们的工作人员帮我看一下，刚才坐在那里的那个男人从进来之后有没有离开过那个位置？"

看着服务员小姐露出的疑惑的表情，她又接着补充道："我怀疑他趁我不在这段时间跑出去跟别的女人见面了。"

服务小姐愣了愣，最终还是拿起了电话。

"我帮你问一下吧，请稍等。"

片刻之后，雷婉红被带到咖啡厅的监控室，然后，她看到了令人毛骨悚然的事情。

李瑞阳只在咖啡厅待了一会儿就离开了，一直到雷婉红回到咖啡厅之前的两分钟才回来。

如果那本书真的是被他调换的，那么，它肯定还藏在车里的某个角落。李瑞阳出去，不是看那本书，就是把它转移到别的地方。

除此之外，还有一件让雷婉红感到心惊肉跳的事情。

从摄像镜头上拍到的雷婉红回到咖啡厅的时间是7点57分，而她和李瑞阳在咖啡厅下车的时间是7点05分左右，这中间竟然只间隔了不到1个小时的时间！

这怎么可能？要知道，她至少在那栋公寓里待了一个半小时的时间啊！

从那栋房子里出来之后，雷婉红便一直没有看过时间。

现在，挂在前台的时钟上显示的时间是8点40，这跟她回来的时间是相吻合的。

想到403房间里发出的那奇怪的钟声，雷婉红的心中又是一阵惊悸。

这到底是怎么回事？难道真的是所谓的什么巫术？

雷婉红的脑子又开始有些混乱起来，她发现自己已经被卷入了一个很深很深的旋涡，不能自拔。

银色的奥迪Q7行驶在僻静的郊区小径上，穿越过一阵又一阵的黑暗。

在回去的路上，无论是雷婉红，还是李瑞阳都没有说话。

雷婉红觉得很疲惫，但不是身体上的。

她想尽量去想一些开心的事情来转移自己的注意力，可是，脑海中却完全被那个恐怖的声音所占据着。

"艾萨克雷斯……艾萨克雷斯"

如果李瑞阳所说的一切都是真的,那么,那本书里到底写的是什么?那些消失的人又到底到哪里去了?

可他的话是真的吗?

如果那本书真的是李瑞阳换掉的,那么,他肯定能猜到,当自己从403号房间回来之后就会怀疑他。为了消除自己对他的怀疑,光是装做什么都不知道可不行,最好的办法就是编造出另外一种"事实"出来,而这些"事实"又能和所发生的事情相吻合。

人的好奇心是很奇妙的东西,只要能够得到满足,就会愿意去相信所听到的一切。

坐在他旁边的李瑞阳紧紧地握着方向盘,表情严肃,似乎一直在思考着什么。

雷婉红很想现在就问他刚才在咖啡厅里为什么中途离开了,去干什么了。

可是她没有这么做。

第一,根本就不可能问出什么结果;第二,这么做,会让李瑞阳知道她依然在怀疑他,反而会提高警惕,这样自己想要找出决定性的破绽就会变得更难了。

但愿他不是在说谎,要不然这本来就快要理顺的一切就又会变得无比复杂起来。

一个半小时之后,两人来到了李瑞阳的家里。

没有多余的话语,他们直接走进卧室,来到了放在角落里的保险柜前。

李瑞阳蹲下身子,开始旋转起保险柜的密码锁来。

雷婉红屏住了呼吸,静静地等待着……

"咔嚓……咔嚓……"

几个来回之后,保险柜的门打开了。

里面放着一个跟雷婉红手提包里放着的几乎一模一样的木盒子,还有就是一些乱七八糟的文件。

李瑞阳伸手把盒子拿了出来,看了雷婉红一眼,轻轻地把盒盖打开了……

红色的封面,白色的英文字母"ISSACREIS"。

跟雷婉红手中的那本书几乎一模一样。

李瑞阳长长地吐了口气，对雷婉红说道："好了，书还在，现在我们一起来想想，下一步该怎么办？"

还没等雷婉红说话，李瑞阳便像事先思考好了一样，继续说道："首先，我们必须要先确定这本书的真伪，你跟我来……"

李瑞阳把雷婉红带到了他的书房里，打开写字台的抽屉，从里面拿出一个数码摄像机。

"婉红，你拿着这个，待会我打开书看，你把整个过程拍下来。"

"不行！"雷婉红坚决制止道，"你不能看这本书，万一它要是真的，那你……"

"没关系！"李瑞阳笑着打断了她的话，"万一我要是出了什么事，你就拿着这本书和这部摄像机去找403房间里的那个男人，他应该能帮你。"

"你疯了吗？"雷婉红冲了过去，紧紧地抱住了李瑞阳，"他能帮我什么？我根本就不认识他，你要是真的出了什么事，就没有人能够帮到我了。"

雷婉红的话是真心的，她突然发觉自己对李瑞阳竟然有着如此之深的依赖感。

李瑞阳用手摸了摸她的头发，把她推开，温柔地说道："好吧，那你说，我们现在该怎么办？我听你的。"

"你明天能请假吗？"

"如果你需要，我连工作都可以不要。"

"别说傻话。"雷婉红瞪了他一眼，继续说道，"明天我们请一天假，带着这本书，一起去风铃大街找那个人，让他看看就知道是真是假了。"

"好！不过，我们现在最好先计划一下，针对明天可能发生的各种情况，应该怎么去应对。"

"你说得对。"雷婉红点了点头，李瑞阳不愧是她的经理，想事情的确要比自己周到得多。

于是，两个人便开始讨论、计划了起来，一直到凌晨3点才全部结束。

刚一躺到床上，李瑞阳便"呼呼"地睡了过去。

遇到这么大的事情还能睡得那么安稳，雷婉红实在有些佩服李瑞阳的……应该说是镇定呢，还是麻木？

他是一个相当自负的人，也许发生这一切，不但不让他感到害怕，还反而让他有些兴奋。

就算是那本如此恐怖的书，他也可以毫不犹豫地去看。雷婉红知道，那是因为他对自己有自信，就算是真的有什么诅咒，他也相信自己可以战胜它。

或者，也许他一开始就知道那本书是假的，所以才敢这么放心大胆地想要去看。

李瑞阳，华欣，还有403号房间里的那个男人，这3个人里，至少有1个人是在骗她。

也许，3个人都在骗她。

雷婉红打了个寒战，她突然觉得自己好无助。

"你能相信什么？那个叫华欣的男人，你能相信他吗？你相信你的眼睛所看到的东西吗？或者说，你相信你自己吗？"

她的耳边又响起那个男人的话，是啊，她该相信什么呢？她又能去相信什么呢？她甚至都不相信她自己。

失踪！求救！艾萨克雷斯！

巫术！黑暗时代！艾萨克雷斯！

真是太荒谬了。

雷婉红闭上了眼睛，让自己完全处于黑暗之中。

人为什么会怕黑呢？明明一生有三分之一的时间就是在黑暗之中度过的。

因为有梦！五颜六色、千奇百怪的梦。

如果，连梦都是黑暗的，那么，人会害怕吗？

不！不会的！

人其实并不害怕黑暗，只是害怕从光明进入黑暗的那个过程。

就像是死亡一样！死去的人不会害怕，只有活着的人才会害怕注定会到来的死亡。

为什么会想到这些？

雷婉红不明白，她也不想去弄明白，在昏暗之中，她的意识越来越模糊了……

属于她的黑暗时代……

就要来临了！

三、世界

雷婉红做了一个奇怪的梦。

金碧辉煌的教堂中,她身穿洁白的婚纱,站在最前方的礼拜台上。

他的身边站着一个穿着白色礼服的男人,紧紧地握着她的右手。

钟声响起,整个教堂一片欢呼声。

雷婉红抬起头,看着自己身边的那个男人。

男人的脸一片模糊,就像是透过那种毛玻璃一样,不管怎么看,都看不清他的样子。

"你愿意嫁给我做我的合法妻子吗?"

这是一个似曾相识的声音,不过,雷婉红却一点印象都没有。

"你是谁?"

"哼!"

冷笑!

"你不认识我了吗?

"你说过,你要一辈子都和我在一起。这些你都忘记了吗?"

男人的脸逐渐变得清晰了起来……

"华欣!"

雷婉红惊叫了起来。

"你……你回来了?"

"是啊,我回来了。"华欣用手温柔地摸着雷婉红的脸颊,"你愿意嫁给我吗?我们一辈子在一起!"

"我……我……"

"怎么了？你还在犹豫什么？难道你不想和我在一起吗？"

"不是……可是……"

"你变心了！"

"她是变心了！"

雷婉红突然发觉自己的左手被什么人给抓住了，她回过头一看……

李瑞阳穿着和华欣一模一样的衣服，站在她的左边。

"这都得怪你，这5年你去哪里了？现在，她已经是我的女人了，你不应该在这里出现，回到你该去的地方去！"

李瑞阳的话音刚落，华欣突然甩开雷婉红的手，冲了出去。

"阿欣！阿欣……"

雷婉红大声地叫喊着，她想要追出去，可是左手却被紧紧地抓着，挣脱不开。

"让他去吧！把过去的阴影从你心里赶走，你得向前看！"

李瑞阳说着，吻上了雷婉红的嘴唇。

"嫁给我，婉红！"

"不……不！"

雷婉红终于挣脱了李瑞阳的手，往教堂的大门冲了过去。

可是，刚跑两步，整个空间突然变得一团漆黑。

她停了下来，原地转着圈，不知所措。

"你在找什么？美丽的小姐。"

她的背后突然又传出一个熟悉而陌生的声音。

雷婉红转过头，可她什么都看不见。

"你的衣服真漂亮！是我喜欢的颜色。"

雷婉红低下头，往自己的身上看去。

不知哪里来的火光，照亮了她整个身体。

她惊恐地叫了起来。

"我的衣服！我的衣服怎么是红色的？"

"我把它染红了！"

"你！"

雷婉红抬起头来，站在她面前的，是一个头发蓬乱，看不见眼睛的男人。

他的手上拿着一个打火机,火光就是从那里发出来的。

"你是谁?想要干什么?"

"你的书掉了,我是来还给你的。"

说着,一本红色封皮的书到了雷婉红的手里。

书被她打开了……

雷婉红睁开眼睛,她的额头上全是汗水。

刚才的那个梦里,她的的确确看到了书里的内容,不然,说不定她也不会醒。

惊醒!

她闭上眼睛,仔细地在脑海中回忆着,回忆着在梦里看到的,书里的一切。

可是,她却什么都想不起来了。

屋子里很黑,天还没亮。

雷婉红打开床头柜上的台灯,转头一看,身边的被窝里空空的。

"瑞阳!瑞阳!"

她大声地喊了起来。

没人回答。

她一翻身,从床上下来,把连着充电器的手机拔了下来,找出了李瑞阳的电话。

电话通了。

"喂,你……"

还没等雷婉红说话,电话那头的李瑞阳先激动地嚷了起来。

"婉红!你现在在哪儿?你到哪里去了?为什么不等我?"

他在说什么?

"你说什么呢?你现在在哪里?为什么趁我睡着的时候一个人离开?"

"我……发现 ……难道……这怎么……等……"

电话里传出断断续续的声音,根本听不清他在说什么。

"喂……喂……瑞阳,你能听清我说话吗?喂……"

信号完全消失了。

之后,他的电话就再也打不通了。

这时，雷婉红看到了手机上显示的时间。

12点23分！

中午12点23分！

她赶紧跑到窗口，向窗外望去……

天空是黑色的，没有月亮，也没有星星。

地面也是黑色的，没有灯光，也没有火光。

她的身体剧烈地颤抖着，她紧紧地咬着自己的嘴唇，几乎快要咬出血来了。

她无法去思考发生了什么，或者正在发生的是什么，唯一可以确定的是：这绝对不是在做梦。

放在床边的那两本《艾萨克雷斯》已经不见了，不过雷婉红并不关心这个，也许，真正不见的东西，是她自己！

不能继续待在房间里，这会让她发疯的。

她飞快地穿上了衣服，连头发也来不及整理一下，提着手提包冲了出去。

可是，应该去哪里呢？

先回家，至少那个地方能让自己安心。

从电梯里出来，雷婉红一直奔跑到大街上，在公路旁的汽车站前停了下来。

街道上一个人都没有，也没有车。

不能这么等下去，必须想别的办法回家。

她想到了停在地下停车库的那辆银色的奥迪Q7，昨天睡觉前她偷偷地把车钥匙藏进了自己的手提包里，本想趁李瑞阳睡着的时候去车里检查一下，看看能不能找到什么线索。

她打开手提包，车钥匙还在。

于是，她又跑了回去，来到了地下停车库，找到了李瑞阳的那辆车。

汽车被顺利地启动了，虽然雷婉红在拿到驾驶证之后几乎就没有再开过车，不过，在空无一人的公路上行驶，根本就不需要什么驾驶技术。

中午12点的黑色的天空，空无一人的世界，即便是在做梦，也肯定是个噩梦。

雷婉红改变主意了，在这个时候，这样的世界，回家没有任何意义。

她在单行道上来了一个180°度的大转弯。

可就在这个时候，对面突然驶过来一辆车，雷婉红大吃一惊，一脚踩着刹车，双手拼命地转动着方向盘……

当雷婉红恢复知觉的时候，她发现自己躺在地上，周围聚满了围观的人群。

"醒了，她醒了！"

"好像没什么事。"

"真是的，怎么横穿马路呢……"

……

雷婉红坐了起来，有些诧异地看着周围的人。

太阳挂在正空，旁边的公路上车来车往，喧嚣声、吵闹声，跟刚才那死一般沉寂的景象完全不同了。

"我这是怎么了？"雷婉红问道。

"你刚才差点被车给撞了。"一个围观的老人回答道。

"是吗？我……"她站了起来，左右看了看："我的车呢？我刚才开的车呢？"

"什么车？你刚才没有开车呀！"

"我怎么没开车？我刚才明明开着车，而且……"

"姑娘，你一定是被吓坏了。刚才我就在这里散步，所有的一切都看到了，是你横穿马路，结果晕倒在了马路中央，差一点就被后面的车给撞上了，是我们把你抬到人行道上来的。"

"没错，你是不是身体有什么不舒服呀？怎么会突然晕倒呢？"

"救护车马上就要来了，你还是到医院去好好检查一下吧！"

……

雷婉红觉得一阵眩晕，她捡起掉在地上的手提包，从人群中冲了出去。

她在人行道上拼命地奔跑着，让疲劳来麻痹内心的恐惧。

她没有做梦，更不可能是在梦游，梦游的人是不可能记得梦里发生的事情的，可是自己的记忆并没有任何断裂的现象。

一个可怕的推论出现在了她的脑海中。

不，不能说是推测，因为推测得有一定的事实依据，只能说是猜测。

就在这个时候，她的电话响了起来。

是李瑞阳打来的。

雷婉红停了下来,按了接听键。

"婉红!你到底怎么了?现在在哪儿呢?怎么把手机给关了?"

电话那头传来李瑞阳那急切而担忧的声音。

"我……你现在在哪儿呢?"

"我正在去风铃大街的路上,你是不是已经过去了?怎么不等我呢?昨天不是说好的吗,你怎么趁我睡着的时候一个人离开了?"

"不!我没有,出了一件很奇怪的事情。"

"什么事情?"

"电话里说不清,见面再说。"

"好,告诉我你在哪儿,我来接你。"

"不用了,浪费时间,你先去那边等我,我自己打车过来。"

说完,雷婉红挂上了电话,伸手招了一辆出租车。

"去哪儿?"出租车司机叼着香烟,漫不经心地问道。

"风铃大街!"

"风铃大街!?"司机转过头来,有些吃惊地看着雷婉红:"那地方很远的……"

"我知道!你去不去呀!"

"去!我爸妈就在那儿住,正好去看看他们。"

司机说着,发动了汽车。

"你父母就在风铃大街住?"雷婉红问道:"那你是在那边长大的了?"

"当然了,一直到上大学前我都住那里。那是个小地方,除了周末,平时基本没什么人到那里去。"

"那你知道大街13号的那家公寓吗?"

"知道!"司机吸完最后一口,把烟头往车窗外一弹,依旧漫不经心地说着:"不就是那栋失踪过一个小孩儿的破房子吗?"

"失踪过一个小孩?!"雷婉红的心脏剧烈地跳动了一下,赶紧问道:"是怎么回事?"

"也没什么大不了的,一个装神弄鬼的孩子,天天待在家里不去幼儿园,说什么跟一个楼上空房间里的叔叔一起玩,后来突然就失踪了?"

"楼上空房间里的叔叔？什么意思啊？"

"楼上有个没有人住的空房间，那小女孩老说里面有人跟他玩捉迷藏，精神有问题。"

"是个女孩啊！"雷婉红深深地吸了一口气，又继续问道："这是什么时候的事情？"

"大概……1年以前吧！"

"她多大了？"

"不大，还没上学呢，也就六七岁吧！"

"那她叫什么名字呢？"

"这我哪儿记得住啊！我也是听我家老太太说的，她父母到现在都还在伤心。其实我倒觉得，有这么一个精神有问题的孩子，失踪了说不定反而是件好事，不然以后……"

司机后面说的话雷婉红根本就没有听进去，她想到了华欣的父母，华欣失踪之后，整整两年的时间里，他们没有一天不是以泪洗面，从壮年直接跳入了老年。

这一切到底是怎么回事？她一定要弄个水落石出。

两个小时的车程，花了接近300元的打车费。

雷婉红用钱可从来没有这样洒脱过。

下车的地点是昨天的那家咖啡厅门口，雷婉红拿出手机，正准备给李瑞阳打电话，可是，当她看到手机上出现的信息时，脚一软，差一点跌倒在地上。

有一个未接电话。

那是一个久违而熟悉的名字。

"华欣！"

雷婉红用颤抖的右手按动着手机上的按钮，这个电话打来的时间是：今天中午的12点42分！

那个时候，自己应该正在开车，晚上睡觉的时候把手机铃声给调成震动了，所以没有听到。

她立刻回拨了那个号码，结果跟她想象的一样，没有任何回应。

手机上显示的现在的时间是：下午3点31分。她冲进咖啡厅，看了看挂在头顶上的时钟。

"11点13分！"

一切正如雷婉红所预料的那样，就在几个小时前，她进入到了那个和华欣所在的同一时空轴的世界。

是怎么进去的，又是怎么出来的？她不知道，不过，那个世界的时间大约是现在这个世界的4倍！

没错，昨天在403房间里听到的，的确是时钟报点的钟声！当时的时间应该是晚上7点40左右，时钟正好响了31下！

已经没有什么害怕或者不可思议的了，华欣还活着，无论如何，她都要找到他！

然后……

然后该干什么，她也不知道。不过，这件同时牵扯到她身边两个最亲密的男人的事情，是无论如何都要弄清楚的。

她拿起电话，打给李瑞阳。

关机！

雷婉红一点都不惊奇，直接向着13号公寓的方向走去。

公寓楼里的气氛和她上次来的时候相比明显要正常许多。

至少在楼道里看见了人，至少看上去，这两个从上面往下走的人是正常的。

可是，这反而让雷婉红觉得有些不正常了。

楼道里虽然没有阳光进入，但是灯光明亮，跟昨天那昏暗的世界完全不同。

由3楼通向4楼的阶梯完好无损，雷婉红走了上去，来到403的房门前。

她突然想起，自己昨天就是从这扇门里出来的。

她敲了敲门……

没有回应。

"有人在吗？请开开门好吗？"

门开了。

但并不是雷婉红面前的这扇门。

从她背后的402号房间里，一位老太太探出了头。

"姑娘，你找谁呀？"

雷婉红记得，这就是她昨天离开时差一点就撞上的那位老太太。

"我找这房间里的人，大妈，您知道他什么时候回家吗？"

老太太皱了皱眉，"姑娘，这个房间里，一直都没有人住的。"

不出所料。

"是吗？可是，为什么会没有人住呢？"

老太太压低了声音说道："那房间，不干净！"

"不干净？您是说……以前死过人？"

"不，不是死人，是……"说到这里，老太太顿了顿，把就快要吐出来的话又收了回去，"姑娘，你还是快回去吧，千万可别跟这个房间扯上什么关系。"

说完，老太太便关上了门。

现在该怎么办？

她该怎么才能回到昨天的那个空间里去？

她突然想到了昨天的那个小女孩，如果她就是出租车司机所说的，在一年前失踪的那个孩子的话，那么，说不定她家里人能知道些什么。

雷婉红下到了3楼，来到312的房门前，敲了敲门。

一个衣着朴素的中年妇女打开了房门，略为有些诧异地看着雷婉红。

"你找谁？"

"我找……请问，你们家是不是在一年前丢失了一个6岁多的女孩子？"

"对！你……"女人突然激动地抓住雷婉红的双手，"你是不是知道她在哪里？你找到她了？我的玲玲……"

这是典型的应急反应，心理疾病的一种，因为失去亲人而产生的情绪激动。

"请你冷静点。"雷婉红也握住了她的手臂，试图让她冷静下来。"大姐，你听我说，如果能把有关你女儿的一切告诉我，说不定我能找到她。"

"真的吗？"女人脸上露出了激动的笑容，可立刻就消失了。

"你是谁？为什么我要相信你？"

"我是……我只是一个普通人，但我想，昨天我见过你女儿。"

"你在哪里见过她？你怎么知道那是我女儿？你到底是谁，你想要干什么？"女人突然变得有些害怕了起来。

"我叫雷婉红，昨天我去了楼上的403号房间……"

"403！"女人大声地叫了起来，一伸手，把雷婉红推了出去。

门被关上了，剩下雷婉红一个人呆呆地站在过道上。

她突然有种想哭的感觉。

自己这是在干什么呀！

李瑞阳的电话仍然打不通，他肯定已经先来到这栋公寓了，并且……

看着自己面前的房门，想到刚才的那个女人，雷婉红突然觉得有些奇怪。

通常情况下，人因为失去了某个重要的人之后，那个人所在的环境里的一切都会对她产生刺激，勾起她的回忆，这对精神是一种极大的伤害，应该尽快换个地方居住，这样才能尽快从悲痛中恢复过来。

可她为什么还住在这里？

是因为还抱有希望，希望自己的孩子有一天能回家？

雷婉红拍了拍自己的脸，她觉得自己想得太多了。

现在应该想的，是怎么样才能回到昨天的那个空间中去。

为什么昨天能进去，今天就不能了？

这两次之间到底有什么不同？

时间，还是别的什么东西？

书！

没错，昨天和今天相比，唯一的不同就是，昨天她是带着那本书来的，而今天却没有。

虽然那本书并不是真的《艾萨克雷斯》，但它说不定是能够开启进入那个空间的大门钥匙。

等等！

既然谁都没有看过真正的《艾萨克雷斯》，怎么就知道那本空白的书是假的呢？

昨天的那个男人说他知道书里的内容，李瑞阳也说，那是一本记载着艾萨克雷斯所会使用的全部巫术的书。既然是巫术，就不一定是以文字的形式来记录的，而且，如果说他不愿意被人看到而施加了诅咒，空白的书页，说不定就是诅咒的一部分。

想到这里，雷婉红只觉得头皮发麻，呼吸都开始有些困难了。

也就是说，每一个看过那本书的人，都以为那是本假书，而就是那本"假书"让他们全都失踪了。

而自己，还有李瑞阳，都已经看过那本书了！

这么说，他们两个人也会"失踪"？

今天早上看到那一切，就是"失踪"的前兆？

雷婉红决定回李瑞阳家里去一趟，那本书应该还放在他家里，他早上肯定是拿着自己的那本书过来了。

如果这个推论是正确的，那么，也就不存在李瑞阳偷换书的说法了。

她也害了李瑞阳！

5个小时之后，雷婉红带着那本《艾萨克雷斯》回到了风铃大街１３号的公寓楼前。

今天这一天，光打车就花了接近1000块钱。对于雷婉红来说，这是不敢想象的事情。

不敢想象，可是，一切却正如她想象的那样，她再一次走进了那个奇怪的空间之中。

昏暗的灯光，混浊的空气，寂静的楼道。

不过雷婉红已经不像昨天那样害怕了。

沿着楼梯，一步步地往上走，很快便来到了３楼。

上４楼的断层上，昨天的那块木板已经不见了。

看来还得去找那个小女孩。

雷婉红来到了312房间的门口，刚想敲门，门却自己打开了。

"姐姐，你回来了？"

小女孩探出头，露出天真的微笑。

"你是来还木板的吗？"

雷婉红是来借木板的。

"那块木板，不是你拿回来了吗？"

"没有呀！"小女孩眨了眨眼睛。"我一直在等着姐姐你把它送回来还给我呢！"

"可是，那块木板已经不见了呀！"

"不见了！"小女孩张大了嘴，露出十分惊讶的表情。"你把它弄丢了？"

"我……"

"是不是你把它弄丢了？"小女孩显得有些生气。"你怎么这样啊？早知道我就不借给你了，你得赔我一块。"

"对不起，是姐姐不好，姐姐给你巧克力吃，好吗？"

说着，雷婉红从手提包里拿出两颗巧克力，递到小女孩面前。

"我不要这个！"小女孩伸手打掉了雷婉红手中的巧克力。"你赔我木板，我就要我的木板！"

雷婉红有些发窘，她想了想，开口说道："你妈妈正在找你，你知道吗？"

"我妈妈？"小女孩一脸的茫然。

"对啊，你是叫铃铃吧，你妈妈她……"

"我不叫铃铃！"小女孩打断了雷婉红的话。"我叫辛蒂蕾娜，你看，我有水晶鞋。"

小女孩抬起腿，她的脚上真的穿着一双亮晶晶的鞋子。也不知道是玻璃的还是真的是水晶。

"真漂亮啊！我还从来没见过这么漂亮的鞋子呢！"

雷婉红知道，小孩子最喜欢听赞扬的话。

"真的吗？"辛蒂蕾娜的脸上果然露出了开心的笑容。"这是野兽叔叔送给我的，我最喜欢了。"

野兽叔叔……

应该是指楼上的那个男人。

"对了，姐姐，你来陪我玩吧，好吗？"

她似乎忘记了木板的事情。

"姐姐也很想陪你玩，可是我现在有事啊，等姐姐把事情办完了就来陪你玩，好吗？"

辛蒂蕾娜皱了皱眉，一脸的不高兴："姐姐你有什么事情呀？"

"我想去找楼上的野兽叔叔。"

"你找他干什么？"

"找他……因为我也很想要一双你这样的水晶鞋，真的太漂亮了。"

"可是，他现在不在这里呀！"

"他不在？那他到哪里去了？"

"实验室。"

"实验室？"

"对啊，他是个科学家。"

"那他都在做什么实验呢？"

"很奇怪的实验，我又看不懂。"

"那他什么时候能回来呢？"

"这我可就不知道了，可能1天，可能2天，最多3天。"

"那这么长时间，你就一个人呆在这里，不会觉得很无聊吗？"

"对呀，所以姐姐你陪我玩吧！"

辛蒂蕾娜说完，抓住雷婉红的手，一副兴致勃勃地样子。"我们来玩捉迷藏，好吗？"

雷婉红皱了皱眉，现在可不是玩的时候。

"你知道他的实验室在什么地方吗？"

"当然知道了。"

"你带姐姐去好不好，然后我再陪你玩。"

"不好，他不让我去那里。"

"我们可以不让他知道啊，你把我带到那里，然后你在外边等我，我要到了水晶鞋就能和你一起玩了。"

"嗯……"辛蒂蕾娜垂下了头，似乎在思考。

"好吧，但是你千万不许告诉他是我带你去的啊！"

"放心吧，我发誓！"

"那我们走吧！"辛蒂蕾娜走了出来，用挂在脖子上的钥匙锁好了门，拉着雷婉红的手，蹦蹦跳跳地往前走去。

看着小女孩那天真活泼的背影，雷婉红的心中突然有一些伤感。

她是不会陪她玩的，大人对小孩子说谎似乎是一件很正常的事情，甚至都不用怎么去刻意编造自己的谎言，就能骗得他们的信任。

在别人的眼中，自己是不是也如同小孩子一般容易被欺骗呢？

辛蒂蕾娜拉着雷婉红的手，沿着楼梯一层一层的一直往下走。

是的，一直往下，而且速度越来越快，快得雷婉红连周围的景色都看不清，只觉得心脏在剧烈地跳动着。

那双银色的水晶鞋，像是流星一样，在沉寂的空间中滑动、旋转。

也不知道过了多久，辛蒂蕾娜的脚步停了下来。

"姐姐，我们到了。"

雷婉红抬起头，看着前方的木门。

"这里就是他的实验室了吗？"

"不是的。"辛蒂蕾娜说着，推开了门……

宽敞而寂静的月台，一列长长的火车停在他们面前，和公寓的环境比起来，这里的灯光还算明亮。

在公寓楼若干层之下的地底，竟然是一个地铁站！

"我们得坐地铁吗。"雷婉红问道。

"地铁还没通车呢！我们得走着去。"

"走？怎么走？"

"沿着铁道走啊！很快就到了。"

"有多快呢，10分钟？"

"10个小时吧。"辛蒂蕾娜笑着回答道。

"10个小时！"雷婉红惊讶得叫了起来："这时间也太长了，就没有别的办法了吗？"

"姐姐觉得时间很长吗？"辛蒂蕾娜嘟了嘟嘴。"那怎么办呢？要不我们不去了吧，回家玩捉迷藏去。"

也许对于在这个世界的她来说，10个小时的时间根本就不算什么。

"那——"雷婉红一咬牙："我们走吧，尽量走快一些。"

"好吧！"

小女孩说着，拉着雷婉红的手来到了列车头的位置，正准备往下跳，突然听见一声响亮的汽笛声！

"呜……"

接着，广播中传出一个巨大的声音：

"通往回旋城的旅客请抓紧时间上车，本次列车将在2分钟后启动……"

"这是怎么回事？"雷婉红惊讶地问道："回旋城是我们要去的地方

吗？"

"对呀，就是那里，野兽叔叔的实验室就在回旋城。"

"你不是说地铁还没有通车吗？怎么……"

"我也不知道，反正我上次来的时候都还没有通车呢！"

"上次？上次你是什么时候来的？"

"一年以前吧！"

"你就只去过1次？"

"对呀！"辛蒂蕾娜眨了眨眼睛："姐姐你怎么知道呢？"

"我……我是猜的，咱们先上车吧！"

两人走上了列车的2号车厢。

车厢内空无一人，她随便找了一个位置，坐下。

没过多久，列车便在长长的汽笛声中启动了。

车窗外的景物风驰电掣一般晃动着，速度快得惊人。

那个叫做回旋城的到底是个什么地方？自己还能够回得来吗？

雷婉红不觉有些害怕，这一切就像是在做梦一样，让她完全分不清真假对错。

身边的小女孩，真的会带她去找那个男人吗？找到之后，又能说些什么，做些什么呢？

雷婉红拿出了手机，找出华欣的号码，可手却一直停在呼叫键上不敢按下。

也许他就在这个世界里的某个角落，也许真的能够拨通他的电话，能够再一次听到他的声音。

可是，又能说什么呢？告诉他自己已经有男朋友了，告诉他自己也看了书，流落到了这个世界，还是告诉他自己会去救他？

都不合适！她甚至害怕从华欣那里得知他失踪的经过。

如果他是在被动的情况下来到这个世界，那么还情有可原，可万一他要是主动的呢？完全不顾自己的感受，为了一本什么巫术的破书，就这样不辞而别，还在5年后寄来这么一个将自己的生活完全打乱的东西，这算什么？这算是一个男人应该做的事情吗？

他竟然一直瞒着自己，在暗地里研究这么可怕的东西！

5年前的那天，他接了电话，什么都不说地离开，让他父母，还有自己这个深爱着他的人伤心流泪，就为了这么一本破书！

这算是一个男人应该做的事情吗？

雷婉红突然觉得有些恨他。这么多年来，第一次有这样的感觉。

和他比起来，李瑞阳要好多了。

至少他是一个负责任的男人，至少他不会为了一本什么破书而发疯，那本一直放在他家保险柜里的书，他连看都没有看过。

她有些担心起李瑞阳来，毕竟是自己把他给卷入整个事件中来的。

雷婉红从手机里调出了李瑞阳的号码，毫不犹豫地按下了呼叫键。

电话通了……

可是，却没有人接听……

雷婉红有些紧张了起来，为什么他不接电话，是不是出了什么事情？

她又呼叫了一遍，还是没有人接。

"你在干什么，姐姐？"

坐在一旁的小妹妹好奇地问道。

"我在打电话呢。"

"给谁打电话呢？"

"姐姐的男朋友。"

"你的男朋友也在这里吗？"

"是啊，他是来保护姐姐的。"

"真好！"辛蒂蕾娜撇了撇嘴："我也想要一个男朋友。"

"哈。"看着小女孩那天真可爱的模样，雷婉红不觉笑了起来。

"你想要什么样的男朋友呢？"

"当然是英俊的王子了。"

王子……

童话……

也许当时，自己就跟眼前的这个小女孩一样，把华欣当成自己童话中的王子了。

"让他去吧！把过去的阴影从你心里赶走，你得向前看！"

这是今天早上的那个梦里，李瑞阳对自己说的话。

他说得没错，阴影必须消失，自己得向前看！

雷婉红突然想起一件事，对身边的小女孩问道："辛蒂，姐姐问你，今天除了我之外，你还见过别人吗？"

小女孩摇了摇头。

"就没有人来敲过你家的门？"

"没有，那里就只有我和野兽叔叔两个人，他走了，就只剩下我一个人了。"

"是吗？"雷婉红皱了皱眉，既然李瑞阳在他之前已经到了这里，他都没有去找过这个小女孩吗？

按照他们昨天的计划，如果没有找到403房间里的男人，就去找3楼的这个小女孩问个明白，以便收集信息。

他没有去找她，说明他已经见到了那个男人。

说不定那块木板就是被他给拿走的，为了阻止自己上楼。

她昨天就觉得那个男人很危险，这么做是为了保护自己。

"对了，你是怎么知道楼上的野兽叔叔出去了呢？"雷婉红问道。

"他告诉我的呀，每次他离开之前都会先过来给我打招呼。"

"是吗？那是什么时候的事情呢？"

"昨天晚上31点多吧。"

晚上31点！

雷婉红想起昨天在403房间里听到的那奇怪的钟声，第一次响了30下，当他离开的时候，钟声再一次响了起来，虽然她没有去数，不过可以肯定，钟声响了31下。

也就是说，这个世界里的时间长度是现实里的4倍！

"你今年几岁了？"雷婉红问道。

"7岁。"

果然没错，小女孩是在6岁的时候失踪的，在这个世界1年，实际上是过了4年，所以她看上去像是个10岁左右的孩子。

这么说，在她离开之后，那个男人也跟着离开了自己的房间。

是因为他把书调换了之后，急着拿回研究室里去看吗？

所有的一切都仅仅是猜测。

她必须要多了解一些事情，才能帮助她做出判断。

人越长大就越会说谎，而这个小女孩才7岁，应该不会骗她。

"辛蒂，你是怎么来到这个世界的？"雷婉红问道。

辛蒂蕾娜眨了眨眼睛："姐姐，我听不懂你的话。"

雷婉红想了想，又问道："你以前不是跟很多很多人住在一起的吗？他们怎么会突然消失呢？"

"我也想知道啊！"

雷婉红有些无奈，又继续问道："我听说在大家都消失以前你就经常去找楼上的野兽叔叔玩，对吗？"

"我是经常到楼上去玩，不过不是去找野兽叔叔，那个时候他还没有搬进来呢！"

什么意思？

他还没有搬进来，说明那个时候辛蒂还没有来到这个世界，也没有见过403房间里的男人。

那么，上午那个司机所说的，她经常和一个空房间里的叔叔一起玩，又是怎么回事？

"那你那个时候是在跟谁一起玩呢？"

"另外一个叔叔。"

"他住在哪个房间？"

"403号。"

雷婉红咬了咬嘴唇，这到底是怎么回事？402号房间的老奶奶说，403号房间已经很长时间没有住过人了，那么，辛蒂怎么可能跟那个房间里的人玩呢？而且那个人，跟这个世界里的住在403号房间的男人并不是同一个人……

"那个人长什么样子，你还记得吗？"

"记得啊！两只眼睛，两只耳朵，一个鼻子，还有……"

"我知道！"雷婉红打断了她的话。"辛蒂，你再好好想想，一年以前，大家都消失的时候，到底发生了什么事？"

"嗯……"辛蒂蕾娜托着下巴，陷入了沉思。

"啊！！！"

她突然大声地叫了起来，双手抱着头，猛烈地摇晃着，显得十分害怕。

"辛蒂，你怎么了，辛蒂！"

雷婉红将她抱在怀里，辛蒂蕾娜像发了疯似的，浑身抽搐着，双手在雷婉红的衣服上乱抓。

"辛蒂，你冷静点，没事了，姐姐在呢，别害怕！"

雷婉红紧紧地抱着她，用手轻轻地抚摸着她的头发，亲吻着她的额头。

她不敢再问了，一定是发生了什么可怕的事情，以至于每一次回忆起来，小姑娘都会受到强烈的恐惧与刺激。

只能让她在催眠状态下，才有可能把那一切都说出来。

只可惜，在上大学时，催眠术是她学得最不好的一门课，从来就没有用成功过。

在雷婉红的安抚之下，辛蒂蕾娜逐渐平静了下来，渐渐地，趴在她身上睡着了。

列车依旧在飞速地向前行驶着，依旧看不清窗外的一切。

雷婉红已经很长时间没有坐过火车了。

她记得上一次坐火车，还是在大学时，和华欣一起……

和李瑞阳也有出去旅游过，来去都是坐的飞机，头等舱。

这样优秀的一个男人，怎么会看上自己的？

如果能平平安安地结束这一切，她一定要好好珍惜这段感情。

不是因为他的条件有多好，而是雷婉红觉得，他是一个有责任心的男人，无论对于事业、生活、还是爱情。

雷婉红越来越想他了。

想着想着，自己也闭上了眼睛，进入了梦乡……

雷婉红被一阵剧烈的摇晃惊醒了过来。

她睁开眼睛，发现列车已经停了。

窗外依然是黑漆漆的一片，什么都看不清。

这是怎么回事？

辛蒂蕾娜还趴在她身上，呼呼地睡着。

"醒醒，辛蒂，快醒醒！"

辛蒂蕾娜被摇醒了，她揉了揉眼睛：

"怎么了？姐姐，人家睡得正香呢！"

"火车停了，我们，是不是到了？"

辛蒂蕾娜站了起来，趴在窗台上往来望去。

"还没到呢，才刚走了一半。"

"你怎么知道的？"

"我认识这个火车站啊。"

"你认识？"雷婉红有些惊讶，窗外明明什么都看不见，她怎么会说这是个火车站呢？

"你能看见外面的东西吗？"

"当然能了，你看！"她用手指着窗外的黑暗说道："那上面的站牌上写着这一站的名字呢！"

"是吗？写的什么？"

"不知道！"

"你不是能看见吗，怎么会不知道呢？"

辛蒂蕾娜转过头来，调皮地笑了笑："因为我不认识字啊，姐姐。"

雷婉红真有些哭笑不得。

如果不是车门在这个时候突然打开了，她几乎都要开始怀疑小女孩是不是一直在骗她。

车门打开了，一个提着皮箱，身穿黑色礼服，头上还戴着一顶礼帽的中年男人走了上来，往车厢里看了看，微笑着来到雷婉红她们面前，脱下帽子放在胸前，优雅地鞠了一躬。

"你们好，我可以坐下吗？"

"请便。"

男人笑了笑，把帽子戴上，放下手提箱，在她们对面的座位上坐了下来。

"真是稀奇，第一次在这班车上遇到人。"刚一坐下，他便打开了话匣子。"而且，还是两位这么可爱的女士。"

听了男人的话，辛蒂蕾娜开心地笑了起来。

"姐姐，他说我们可爱呢，一定是个好人。"

雷婉红可不这么想。

"你们这是去哪儿啊？"

"去找野兽叔叔。"

"野兽叔叔？你说的是那位在回旋城搞研究的野兽博士吧！小妹妹。"

"对啊！"辛蒂蕾娜兴奋地叫了起来。"叔叔你认识他吗？"

"哈哈，"男人大声地笑了起来，"当然了，我是他的朋友，我们还在一起做过几次实验呢。"

不管他说的话是真是假，至少是一个非常熟悉这个世界的人。

"对了，你们去找他做什么呢？他在做实验的时候从来不让别人看的。"

真有意思，刚才还说自己和他一起做过几次实验，现在又说他在做实验的时候从来不让别人看。

"是这位姐姐要找他。"辛蒂蕾娜显得有些惊慌。"不关我的事啊，你千万别告诉他是我带她来的。"

"放心吧，我会为你保守秘密的。"男人说完，又把目光移到了雷婉红的身上。"你好，我叫梵高，是个画家，可以告诉我你的名字吗？"

先是童话，现在连现实世界已经去世的名人也出现了。

"我叫弗洛伊德。"

"弗洛伊德？"

"是的，弗洛伊德。有什么不对吗？"

"没什么，我一直以为那是个男人，没想到……"

"名字只不过是个代号而已，没有必要分男女，你觉得呢，梵高先生？"

"没错，"梵高点了点头，"那么，弗洛伊德小姐，请问你找我的朋友有什么事情吗？"

"我没有必要告诉你。"

"你别误会，我是想，也许我能帮上忙。"

"不用了，谢谢。"

这时，汽笛声响起，火车再次启动了。

"你是新来的吧，弗洛伊德小姐？"

"不，我来这里很长时间了。"

"但是，你是第一次去回旋城？"

"与你无关。"

对于这种没话找话搭讪的男人，雷婉红向来都是这种态度。

"如果你真的是第一次去那里的话,我想,有些事情你还是提前知道一下比较好。"

"什么事情?说说看。"

"第一,绝对不要轻易相信别人的话,因为他们很有可能是在骗你;第二,绝对不要随便骗人,因为他们很有可能知道你是在骗他。"

这算是什么话?

"放心吧,我既不会骗人也不会被人骗。"

"是吗?"梵高意味深长地看了看她旁边的小女孩,又对雷婉红说道:"这样的话就最好了,不过可惜那是不可能的事情。"

这个人精神有问题!

"世界上没有不会骗人的人,也没有不被人骗的人。"梵高毫不理会雷婉红投来的异样目光,继续说道:"你知道,谎言也是有很多种的。按照性质来分,可以分为善意的谎言和恶意的谎言;按照程度来分,可以分为真实的谎言和虚假的谎言;按照影响来分,又可以分为安全的谎言和危险的谎言。不知道你对这个小女孩说的,是哪一种谎言呢?"

雷婉红没有说话。梵高笑了笑,又继续说道:"不过,这些谎言并不可怕,只要不去相信就行了。真正可怕的,你知道是什么吗?"

雷婉红仍然没有说话。

"真正可怕的,是绝对的谎言,在不可能不说谎的情况之下说出的谎言。"

"你说的是废话,如果有可能不说谎的话,谁会去说谎?"

"不不不!你没明白我的意思。"

梵高说着,从上衣口袋里摸出一张纸和一支笔,在纸上写了几个字。

"请问,这句话是真话还是假话呢?"

雷婉红往纸上看了一眼,露出惊讶的表情。

"当然是假话了!"旁边的辛蒂蕾娜抢先说道。"自己都说自己是假的。"

雷婉红转过头,瞪大了眼睛看着自己身边这个看法天真的小女孩。

"辛蒂,你不是说你不认识字吗?怎么会……"

"我……"辛蒂蕾娜的脸红了起来,"这几个字这么简单,我当然认识了，但是刚才站牌上的字我真的不认识。"

"呵呵，"梵高笑了起来，"这属于无意义的谎言，小孩子都这样，你不用介意，还是回答我的问题吧！"

雷婉红长长地吐了口气，把目光又集中到面前的纸张上。

纸上写着："这句话是假的。"

问题是：这句话是真话还是假话？

如果回答是假话，那么，就说明这句话是真话。

如果回答是真话，那么，就说明这句话是假话。

这……应该怎么回答才好呢？

无论怎么回答，都是在说谎。

"怎么样，回答不上来了吗？"

"这个根本就没有办法回答，逻辑上就有问题。"

"没错，这就是我所说的，没有办法不说谎的情况，之一。"

"那我不回答不就行了。"

"如果是我问你，你可以不回答，但是，在不能不回答的情况下呢？怎么办？"

"这……"雷婉红突然抬起头，盯着梵高的眼睛，"你跟我说这些，到底是什么意思？你不是说你是个画家吗？怎么对说谎这么有研究呢？"

"我想我刚才已经说过了，这些都是你在去回旋城之前应该了解的东西，我是为了你好。难道一个画家就不能研究点别的什么了吗？就像心理学家也会去演戏一样。"

"心理学家去演戏？"

"没错，演戏不就是在骗人吗？心理学家是最了解人心的人，所以，每个伟大的心理学家都是伟大的骗子，骗得人们去相信他们所说的那一堆垃圾理论，这些人都是演戏的材料。你不觉得吗，弗洛伊德小姐？"

雷婉红本想反驳些什么，话到嘴边又咽了下去，因为现在讨论这样的问题根本毫无意义。

"看起来你在这里生活了很长时间了，梵高先生。"

"是的，至少比你长多了。"

"能告诉我你是怎么来到这里的吗？"

"哦……"梵高摇了摇头,伸出一根手指在雷婉红面前晃了晃,"这个问题就跟纸上的那个问题一样,所以,为了不说谎,我只能选择不回答。"

"那么,你在这里干什么呢?"

"我说过了,我是个画家,当然是画画了。"

"能看一下你的作品吗?"

"现在恐怕不行,全都已经卖光了。"梵高说完,拍了拍身边的皮箱子。"不知道你介不介意做我的模特呢?"

"你是说……"

"离回旋城还有3个小时的时间,足够我画完一张油画了。"

雷婉红还未来得及回答,旁边的辛蒂蕾娜抢先叫了起来:"叔叔,你画我吧,我给你当模特。"

"呵呵,"梵高用手摸了摸小女孩的头,"再等两年,等你的身体像刚成熟的苹果一样红润的时候,叔叔再来给你画吧!"

梵高说完,打开皮箱,里面塞得满满的,一点缝隙都没有。

接着,他把皮箱里的东西一件一件地拿了出来,有折叠起来的画架、画板,还有颜料、画笔、调色盘,以及洗墨用的瓶装水。

"我还没有同意当你的模特呢。"雷婉红说到。

梵高并不回话,把画架架好,画板铺上,用笔调了调颜料,便开始画了起来。

他画得非常专注,偶尔侧过头看雷婉红两眼,然后视线立刻又回到了画布上,拿着笔的右手不停地晃动着……

画着画着,梵高的脸上开始出现欣喜的笑容:"哦,天哪!我敢保证,这幅画一定能够卖上一个好价钱。"

"画完了吗?"雷婉红问道。

"不用画完我也知道,这一定会成为一幅伟大的作品。"

"你的画很值钱?"

"艺术品的价值可不是用钱能够衡量的。"

可他刚才还说这幅画能够卖上一个好价钱……

雷婉红开始跟这位正在作画的画家聊了起来。

"你也是到回旋城去?"

"不，我只是路过那里，我正在四处寻找一件东西。"

"什么东西？"

"一个画本。"

"画本？"

"没错，一个神奇的画本，有了它，我就能成为一个神奇的画家。"

"我以为你已经是一位神奇的画家了。"

"我只算得上是伟大，并不神奇。'艾萨克雷斯'才是真正神奇的东西。"

"艾萨克雷萨！"雷婉红忍不住叫了起来。她立刻意识到自己的失态，调整好情绪，尽量平静地问道："那是什么东西？"

"就是我要寻找的那个画本呀！"

"画本？那画本上画着什么？"

"什么都没有画，那是一个空白的画本。"说完，他的手停了下来，站起身，把头凑到雷婉红面前，用低沉而恐怖的声音说道："如果你看到那个画本的话，请一定要把它交给我，那可不是像你这样的小姐能够拥有的东西。"

雷婉红的心剧烈地跳动了起来，不过在表面上，她依然显得十分镇定。

"你是在吓唬我吗？"

"不……"梵高的嘴角露出一丝冷笑，"我是在……帮助你！"

话音刚落，雷婉红只觉得后背被重重地挨了一下，头晕眼花，失去了知觉……

四、真实之路

晕倒的感觉和死亡很像。

因为根本就没有任何的感觉。

不，也许不能这么说……

因为死亡之后的感觉，没有活人知道。

有些人甚至连活着是什么感觉都不知道。

说不定死亡的感觉，并不比活着差。

说不定那就是一场可以完全任由自己的思维去控制的梦。

所有活着的时候没有得到的东西，没有实现的愿望，被放逐的梦想，早已消逝的遗憾，全都能够在死亡之后得到满足。

那么，当一切都得到满足之后，又会怎么样呢？

没错，到那个时候，才会迎来真正的死亡，毫无知觉的死亡，没有梦的死亡。

因为，当一切都得到满足之后，一切也就没有意义了。如果那个时候还保存着意识，那么，意识本身，就是一种痛苦。

因为生命没有遗憾，所以可以坦然面对死亡；因为生活都是痛苦，所以可以放任追求死亡；因为生长充满信念，所以可以毫不畏惧死亡；因为生存只剩麻木，所以可以不必在意死亡……

哲学家总想着如何超越死亡，科学家拼了命地研究死亡……

真是可笑！

那根本就不是凡人能够触碰，也不该触碰的领域。

可这个世界上却尽是一些可笑的人。

不过可惜，我也是其中之一⋯⋯

雷婉红在昏昏沉沉之中，听到了这么一段话。

不过，当她睁开眼睛的时候，除了"死亡"两个字以外，什么都记不得了。

"你醒了，美丽的小姐。"

她的眼前站着一个身穿白色衣服的男人，头发蓬乱，看不见眼睛，声音嘶哑。

"你！"雷婉红一惊，一个翻身，坐了起来。

"真没想到，我们这么快就又见面了。"

"这是怎么回事？"她左右看了看，这是一间大约20平米的房间，房间的四周是红色的墙。

房间里很乱，非常乱。书本，各种不知道是什么的机械，零件，还有死人的骨架到处堆放着。

"我这是在哪里？"雷婉红慌张地问道。

"这里不就是你想来的地方吗？"

"难道这里就是，你的实验室？"

"是研究室！"男人纠正道："因为，到目前为止，我还没有做过实验。"

"可是，我是怎么到这里来的？"

男人没有回答，拿起身边的一幅画，递了过来。

在列车车厢中，周围是一片奇异的色彩，画面中央，一个身穿黑色礼服，带着礼帽的男人低俯在女人耳边，亲昵而温柔，但是他的手却握成拳头穿过女人的面孔和大脑。

注意，是"穿过"，而不是"穿透"。

女人的表情十分安详，安详得让人觉得不可思议。

画上的署名是："Van Gogh"。

雷婉红打了个寒战："这是，梵高的画？"

"这已经是你的画了。"

"我的画？"

"没错，你看这个。"说着，他又递给雷婉红一张纸条。

纸上写着：这句话是假的。

她愣了愣，把纸条翻转过来，背后写着：作为补偿，这幅画就送给你了，祝你好运，爱说谎的弗洛伊德小姐。

"这是什么意思？"雷婉红皱了皱眉。"他真的是你的朋友？"

"算不上是朋友，只不过是一个认识的人。你得感谢他，是他把你带到这里来的。"

"是他把我给打晕了！"雷婉红生气地说道。

"不管怎么样，你达到了你的目的，他也达到了他的目的，这样不是很好吗？"

"我达到了我的目的，他达到了他的目的？什么意思？"

"你的目的是来这里找我，而他的目的是从你身上拿走那本书。"

这句话让雷婉红有些喘不过气来，她赶紧抓起放在沙发上的自己的手提包。

装书用的木盒子还在，可是里面书……

"天哪！我把它弄丢了！"雷婉红慌张地叫了起来。"他人呢？到哪里去了？我要去找他！"

"那可不是一个明智的选择。他只不过拿走了一本假的《艾萨克雷斯》，而你，也许会因此丢掉性命。"

"万一那本书是真的呢？"

"那是假的。"

"假的？"雷婉红有些激动。"你怎么知道是假的？就因为那是一堆白纸？万一真正的《艾萨克雷斯》就是一本空白的书呢？那该怎么办？"

男人将手放到雷婉红肩上拍了拍："保持冷静，这样你才可以救出你的男朋友。"

"他的生死与我无关！"雷婉红将他的手从自己的肩膀上甩开，双眼死死地盯着面前的男人。"我只想知道这是怎么一回事！那本书，这个该死的世界，到底是怎么一回事？"

男人似乎有些无奈，往后退了几步，在一张看上去就快散架的木椅上坐了下来。

"这么说你来找我，仅仅是为了满足你的好奇心？"

这个问题让雷婉红无法回答。

是啊，她到底为了什么要到这里来？

一开始，是为了华欣。

后来，在听了李瑞阳的那些话之后，她的确对那本书产生了兴趣。

是为了让这个男人鉴定保险柜里的那本书的真假，所以，他们才计划到403号房间里去找他。

如果那本书是真的，那么，就把它交给这个人，让他救出华欣，李瑞阳也同意这么做。

如果是假的，就一起找回那本丢失的、属于李瑞阳他们家族的《艾萨克雷斯》。

可是，在经过了今天的这些事情之后，她已经不敢再相信任何人了。

辛蒂蕾娜骗了她，说不定她跟那个梵高，还有现在面前的这个男人，根本就是一伙的。

有谁知道面前的这个男人就不会骗她呢？

就算把真的《艾萨克雷斯》交给了他，他也不一定会去救华欣。

说不定华欣根本就是在骗她。

从一开始，5年之前就在骗她。

雷婉红突然觉得脑子里很乱，乱得要命。

心里也很乱……

什么真的假的！真话假话！这个世界，这些奇怪的人，他们在做什么？想要做什么？这些跟自己有什么关系？这一切的一切跟自己有什么关系？

"我们换个话题吧！"男人看雷婉红半天没有反应，开口说道。"对了，还没告诉你我的名字呢，我叫毕斯特。"

"你不是说你叫野兽吗？"

"没错，毕斯特的意思，就是野兽。"

"为什么这么说？"

"你学过英文吧！Beast，野兽！"

"无聊！"

"是啊，要知道还有这个意思，当初我就不取这个名字了。"毕斯特笑了笑，接着说道："你是干什么的，弗洛伊德小姐？"

"我不叫弗洛伊德！"

"不，在这个世界，你就得叫这个名字。"

"为什么？"

"因为，这样会少很多麻烦。"

"你能说清楚点吗？"

"不能！"毕斯特的回答十分坚决。"如果继续往下说的话，我们又会回到原来的话题了，那会让你情绪激动，可我不喜欢看见那个样子的你。"

"你是干什么的，弗洛伊德小姐？"他又重复了一遍刚才的问题。

"我是……我在一家投资公司上班。"

"女秘书。"

"不！我是一名业务员。"

"那你一定经常骗人了。"

这个问题让雷婉红十分尴尬。

"对不起，我不该这么问。"毕斯特立刻纠正道："你的业务好吗？"

"马马虎虎！"

"哦，听起来，你好像不太喜欢你现在的工作。"

"没有什么喜不喜欢的，生活而已。"

"生活而已……"毕斯特顿了顿，又问道："那么生活又是为了什么呢？"

这是一个雷婉红……不，几乎所有的人都曾经思考过无数次的问题。

"为了生活！"她回答道。

"真是个狡猾的答案。"毕斯特笑了笑，又继续说道："如果生活仅仅是为了生活，那么，生活，其实是为了死亡。"

"从某种意义上来说，是这样的。"

"呵，"毕斯特显得有些意外，"我以为你会和我争辩，没想到……"

"没什么可争辩的，我可不是什么都不懂的小女生！"

"没错，没错，你的确，已经不是小女生了。"

"那么，在你还是小女生的时候，那个时候，你觉得生活是为了什么呢？"

"不记得了。"

"是不愿意去记得吧！"

雷婉红没有回答。

"那你觉得，人这辈子最需要的东西是什么呢？"

"钱！"

"你真的这么想吗？"

"这是真话，对于现实来说，对于生活来说，就是这样。"

"这的确是真话，不过，并不正确。"

"是吗？那你觉得是什么？爱情，还是梦想？"

"爱与梦想……"毕斯特笑了起来，像是在嘲笑，又像是在苦笑，"这应该就是你还在当小女生的时候的想法吧！"

"那你觉得是什么？"雷婉红再一次问道。

"时间！"毕斯特回答道：

"无论爱情、梦想，还是钱，都需要用时间来交换。世界上的一切都是无限的，只有时间是有限的。所以，对于人来说，最需要的，就是时间。"

"这个道理谁都知道，可是，又有什么意义呢？"

"对于生活就是为了死亡的人来说，的确没有意义。"毕斯特接着说道。"这个世界拥有4倍于现实的时间，你不觉得这是一件非常棒的事情吗？"

"可是，虽然拥有4倍的时间，不过人依然按照现实世界的速度在长大，不是吗？所以根本就没有任何变化。"

"哦，你是怎么知道的呢？"

"那个小女孩，辛蒂蕾娜，6岁时来到这里，过了1年，身体却长大了4岁。"

"不错，"毕斯特点了点头，"不过，也许你不知道，如果她现在回到原来的世界，那么身体就会恢复到7岁时的样子。"

"你说的是真的？"

"当然，我没有必要骗你。"

"这个世界可以随便出入？"

"当然不能！要不然你的男朋友也不会失踪了。"

"他已经不是我的男朋友了。"雷婉红纠正道。

"对不起,也许我应该这么说,他的确不是你的男朋友,说不定现在已经是你的丈夫了,如果他没有失踪的话。"

"遗憾的是,很多事情是没有'如果'的。"

"你的态度很坚决啊,这一天的时间里到底发生了什么事情?"

他似乎很在意这件事情。

"你是不是认识他?"雷婉红反问道。

"不,我不认识,不过我倒是挺感兴趣的。"

"刚才你说,这个世界是不能随便进入的,可我怎么……"

"因为你还不是这个世界的人。"

"可是……"

"我再问你一遍,这一天的时间里到底都发生了什么?你都知道了些什么?希望你能够老老实实地告诉我,因为在这里,我是唯一可以帮助你的人。"

"是吗?可你为什么要帮助我?"

"昨天我就说过了,因为我愿意帮助你。"

这可不是什么让人信服的理由。

"那你准备怎么帮助我呢?"

"这要看你都能告诉我些什么了。"

雷婉红想了想,实际上,根本就没有什么是需要对他隐瞒的。

"我可以告诉你,但你必须得先回答我一个问题。"

"什么问题?"

"你真的能够确定那本《艾萨克雷斯》是假的吗?"

"当然,百分之百确定。"

"好!"雷婉红点了点头。"现在我知道的一切都告诉你,希望你在听完之后,也能这么做。"

接着,雷婉红开始讲述起昨天当她离开403号房间之后,所发生的一切事情。和李瑞阳在咖啡厅中的谈话,回到他家里之后检查保险箱里的书,早晨起来之后所发生的怪事,出租车上司机谈到的事件,以及后来是怎么在辛蒂蕾娜的带领下坐上了地铁,遇到那个叫梵高的画家,一直到她晕倒为止。

毕斯特静静地听着,没有任何动作,没有任何表情。

不，或许他有着相当丰富的表情，只不过脸被那长长的乱发遮住，看不到而已。

"看来你的确是经历了一些不可思议的事情，弗洛伊德小姐。"

在听完她的叙述后，毕斯特如此说道。

"你也会觉得不可思议？"

"当然！"毕斯特把手交叉放在胸前，继续说道，"你的男朋友真是个天才。"

"天才？你什么意思？"

"我想他应该比你更加适合做业务员这个工作。"

"他是我们业务部的经理。"

"哦，难怪他说谎的功夫这么厉害。"

"你说这样的话有什么根据吗？"

"没有根据。"

"没有根据？"

"或者说是，没有可以让你相信的根据。"毕斯特解释道。"他为自己所有的行为都找到了合理的解释，不是吗？到目前为止，几乎没有漏洞。而和他比起来，很明显，你愿意相信的人肯定不是我。"

他是为了让自己相信他的话才故意这么说的。

他知道，自己肯定会追问下去。

不过，她还是得问。

"说说看，说不定我会相信你的。"

"不，你不会，我再说什么，也只是混淆你的思维而已，这样对你没有好处。还是让我来告诉你一些其他事情吧！"

"其他事情？"雷婉红愣了愣，接着说道，"我现在只想知道《艾萨克雷斯》到底是怎么样的一本书，真的是一本记载着什么'巫术'的鬼书吗？"

"这我可不敢说，因为你根本不会相信我。我要跟你说的是，关于这个世界的一些事情。怎么样，有兴趣听听吗？"

雷婉红当然有兴趣了。

"你快说。"她毫不犹豫地催促道。

"别着急，本来这些事情我是不打算让你知道的，不过，既然你已经来到了这个地方，就算我不告诉你，别人也会告诉你的。"

"别人？"

"就是这座回旋城里的人呀！你不想知道这些人是怎么来到这里的吗？"

"是因为他们都看过真正的《艾萨克雷斯》，对吗？"

"不全对！你和我都没有看过真正的《艾萨克雷斯》，不过我们现在不都在这里吗？"

"那到底是怎么回事？"

"只有三种人能够进入到这个世界。第一种，亲眼看过《艾萨克雷斯》的人；第二种，身上带着《艾萨克雷斯》的人；第三种，拥有艾萨克雷斯血统的人。"

"是吗？"雷婉红笑了笑，"按照你这种说法，那么我肯定是属于第三种人了。"

"为什么这么说呢？"

"因为你很确定我昨天带来的那本书是假的，所以，我既不可能是第一种人，也不可能是第二种人，不是吗？"

"呵呵，"毕斯特也笑了起来，"你真聪明，弗洛伊德小姐。"

"别开玩笑了！"雷婉红叫了起来。"我可不想在这里跟你浪费时间，请你……"

"我也不想浪费时间！"毕斯特打断了她的话。"因为你和我，接下来都有很多事情要做！"

"那你到底什么意思？故意在混淆我的思维吗？"

"不不不，我是在帮你整理你的思维。听我说，我说的话都是真的，不过，你也有质疑的权力。"

毕斯特顿了顿，又接着说道："当然，也有可能我所相信的真相并不是真正的真相，所以，我们不妨讨论一下，说不定真的是我弄错了。"

"我所相信的真相并不是真正的真相！"雷婉红在脑海中默念着这句话，如果真是这样的话，那么到底应该相信什么呢？连自己都无法相信了吗？还是说……

"相信事实，这是最重要的。"毕斯特似乎看穿了雷婉红的心思，接着说道。"你要想在这个世界生存，就必须学会去相信事实，而不是什么所谓的

'真话''假话'。有的事情根本就没有真相，只有事实！"

"可是，事实跟你说的话有矛盾啊！我应该相信你，还是事实？"

"事实！永远只能是事实！在了解事实之前，你可以怀疑一切。但是，一旦发现了事实，就绝对不能怀疑！"

"我不太明白你的话。你的意思是，叫我不要相信你，是吗？"

"唉……"毕斯特叹了口气，"为什么你还是那么在意相信什么，不相信什么这种事情呢？很多事实，并不是用眼睛去看就能看到的，你明白我的意思吗？"

"不明白！"

"好吧，现在我来给你分析一下我所知道的事实。"

"首先，你昨天带来的那本书是假的，这是事实1。

"其次，你昨天，还有今天，的确是带着那本假书来到了这个世界，这是事实2。

"然后，只有拥有艾萨克雷斯血统的人，还有看过真正的《艾萨克雷斯》，或者是身上带着真正的《艾萨克雷斯》的人才能进入这个世界，这是事实3。

"还有，我刚才没有说，如果是直接看了那本书，会立刻进入这个世界，其他两种人只能通过特定的地点才能进入这个世界，这是事实4。

"最后，还有一点，最关键的一个事实！"

他像是故意在吊雷婉红的胃口似的，说到这里便停了下来。

"是什么？你快说呀！"雷婉红催促道。

"最关键的一个事实是……你很漂亮，弗洛伊德小姐。"

他是在打趣！

雷婉红皱了皱眉，这种情况之下，他怎么还有心思说这样的话？

"好了，现在你来告诉我，根据这些事实，能够得出什么结论呢？"

"结论就是，我也是艾萨克雷斯的后人！"雷婉红说道。"不过，这样的结论，你觉得会是事实吗？"

"不！这是个错误的结论。"

"为什么，按照你刚才说的那些话来分析，就只有这个可能了，不是吗？"

"唉……"毕斯特再一次叹了口气，"我以为你很聪明，看来是我弄错了。听我说，你不是说过，今天上午你就去过风铃大街13号公寓楼，可是并没有进入这个世界，所以你回去取来了昨天的那本书，然后才来到了这个世界，不是吗？如果你是艾萨克雷斯的后人，那么，你今天早上就应该能够直接进入这里了，根本就没有必要回去一趟。"

没错，如果按照他说的话来分析的话，的确是这样。

"你刚才提到的那几点事实里并没有提到我在没有书的情况之下是进入不到这个世界的，所以……"

"我没有提到，并不代表事实是不存在的。"

他是在提醒自己，不要因为忘记了某个重要的事实而做出错误的判断。

"那你告诉我到底是怎么回事？"

"好吧，也只能这样了，"毕斯特无奈地耸了耸肩，开始解释道。"把刚才我说的那些话按照逻辑缩减一下，剩下的事实只有两点：一是你的确是带着真正的《艾萨克雷斯》来到了这个世界；二是你昨天给我看的那本《艾萨克雷斯》是假的。"

"没错，"雷婉红点了点头，"可这两个事实是矛盾的呀！"

"矛盾的？"毕斯特的声音显得有些惊讶。"你告诉我，哪里矛盾了？"

"这不明摆着吗？你说我带的那本《艾萨克雷斯》是真的，但又是假的……"

"天哪！天哪！"毕斯特显得有些激动了起来，甚至有些愤怒。"你这样可没有办法在这个世界生存！你得多思考，多思考你懂吗？你现在陷入到了一个非常的世界，必须以非常的思维去思考，不能什么都让别人告诉你，你得自己想办法，明白吗？"

"我……"雷婉红有些不知所措，她完全不知道自己到底哪里不对了？

"你什么意思啊？我到底怎么了？这种问题还需要思考吗？明明就是你在故意颠倒是非。"她生气地反驳道。

"好！"毕斯特全身颤抖了，似乎拼命地控制着自己的情绪。

"我再说一次，听清楚我的话，好好想想。"毕斯特用尽可能平静的声音说道。"我从来就没有说过你昨天带来的那本《艾萨克雷斯》是真的，但是，你的确是带着真正的《艾萨克雷斯》来到的这个世界。"

"我昨天带来的那本……但我的确是带着真正的……"

雷婉红在心里重复着毕斯特的话，突然，她眼前一亮，叫了起来：

"你是说，我昨天的确是带着真正的《艾萨克雷斯》来的，但是并不是我给你看的那本书！"

"太棒了！"毕斯特激动地拍打着自己的大腿，那兴奋的样子根本不像是一个40岁的男人应该有的。

不过他很快就平静了下来，开口问道："那么，现在你再来想想，真正的《艾萨克雷斯》又藏在什么地方呢？记住，要以非常规的思维去思考。"

"非常规的思维……"雷婉红的心中突然升起一个可怕的想法，"难道，你的意思是，《艾萨克雷斯》根本就不是一本书，而是一个人！我就是……"

"啊！"毕斯特那瘦弱的双手伸进了自己的头发里，发疯似的抓扯了起来。

不过很快，他又一次恢复平静。

"我说的是非常规的思维，并不是幻想似的思维！"毕斯特就像是一个老师一样，一步一步地引导着自己的学生去思考。"如果你就是艾萨克雷斯，那怎么解释你上午的事？"

没错！雷婉红说出之后也有些后悔了，这的确是不可能的事情。

"你再想想，想好了再说。"

雷婉红点点头，开始仔细地思考了起来。

今天上午与下午，她曾两次到过风铃大街13号公寓楼，第一次什么都没有发生，第二次却进入到了这个世界……

也就是说，在她从李瑞阳家里带来的，第一次去那栋公寓时身上没有的东西里面，有真正的艾萨克雷斯。

可是，除了那本书以外，她就只带上了一个手电筒，两块面包，一瓶矿泉水而已。

面包在路上吃了，矿泉水还剩了一点，和手电筒一起还放在手提包里，可是这些东西，有可能是真正的《艾萨克雷斯》吗？

不可能！要知道自己昨天也进入过这个世界，也就是说，也得是昨天身上有，但是今天上午身上没有的东西！

这么推断下来的话，不就只剩下那本书了吗？

雷婉红抬头看了看毕斯特，如果他刚才所做的一切，所说的一切都只是一场恶作剧的话，那实在是……

不！

雷婉红心中一颤，除了那本书以外，还有一件东西，还有一件东西是今天上午没有的。

她转过头，目光对准了放在沙发上的那个用来装书的木盒子。

"这个！这才是真正的《艾萨克雷斯》！"

"你终于发现了！"毕斯特如释重负般长长地吐了口气。"不错，根据所有的事实来推测判断，只有这个东西才有可能。"

雷婉红拿着这个木盒子，翻来覆去地看着。除了上面雕刻着的那些奇怪的花纹外，没有任何特别之处。

这怎么可能是"艾萨克雷斯"呢？一个用来装书的木盒子？

如果这真的是"艾萨克雷斯"的话，那么，自己不是已经……

不，她和毕斯特都还没有看过《艾萨克雷斯》的内容……

也就是说……

雷婉红把木盒子的盖子抽了出来。

这是一个大约有一厘米厚的盖子，但是重量却十分轻。

"难道说，真正的《艾萨克雷斯》，藏在这块木板的里面？"

"啪！啪！啪……"

毕斯特鼓起了掌来。

"没错，这是唯一的可能！现在，你应该知道怎么样去思考了，那么，我们也就可以开始谈一些真正有意义的事情了。"

"等等！"雷婉红插话道。"这种推断的前提是在你说的那些都是事实的情况下才会成立，我怎么知道那些进入这个世界的条件是真的，而不是你在骗我？"

"这些条件是在这个世界里的每一个人都知道的事情，就像自然科学里的公理一样，是不需要证明的，"毕斯特说完顿了顿。"当然，这种话对你来说仍然没有说服力，我刚才说过了，你只需要相信事实！只要你把这块木板打开，看看里面有没有什么东西，就什么都知道了。"

"可是，如果里面真的藏着真正的《艾萨克雷斯》，我就这么打开的话，岂不是就看到里面的内容了？那会有什么后果？"

"这我可没有办法回答你,因为我自己也没有看过这本书。"

"嗯……"雷婉红用手轻轻地抚摸着那块精致的木盖子,在略为思考了一段时间之后,将它递到了毕斯特面前。

"那,这本书我就交给你了,希望你能救出华欣。"

"呵呵!"毕斯特笑着伸手接过木盒子。"你刚才不是说,他的生死与你无关吗?怎么现在又……"

"我来这里的初衷就是为了帮他将这本书交到你的手里,至于以后的事,我就管不了这么多了。"

"不!看来你还是没弄明白!"毕斯特笑着,又把木盖子交还到了雷婉红的手里。"我昨天就说过了,你得交给我一本真正的《艾萨克雷斯》我才能够帮他,而所谓的真正的《艾萨克雷斯》,必须得是完整的,你明白我的意思吗?"

"完整的?"雷婉红看着手中的木盖子,突然恍然大悟道。"你的意思是,这里面藏着的并不是完整的《艾萨克雷斯》,只不过是其中的一部分?"

"也许并不是一部分,就只有一张纸,从《艾萨克雷斯》上撕下来的一张纸,也是最重要的一张纸。"

"这……"雷婉红有些懵了,但立刻就又回答道:"我已经把信上说的东西交给你了,至于他是完整的一本书还是一张纸,与我无关。"

"是吗?"毕斯特笑了笑。"信上告诉你什么了?是叫你把那本书交给我吧,现在书呢?"

"书……"

书已经被梵高给偷走了。

雷婉红有些急了:"既然那是本假书,根本就没有关系不是吗?而且,我昨天就要给你,是你自己不要的好不好?"

"你还是不够冷静啊,我的弗洛伊德小姐。"毕斯特摇了摇头,又接着说道:"我想昨天我就已经告诉过你了,真正的书已经被调换了。而刚才,我也已经告诉过你,调换那本书的人,一直在对你撒谎!"

"我凭什么相信你?"雷婉红反驳道。"为什么不会是你调换了那本书?甚至连这个木盒子,你都有可能调换过,要么那个梵高,或者辛蒂蕾娜,他们都有可能做这件事情。给我一个假盒子,在里面塞上一张纸,然后又编造了这么一大堆的谎话,就为了让我相信你。"

"你不需要相信我,只需要相信事实!你再仔细想想,自己刚才的说法,真的可能是事实吗?如果我想骗你,总该有什么动机吧!如果你带来的是一本完整的、真正的《艾萨克雷斯》,那么我有什么必要跟你说这么多废话?"

的确是这样,他没有做这种事情的动机和理由。

也许有理由,不过雷婉红现在还想不出来。

"那么,你想我怎么办?"

"不是我想,而是你自己应该去想该怎么办!你可以继续去找那本书,如果你还关心那个叫华欣的人的生死的话,否则,我建议你立刻回到原来的世界里去,忘掉这一切,好好做你的业务员。"

"我还能够回得去吗?"

"当然,我已经说了,你还不是这个世界的人,至少身体上还不是。"

"什么意思?那你呢,还有辛蒂蕾娜,其他人,他们也能回得去吗?"

"当然也能回去,不过非常难。这就是为什么我需要你把真正的《艾萨克雷斯》交给我的原因。"

"你是说,只要有了那本书,那么大家就都能回到原来的世界里去了?"

"也许吧,不过很多人也许根本就不愿意回去。"

"为什么?"

"因为这里有他们想要的东西。"

"是什么?"

"这我怎么知道?每个人想要的东西都不一样,只有他们自己才知道。"

"那么你呢?你为什么要留在这个世界?"

"为了我的研究。"

"什么研究?"

"关于死亡的研究。"

"关于死亡!?"

"好了好了,"毕斯特摆了摆手,止住了雷婉红的追问,"现在,让我们回到最开始的那个问题上来吧。你的男朋友在骗你,你明白我指的哪个吧!你不用相信我的话,但我可以告诉你怎么去找出他的话里不符合事实的地方。"

毕斯特站了起来,走到雷婉红身边,俯下身子,在她耳边低声说道:"下一次你再见到他,他肯定……"

毕斯特那沙哑的声音一字一句地传入雷婉红的耳中,越听越让她觉得这个人的神奇和可怕。

如果他说的这一切都能行得通的话,说不定真的能够将自己带入一条通往真实的道路。

实际上,他已经做到这一点了。

在他的指导之下,雷婉红已经不再像刚才那样,完全没有判断真假的能力。

这是一个值得相信的人?

应该是吧……

"好了,我已经没有什么需要再跟你说的了,"毕斯特转过身,打开了房间的门。"接下来的事,就得靠你自己的判断,还有你的心来行事了。等你找回了完整的《艾萨克雷斯》,再来找我吧!记住我的话,在这座回旋之城,你可以不相信任何人的话,但一定要相信你自己;你也可以欺骗任何人,但绝对不要欺骗你自己。"

雷婉红点了点头,把木盒子装进了手提包,站起身来。

"我想,还是得跟你说一声谢谢,我还会再回来的,毕斯特先生。"

说完,她便朝着门外走了过去。

"等等!"毕斯特叫住了她。"你忘了东西。"

说完,他把梵高的那幅画交到雷婉红的手中。

雷婉红拿着画,看了看,一股毛骨悚然的感觉油然而生。

"这个就留在你这里吧!"

"不!这是你的东西,拿着它,它会对你很有用的。"

五、回旋之城

  雷婉红无论如何也想不到，自己会陷入到如此的危机之中。
  实际上，她早就觉得有些奇怪。
  梵高在把自己打晕之后，把自己送到了这里来，还敢光明正大地告诉毕斯特自己偷书的事情……
  他跟毕斯特到底什么关系？
  还有辛蒂蕾娜，她在这整个故事当中又扮演着什么样的角色？
  自己又在这个舞台当中被套上了一件怎样的外衣？
  隐隐约约中，她感觉到，事情也许比她想象的要复杂得多。
  ……
  还是先从她离开之后说起吧。
  雷婉红终于知道为什么这里会被叫做"回旋之城"了。
  整个城市就是一个螺旋形状，中间一条大路，两边都是房子，并且不断地旋转着。
  街道往上转，两边的房子往下转。
  所以，当她从毕斯特的研究室里出来之后，就回不去了。
  因为房子已经转走了。
  真是一个不可思议的地方。
  弧形的街道不断地往上旋转着，速度非常慢，至少身体没有任何的感觉。
  天是黑的，没有星星，也没有月亮。巨大的城市高高地耸立着，灯光闪耀，中间是一个透明的玻璃大圆柱，能看见里面有一栋栋的小房子往上升。
  看来房子旋转到最下面之后，就会通过那个透明的大圆柱又回升到最上面去。

那么这条街道呢？当它旋转到城市的最上方时，又会怎么样呢？

雷婉红现在很真实地感觉到，自己的确是在另外的一个世界，一个完全不同的世界。

现在应该干什么呢？

她拿着梵高的那张画，一步步地往下走着。

虽然是在往下走，可她却并不知道自己究竟是在往下还是往上。

因为街道本身是在往上升的。

她开始有些烦躁。

刚才还好好的，但现在，说不出来为什么，就是特别的烦躁。

她打开手提包，找她的手机，想给李瑞阳打电话。

可是却怎么都找不到。

手机不见了！

被谁给拿走了，梵高还是毕斯特？

算了，现在去思考这个问题根本没有意义。

自己既然是坐地铁来的，那么，地铁站应该就在城市的最下面。

她决定先回到地铁站看看。

于是，她加快速度，沿着街道往下跑。

她在寂静的旋转着的街道上不停地奔跑着。

没跑多久，她就发现自己的视线越来越模糊了。

起雾了？

不错，是起雾了。

白色的雾气在街道的灯光照耀之下，显得格外神秘、恐怖。

雷婉红觉得，这雾根本就不是自然现象，而是一直都存在的。

越往下跑，雾气就越大，大约20分钟之后，她几乎连自己的身体都看不见了。

白色的黑暗。

雷婉红已经没有办法再往下走了。她侧过身子，伸出双手，像个瞎子一样，一步一步地往旁边走去。

没走几步，她的手便触碰到了一块木墙。木墙在往一边慢慢地移动着，雷婉红知道，这一定是街道旁的某个房子的墙。

于是，她一边往下走，一边用手摸着墙壁，直到手碰到了一扇门为止。

她赶紧敲了敲门。

白色之中露出了一道缝隙，缝隙越来越大……

她看到一个大约十三四岁的小男孩站在自己的面前，惊奇地打量着她。

"你好，我……"

雷婉红的话还没有说完，便被小男孩拉进了房间。

门关上了，房间里灯光明亮，雷婉红终于从迷雾之中解脱了出来。

"你是新来的吧，姐姐？"男孩微笑着对雷婉红说道，一点都不显得怕生。

"嗯，"雷婉红点了点头。"我想坐地铁回去，可是，这外面雾好大，什么都看不见。"

"是的，回旋城的最下面就是这样，要坐地铁的话，是不能这么往下走的。"

"那应该怎么办呢？"

"得坐车。"

"坐车？"

"是啊，每天会有4班公车从街道上经过，要去地铁站的人都得坐车。"

"哦，那下一班车什么时候能来呢？"

"得等到明天早上24点才有车了。"

"24点？"

"对啊！"说到这里，男孩突然想到什么，又接着说道，"就是那个世界的早上6点，你才刚来，肯定还不适应吧！"

"那现在几点了？"

"快到晚上的45点了。"

也就是说，还得再等20多个小时。

"姐姐，你请坐。"男孩把一把椅子放到了雷婉红的面前。"我给你倒杯茶吧！"说完，他转身向厨房走去。

真是一个懂礼貌的孩子。

雷婉红坐了下来，她把手中的画靠着椅子腿放下，打量四周。

这是一个看上去十分古老的木房子。两张木桌子，四把木椅子，其他的，全是木柜子，一个接一个的摆放着，围了整整一圈，根本数不清有多少个。

每一个柜子里都放满了各种各样的小木偶。桌子上还放着剪刀、锤子、木块，还有颜料、钢丝线等等这些工具。

这是个制作木偶的孩子？

很快，一杯冒着热气的绿茶放到了雷婉红面前的桌子上。

雷婉红拿起杯子，吹了吹，喝了一小口。

"真香啊！"

"呵呵。"听到客人的赞扬声，小男孩高兴地笑了起来。

"这些木偶都是你做的吗？"雷婉红指了指四周木柜里的木偶。

"是呀！"他说着，随手从柜子里拿出一个公主模样的小木偶，放到雷婉红面前。"你觉得怎么样，好看吗？"

"好看！你真能干。"

这可不是恭维的客气话，无论是衣着打扮，还是身材表情，这个小木偶都做得非常漂亮。

"我也这么认为。"小男孩脸上洋溢着快乐的表情，不过，很快就变成了无奈。

"可惜，就是卖不出去。"

"卖不出去？"雷婉红有些诧异。"你做这些木偶都是为了卖钱吗？"

"也不全是，我喜欢木偶。"他说着，又拿了一个王子模样的木偶，让他和另外一只手上的公主木偶一起跳起舞来。

"不过，没有钱的话，我没办法生活呀！"

这句话让雷婉红心中有些感伤。

"姐姐，你叫什么名字呀？"

"我叫……弗洛伊德。你呢？"

"我叫比诺曹。"

"比诺曹？这不是那个童话中爱说谎的小木偶吗？"

"对呀！姐姐你也知道？"小男孩有些兴奋地指着自己的鼻子，"你看我的鼻子，是不是很长？从小我就喜欢木偶，所以爸爸妈妈都叫我比诺曹呢！"

他的鼻子的确比一般人要长一些。

"不过我跟比诺曹不一样,我从不说谎的。"

"哦,"雷婉红机械式地笑了笑,"比诺曹,你来这里多久了?"

"快到8个月了。"

"你是怎么来到这里的呢?"

"坐地铁呀!"

"不,我是说,你是怎么来到这个世界的?"

"我也不知道,有一天晚上睡着之后,第二天醒来,就发现所有的人全都不见了。家里,大街上,全都没有人。"

这跟雷婉红今天早上遇到的情况几乎一模一样。

"然后呢?"

"然后……我就一个人在大街上瞎逛,后来到了地铁站,发现有地铁停在那里,门是开着的,我就上去了,然后就到了这里。"

"然后呢,谁安排你住在这里的?"

"没有人安排,这座城市的房子好多都是空的,我就随便找了一个当做自己的家。"

"你不害怕吗?"

"害怕,害怕得要命!"比诺曹的表情变得有些严肃了起来。"不过那些都是以前的事情,现在我已经习惯了。"

"你不想回到你爸爸、妈妈身边去吗?他们一定很伤心,还在到处找你!"

"当然想了,所以我才做了这么多木偶,可是卖出不去,我也没有办法。"

"什么意思?难道有钱就能回去了?"

"大家都是这么说的,我也不知道。不过,没有钱的话,也坐不了公车,去不了地铁站啊!"

雷婉红吃了一惊:"坐公车还得花钱?"

"是啊!而且很贵,得100万呢!"比诺曹显得十分沮丧。"我做一个木偶才能卖10块钱,而且很多都卖不出去……"

"我的天!"雷婉红吸了口凉气。"你说的是真的吗?如果没有钱的话,那岂不是得一辈子都待在这里了?"

"是的！"比诺曹点了点头，又露出了微笑。"不过想开了也没什么，这里的时间是现实的4倍，正好可以让我用来练习做木偶，等我的手艺越来越好了，肯定能卖出去的，还能卖个好价钱。等我挣够了钱出去之后，一定会让大家大吃一惊的。"

看着比诺曹那激动的样子，雷婉红真不知道该说他是天真还是乐观。

毕斯特说过，这个世界里的人一旦回到现实世界，身体就会恢复到与现实世界同步的样子。

如果这是真的话，那么，人的时间的确是被延长了。

一个人，终其一生能干的事情是有限的。

时间，的确是人类最需要的东西。

可这怎么可能呢？难道是艾萨克雷斯巫术的力量？

比诺曹又是怎么进入到这个世界的？是属于那3种可能性里面的哪一种？

只相信事实，不要相信传说。

可事实是需要时间来证明的。

时间……时间……

"你怎么了，弗洛伊德姐姐？"

比诺曹的话让雷婉红从混乱的思绪中醒了过来。

"没什么，我在想，应该怎么样才能挣到钱。"

"你也没有钱吗？"

"我有，但是……"雷婉红从手提包中拿出钱包，数了数，还剩800多块。

雷婉红拿出一张100元的钞票，问道："这里也是使用这样的钱吗？"

比诺曹点了点头。

这么说，这个世界里挣到的钱可以拿到现实里去用。

钱！又一个人类最需要的东西。

也许这才是这个世界存在的真正理由。

"我没有钱，该怎么办呢？"雷婉红问道。

"那……姐姐你会做什么呢？"

"我会……"

雷婉红顿住了。

她会做饭，会开车，会打扫房间，还会一点英语，知道一些心理学知识，会处理工作上遇到的那些文件；为了应付客户，她会在心情极度恶劣的情况下依然保持微笑；在李瑞阳面前，她会任性，会撒娇，会不讲道理；在朋友面前，她会关心，会羡慕，会大声地笑；在一个人的时候，她会孤独，会迷惘，会轻轻地哭……

似乎会很多东西，也似乎什么都不会。

比诺曹看她没有说话，又提示道："你会画画吗，会创作音乐吗，会做什么手工品吗，或者，会什么发明创造也行啊？"

"这些我都不会！"雷婉红回答道。

"那可不好办啊！"比诺曹皱了皱眉头。"如果你什么都不会的话，就只好先去学了，然后才能挣钱。"

"除了这些，就没有别的可以挣钱的方法了吗？"雷婉红问道。"比如，做饭、打扫房间什么的。"

"不行！"比诺曹摇了摇头。"那些事情每个人都会做，这里也没有餐厅、酒店，每个人都待在自己的家里，做自己该做的事情呢！"

自己该做的事情！

雷婉红唯一不知道的，就是自己到底该做什么事情。

"要不你去学画画吧！"比诺曹见雷婉红有些为难，建议道。"最近画的价格挺高的，花个两三年的时间，说不定你也能画出梵高先生那样的画来。"

"梵高！"雷婉红看了一眼自己脚边的画，问道："他在这里很有名吗？"

"当然了，他可是整个回旋城最有名的画家了，"比诺曹解释道。"他的画，每一幅最少都能卖好几百万呢！"

他说的是真的吗？

雷婉红怎么想怎么觉得不可思议。

还是让事实来说话吧！

"我这里就有一幅梵高的画！"雷婉红说着，把靠在椅子上的画拿了起来，放到了面前的桌子上。"你看，能帮我卖掉它吗？"

"这……"比诺曹惊讶得张大了嘴巴，"这……这真的是梵高先生的画吗？"

"当然是真的,是我亲眼看着他画的,你看,这里还有他的签名呢!"

"天哪!这要是真的话,那姐姐你可就发财了,说不定这一幅都能卖到千万以上呢!"

1000万!

这是雷婉红这辈子都不曾想过的数字。

"不过,我想多半是假的吧!"比诺曹摇了摇头,高昂的情绪瞬间回到了原点。"我听说他的画早就卖完了,而且最近两个月都没有再画过了,你肯定是被人骗了,姐姐。"

"你觉得这不像是他画的吗?"

"这我可说不出来,我也不太懂画啊!"

"那你带我去可以卖画的地方,让那些人看看不就知道了?"

"行!"比诺曹十分干脆的回答道。"就算不是梵高先生画的,我想这幅画也能卖一个好价钱的。"

"那我们现在就走吧!"

雷婉红站了起来,急着想要离开,却被比诺曹抓住了。

"姐姐,你忘了外面的雾了吗?我们现在哪儿也去不了。"

"那该怎么办呢?"

"只能等!"

"等?"

"对,你见过回旋城中间的那个大圆柱吧,那就是我们要去的地方。这里的房子一直往下旋转,到了最底下,就会从那个圆柱里慢慢往上升,等到那个时候,我们就能出去了。"

"那里就是可以卖画的地方?"雷婉红有些不敢相信比诺曹的话。"如果出去的话,房子不就升上去了吗?那要怎么办呢?难道那里面还有别的路可以回到街道上?"

"不是的,一旦离开之后,就只能等到下一次房子再经过的时候才能回去了。"

"那得等多长时间?"

"24个小时,四分之一天。"

又得等这么长的时间。

时间如果用来做自己喜欢的事，那么一天，也就等于一个小时般短暂。

但是时间如果仅仅是用来等待的话，那么一小时，也许比一天还要漫长。

"那我们得等到什么时候这栋房子才能旋转到那里呢？"

"明天凌晨5点左右，还有8个小时。"

太长了！

"姐姐，你吃饭了吗？"

要不是比诺曹问她，雷婉红几乎都忘记自己已经……至少有十几个小时没有吃东西了。

她摇了摇头。

"你等着，我去给你拿面包吃。"

比诺曹说着，又转身往厨房里走去。

雷婉红不禁有些喜欢上这个懂事的孩子了。

至少和她在这里遇到的其他人比起来，这个孩子还算正常。

心理健康，比什么都重要。

吃了几块面包，又喝了些茶，雷婉红感到有些困了。

可是她不敢睡觉，她害怕在她睡着之后，又会发生什么奇怪的事情。

如果一切顺利的话，明天卖掉画，坐上24点的公车到地铁站，然后再花几个小时的时间回到公寓里，出去之后，大概还不到9点。

还得去上班呢！

如果那幅画真的能卖1000万，那剩下的那些钱，该干什么呢？

李瑞阳现在在哪里，在干什么呢？

他也在这座回旋城中，还是说已经回到了现实世界？

他真的在骗自己吗？

不管怎么样，但愿明天能跟他见上面。

只要用毕斯特教给她的方法，一定能问个水落石出。

"姐姐，我想继续做木偶了，"比诺曹说道。"你干吗呢？"

"我……我也不知道，有什么可以打发时间的东西吗？"

"打发时间！？"比诺曹突然瞪大了眼睛，像是听到了一句不可思议的话一样。

"时间本来就不够用了，为什么还要把它给打发掉呢？"

这真是一个让人无法回答的问题。

"我的意思是，有什么事情可以让我做，不然时间就被白白浪费了。"

说完这句话，雷婉红的脸立刻就红了起来。

她突然发现，自己似乎很能说谎，根本就不用思考，顺口就能说出来。

"可以欺骗任何人，但是不能欺骗自己……"

可这就是一句自己骗自己的话。

"嗯……"比诺曹想了想，对雷婉红说道："要不我教你做木偶吧，说不定你有这方面的天赋呢。"

对于雷婉红来说，那才是在浪费时间。

"都这么晚了，"雷婉红岔开了话题，问道，"你不用睡觉吗？"

"我的睡觉时间是每天下午的24点到32点，现在正是精力充沛的时候呢！"

"每天只睡8个小时？"

"对呀！已经足够了，不会感到困的。"

有96个小时的一天竟然只用睡8个小时！

也就是说，算上睡觉的时间的话，在这个世界的时间实际上应该是现实的5到6倍。

"姐姐你呢？你一般什么时候睡觉呢？"

"我……其实我现在就想要睡觉了。"

"那你快去睡呀，"比诺曹指了指另外一个房间，"那是我的卧室，你可以睡我的床。"

"我……其实我也不是很想睡。"

"可你刚才还说……"比诺曹眼珠转了转，又说道，"你是担心睡着了之后错过时间吧，放心好了，到了4点半我就叫醒你。"

雷婉红担心的当然不是这个。

如果这个男孩子趁她睡着之后，把画给偷走了怎么办？

可是还有8个小时，又没有什么事情可做，自己是不可能熬得过去的。

雷婉红看着比诺曹，他的眼神单纯，不带任何杂质。

"好吧，不过你一定要准时叫醒我啊，千万不要因为做木偶入了神忘记了时间啊！"

"放心吧姐姐，我还达不到那种境界。"

雷婉红拿起放在桌子上的画，走进了男孩的卧室。

这是一个很小的房间，里面除了一张单人床以外，什么都没有。

雷婉红回头看了一眼比诺曹，他已经开始在另外一张桌子前工作了起来。

她关上卧室的门，想了想，把画塞进床脚，然后躺在床上。

闭上了眼睛，虽然很困，可是却不敢睡。

连辛蒂蕾娜那样的小女孩都会骗她，何况是这个比她还大几岁的男孩儿呢。

睡意越来越浓，她必须忍住！

10分钟过去了……20分钟过去了……

就当雷婉红快要忍不住进入梦乡的时候，她担心……或者应该说是预料的事情终于发生了。

卧室的门被轻轻地推开了。

雷婉红的神经立刻紧绷起来。

果然没错，他是准备趁自己睡着之后把画偷走。

才半个小时而已，他就已经等不及了。

毕竟年纪还小，没有耐心。

雷婉红依然闭着眼睛，平稳地呼吸着，装得像睡着一样，不动声色。

她要等到比诺曹偷画的时候再出声，抓个正着。

可是，事情并没有像她预料的那么发展。

不一会儿的功夫，门又被轻轻地关上了。

他根本就没有进来，只是打开门看了看而已。

是因为害怕自己还没有睡熟吗？

雷婉红依然不敢睡觉，这种感觉实在太痛苦了。

又过了大约半个小时，门再一次被轻轻地推开。

然后，又被轻轻地合上了。

天哪！他到底想要干什么？

雷婉红有种想要冲出门外去的冲动！

这简直就是在折磨她。

又过了不知道多长时间，门第三次被推开了。

雷婉红再也忍不住了，一翻身，坐了起来。

"你在干什么？"

她的声音格外严厉。

比诺曹被这突如其来的状况吓了一跳，张大了嘴巴，却半天说不出话来。

"我问你在干什么！？"

"对不起，我以为你不会醒的，真的对不起……"

比诺曹的声音显得惊慌失措，果然他是想要偷走那幅画吗？

"你一共开了3次门，到底想要干什么？"

"我……我……"

"快说！"

如果当时雷婉红能看到自己脸上的表情的话，一定会被吓住的。

比诺曹几乎快要哭了起来。

"对不起，因为，因为姐姐你太漂亮了……"

天哪！他在说什么？

这么小的孩子，怎么可能……

"所以……所以我想……我想……"

雷婉红有些不敢听下去了。

"别说了！我现在就走！"

雷婉红说完，从床底下取出了画，毫不犹豫地往门外走去。

可是，当她来到客厅时，突然停了下来。

桌子上放着一个还没有完成的木偶的头，那发型、脸型，还有那双眼睛，不就是自己吗？

雷婉红立刻就明白了！

她转过身，对一副狼狈模样的小男孩说道："你是在以我为原型做木偶？"

比诺曹点了点头："对不起，对不起，我是想告诉你的，可是你已经睡着了……"

雷婉红长长地吐了口气，她真不知道该说什么好。

"为什么要做一个像我的木偶呢？"

"因为姐姐你真的很漂亮，我想做成木偶的话，一定会很好看的。"

"你是准备做好了拿去卖吗？"

"不！"比诺曹立刻猛烈地摇了摇头："我是想……是想……"

他有些不好意思说出口。

真是个单纯的孩子。

他的确是在做木偶，这是事实！

看来自己是错怪他了。

雷婉红叹了口气，走到比诺曹面前，用手摸着他的头，温柔地说道："对不起，姐姐刚才有些激动，吓着你了吧！"

"是我不好，不该在没有经过你同意的情况下做这样的事情。"比诺曹那带着稚气的脸上充满了歉意。"姐姐你别走，你出去也什么都看不见的，要是你不喜欢我在这里的话，我走好了。"

"傻瓜！这是你的家呀，你怎么走呢？"雷婉红看了看桌子上那个自己模样的木偶头，又对比诺曹说道："好了，我要去接着睡觉了，你继续加油吧！"

"加油？"小男孩愣了愣，似乎不太明白雷婉红的意思。

"把我做得漂亮点。"

"姐姐你……"比诺曹显得有些吃惊，不过立刻又笑了起来，"放心吧，我一定会加油的。"

雷婉红笑了笑，又回到了卧室里，连门都没有关就躺到了床上。

"姐姐，你不关门吗？"比诺曹问道。

"关上门的话，你不是就不好偷看了吗？"

"可是，我怕会吵到你呀！"

"放心吧，我现在困得都不行了，再大的声音都吵不醒我的。"

"啊？"比诺曹愣了愣，转过身去，走到了木桌前，刚想继续做他的木偶……

"姐姐，"他突然转过身来，大声问道，"那我待会儿要是叫不醒你怎么办呀？"

雷婉红没有回答。

因为，她已经睡着了。

凌晨4点半，比诺曹准时叫醒了她。

他只是在她耳边轻轻地叫了两声"姐姐"，同时用手摇了摇她的身子，整个过程比想象中的简单多了。

雷婉红翻身坐了起来，揉了揉蒙眬的睡眼。

不可否认，这一觉睡得很香。

只可惜时间太短了。

木偶已经做好了，比诺曹显得十分开心。

"姐姐，你看。"

他把木偶递到了雷婉红的手里。

这真是一个漂亮的木偶。

长长的卷发，惟妙惟肖的漂亮脸蛋，白色的长裙，修长的S型身材。

真没想到，这个才十来岁的小男孩，能够把自己做得那么的……迷人！

"做得真不错，比我本人漂亮多了。"雷婉红赞叹道。

"姐姐你喜欢吗？"

"嗯。"

"那就送给你吧！"

"送给我？"雷婉红略为有些惊讶。"你不自己留着吗？"

"虽然我也很想自己留着，这样看见她就会想起姐姐你来。不过，我还是觉得送给你比较好。"

"为什么呢？"

"因为，与其让我记住你，还不如让你记住我呢。"比诺曹笑了笑。"这样的话，说不定你还会回来看我呢！"

雷婉红也笑了，用手指弹了一下他的额头："你这小家伙，鬼心眼还挺多的。那就谢谢你了。"

说完，她打开手提包，想了想，把那个装书的木盒子拿了出来，木偶刚好能够放到里面去。

"我们可以出发了吗？"雷婉红问道。

"应该差不多了，我看看。"

比诺曹说着，打开了屋子的大门，一股白色的雾气扑面而来。

雷婉红也走到了过来，往门外望去。

依旧是浑浊的空间，什么都看不见。

"看来还得再等一等。"比诺曹说着，转身回到了房间中，不知道从什么地方拖出来一个半人高的大箱子。

"这里面装的是什么呀？"雷婉红好奇的问道。

"都是我准备卖掉的木偶。"

"能卖得了这么多吗？"

"能卖得了就好了。"比诺曹无奈地吐了吐舌头。"因为每次都只能卖出很少的几个，但是我又做得特别快，所以就越积越多了。"

雷婉红点了点头，她突然觉得，自己和这个小男孩比起来，要幸福多了。

不过，也有可能是要可怜多了。

虽然辛苦，至少他在做着自己喜欢做的事。

可自己却只不过是为了生活而生活。

看着门外的这白色世界，雷婉红的心又有些紧张地跳动了起来。

究竟她要去的，会是一个什么样的地方呢？

从收到那个邮包开始，她的心就一直在迷惘、不安、恐惧、怀疑之间徘徊。

现实、魔幻，还有……童话！

到底哪个才是真实的世界？

黑色之后，便是白色。

却看不到光明。

黑暗时代的最后一个巫师，究竟写了一本什么样的书？

自己到底在怎么样的一个漩涡中旋转？

……

渐渐的，雷婉红的思绪连同眼前的迷雾一起消散开来……

"我们到了！"比诺曹兴奋的说道。"希望这一次能够多卖出几个木偶。"

矗立在雷婉红面前的，是一栋高耸入云的摩天大楼。

虽然很高，不过占底面积却很小，可能只有200平米，所以，看上去就像是一根长长的电线杆子，似乎随时都会倒塌下来。

脚底下是白色的雾气，什么都看不见。

雷婉红扶着门墙，探头出去往上看了看。一栋栋小房子在空中悬挂着，就像氢气球一样，缓缓地向上升。

摩天大楼在大约20米以外的距离，每隔10米，都伸出一条大约3米宽的玻璃状的透明小道，正好可以连接到房子的门口。

"我们要在上面那条道上下，做好准备了，姐姐。"

雷婉红点了点头，拿起靠在墙边的画，静静地等待着。

几分钟之后，两个人一起走上了那条透明的小路。

雷婉红的头有些晕，感觉就像是飘浮在空中一样。

"别往下看，姐姐，"比诺曹提醒到。"盯着前面那扇门，一直走过去就行了。"

两人一同进入了大楼内部，里面空荡荡的，中间放着一张桌子，坐着一位40来岁的戴着眼镜的中年妇女。

"咱们得先去登个记。"比诺曹说着走了过去。

"你好，我们是来卖东西的。"

妇人抬起头看了他一眼，无精打采地说道："3天里面你都已经来过两次了，请别浪费我的时间，木偶小子。"

"不是的，今天我是陪这位姐姐来的，她有一幅特别棒的画要卖。"

"画？"妇人转过头，看了雷婉红一眼。

"你是新人？"

"我……算是吧！"

"那你不用浪费时间了，两个月之后再来吧！我不管你是什么人，在你原来的地方是多么优秀的画家，但是在这里，你的水平恐怕连一个小孩子都不如，所以，就别丢人现眼了，没有人会买你的画的。"

"我不是画家，要卖的也不是我的画！"

"那就更不行了！"妇人继续说道。"任何不属于这个世界的东西都是不能拿到这里来卖的。"

"这是梵高的画！"

"梵高也一样，他第一次来的时候我也……"妇人说到这里，突然愣住了，瞪大了眼睛望着雷婉红，十分吃惊地问道："你说什么？你有梵高的画？"

"是的！"

"这不可能，3个月之前，他把所有的画都卖掉了之后就一直下落不明，就算有了新作品，也不可能让别人来卖的。"

"你怎么知道他不会让别人来卖呢？"雷婉红问道。

"这里是回旋城，所有人都只相信自己！"

"那幅画是他昨天才画的，画完之后就送给我了。"

"送给你了？"

"应该说，是我用一件非常珍贵的东西交换的。"雷婉红说着，把画拿了起来。"你不相信的话可以看看……"

她的这一举动吓得妇人赶紧闭上了眼睛。

"别让我看！我可不想惹上什么麻烦，快拿开！"

雷婉红又有些纳闷，旁边的比诺曹解释道："姐姐，还没有出售的东西她是不能看的，这是规矩。"

怎么会有这样的规矩？

雷婉红知道，这个问题，即使问了也不会有答案的。

她又问道："那你能帮我登记吗？我必须要卖掉这幅画。"

"如果真的是梵高的画……但是……"妇人显得有些犹豫。

"我得请示一下！"妇人说着，拿起了放在桌子上的电话。

"喂……是这样的，我这里有一位小姐，她说自己带来了一幅梵高先生的画……是的，她是这么说的……昨天下午的新画……我问问。"

妇人把电话拿开，对雷婉红问道："你叫什么名字？"

"弗洛伊德。"

妇人又重新对着电话说道："她叫弗洛伊德……不，还有一个做木偶的小孩子……您是说……好的，我明白了！"

妇人挂上电话，对雷婉红说道："请你在这里等等，有人想要见你。"

"有人要见我？"雷婉红有些吃惊。"是谁？"

"来了你就知道了。"说完，她又对比诺曹说道："你呢？要去卖木偶吗现在？"

"不！"比诺曹摇了摇头。"我要跟姐姐在一起。"

"那好吧！"妇人说完，按动了桌子上的一个按钮。

"哐！"的一声，他们进来的那扇门自动关了起来。

"这是怎么回事？为什么要关门呢？"雷婉红有些不安地问道。

"是啊，"比诺曹也有些不解，"要是有人来卖东西的话不就进不来了吗？"

"这是上面交待的，我也不知道为什么。"

雷婉红看了妇人一眼，越发地不安起来。

她把比诺曹拉到一边，小声地问道："这里到底是怎么回事？你都知道些什么？都告诉我。"

"这里就是卖东西的地方啊！"比诺曹回答道。"生活在回旋城里的人，大家做好了东西就拿到这里来卖，楼上有各种各样的卖场，像我这种水平的作品只能去自由市场摆摊，如果是梵高先生的话，可以直接去拍卖场卖的。"

"这座城里的人除了做东西、卖东西，就再也没有别的事可干了吗？"

"当然有了，吃饭啊、睡觉啊、洗衣服什么的，也有人不洗衣服，不过我基本上每个星期都会洗一次。"

"你们就没有别的什么活动了吗？"

"别的……"比诺曹一脸的迷惑，"还能有什么活动呢？"

"比如和朋友一起玩、休闲、娱乐什么的。"

"那些事情多浪费时间呀！这里大家都很少交朋友的，就算和朋友在一起也都是在讨论跟木偶有关的事。"

"跟木偶有关的事？"

"哦！对不起，我说的是我自己呢！"比诺曹有些不好意思地挠了挠头发，"反正每个人都有自己在做的事情，画画、音乐、雕塑、像我就做木偶呗！"

"全都是跟艺术有关的事情？"

"也不是，还有很多人在做一些奇怪的研究，搞一些发明创造什么的，那些我也不清楚了，你睡觉之前我不是跟你说过吗？"

的确是说过，不过当时雷婉红因为太困了，根本没有去思考这些，现在想起来，实在是……

"那这里总该有买东西的地方吧，不然你们吃的穿的用的都是哪里来的呢？"

"是的，这些都在这栋大楼里的。"比诺曹解释道。"昨天给你的面包就是我用木偶换的，因为我现在做的木偶还不好，所以只能换面包……"

"那这一切又都是谁在管理呢？"

"这我就不知道了。"比诺曹摇了摇头。

雷婉红渐渐有些明白这是一个怎么样的世界了。

比诺曹做的那些木偶，在她眼中看来已经非常完美了，可是却卖不到好价钱。

因为这是一个单向的市场，买方控制着一切，所以他们能够任意的操纵价格。

这些在这里仅仅值一个面包的木偶，到了现实世界，说不定能成为价值不菲的艺术品。

钱！还是因为钱！

可是，像比诺曹这么小的孩子也许不明白，那些大人呢？他们也不知道这个道理吗？

还是说，他们也希望能够留在这里，因为这里有比外面多数倍的时间？

不管怎么样，雷婉红绝对不愿意待在这样的一个世界里，她必须得回去。

她已经不愿意再去想什么关于《艾萨克雷斯》的事情了。

这个时候，房间一角的电梯门打开了。

从里面走出来大约有……七八个人。

一个女的，其他都是身材高大的男人。

那个女的，是雷婉红认识的人。

"辛蒂！你怎么在这里？"

"你好啊，姐姐，我们又见面了。"辛蒂蕾娜诡异地笑了笑，转过身，对后面的男人们说道："就是她！你们快把她抓起来！"

"你说什么？我……"

还来不及反应，她的双手已经被铐上了手铐，被两个男人押着往电梯里送。

身后的两个男人，一人拿着那幅画，另外一人提着她的手提包。

"姐姐！姐姐！"身后的比诺曹拼命地叫喊着，他想要冲过去，可身体却被一个男人死死地抱住，动弹不了。

辛蒂蕾娜在一旁漠然地微笑着，她打开那个属于比诺曹的皮箱，从里面拿出一个少女模样的木偶，将她的头硬生生地给掰了下来。

坐在桌子前的妇人瞪大了眼睛，惊讶地看着眼前的一切，却一句话都不敢说。

"你们想要干什么？放开我！放开我！"

没人理她！

她转过头，狠狠地瞪了辛蒂蕾娜一眼。

她无论如何也想不到，自己会陷入到如此的危机之中。

实际上，她早就觉得有些奇怪。

梵高在把自己打晕之后，把自己送到了这里来，还敢光明正大地告诉毕斯特自己偷书的事情……

他跟毕斯特到底什么关系？

还有辛蒂蕾娜，她在这整个故事当中又扮演着什么样的角色？

自己又在这个舞台当中被套上了一件怎样的外衣？

隐隐约约中，她感觉到，事情也许比她想象的要复杂得多！

六、匪夷所思

"你可真是大胆啊,弗洛伊德小姐。"
……
"我不明白你的意思。"
"别装糊涂了,我们已经掌握了足够的证据,我劝你还是说实话!"
"什么证据?你到底在说什么?……你们是什么人?为什么要抓我?"
"请不要弄错了,你的职责是回答问题,而不是提出问题。"
"可你根本就没有问我任何问题,就不分青红皂白就把我抓了起来。"
"呵呵!好吧,现在我问你,你的画是哪儿来的?"
"梵高给我的。"
"他为什么要把这幅画给你?"
"因为他偷了我的书。"
"什么书?"
"《艾萨克雷斯》!"
"你是在讲笑话吗,弗洛伊德小姐?"
"我说的都是实话!"
"实话?呵……这是我这辈子听到的最好笑的一句谎话。"
"我再说一遍,我没有说谎!"
"你说《艾萨克雷斯》是你的书?那你能告诉我里面写的什么吗?"
"那是本假的。"
"假的?"
"对,被他偷走的是一本假的《艾萨克雷斯》。"

"你是说,他用那张价值千金的画换了一本毫无意义的书!"

"事实就是这样。"

"别开玩笑了!!!"

"你不信可以把他找来,我可以和他当面对质。"

"把他找来……你可真会说话!"

"你什么意思呀?我……"

"他已经死了!"

"死了?"

"你很吃惊吗?"

"当然……他……他是怎么死的?"

"那得问你了。"

"你怀疑是我杀了他?"

"不是怀疑,而是肯定。"

"笑话!你凭什么下这样的结论?"

"因为我有证据。"

"什么证据?"

"你身上带的那幅画,是物证;昨天险些也被你杀死的那个小女孩,辛蒂蕾娜,她是人证。"

"怎么不说话了?无话可说了吧!"

"你是什么人?"

"我是个侦探,专门负责你的案子。"

"这个世界也有警察?"

"当然,任何一个地方都必须有秩序。"

"没错,如果混乱也是一种秩序的话。"

"你认罪吗,弗洛伊德小姐?"

"我没有罪,事情的经过毕斯特应该是最清楚的,你可以找他来问问。"

"毕斯特?"

"是的,你不认识他吗?"

"当然认识了,这里没有我不认识的人。"

"那就请你把他找来,他可以证明我是无辜的。"

"我会去的，在那之前，还有一件事情我想要弄清楚。"

"什么事情？"

"关于《艾萨克雷斯》，你都知道些什么？"

"我想我有权力不回答这个问题。"

"好吧！但愿毕斯特先生能够帮上你的忙，否则的话……"

那个略为有些发胖的中年男人从房间里离开之后，雷婉红便陷入了前所未有的恐惧之中。

这是一间拘留室，自己被这个世界里的秩序维护者给拘禁了。

刚才那一次应该是非正式的试探性审问，她被怀疑杀死了画家梵高。

没错，仅仅是被怀疑，仅凭这两个所谓的人证物证，还不足以证明自己杀了人。

所以刚才那个人才一个劲地想要套自己的话。

在她昏迷之后究竟发生了些什么事？真的如同毕斯特所说的那样，是梵高把自己带到了那个研究室，留下画以后就离开了吗？

梵高真的死了吗？

如果是真的，究竟是谁杀了他？

辛蒂蕾娜为什么会说自己是凶手？

为了她的一幅价值千万的画，的确是一个很值得怀疑的杀人动机。

对了！

雷婉红突然想起梵高写给自己的那张纸条，那可以证明她是无辜的。

白色的手提包还在这个房间之中，虽然雷婉红有些疑惑为什么会把它留在这里，不过现在也没有多余的心思去思考这个问题。

她打开手提包，把里面的东西统统翻了出来。

没有那张纸条！

难道是落在毕斯特的研究室里了？

没错，她想起来了，她在看过那张纸条之后，就把它顺手放在了沙发上，根本就没有拿走。

谁会想到之后会发生这样的事情呢？

从她离开毕斯特的研究室到现在一共只有11个小时左右的时间，如果梵高是在这段时间里遇害的，那么比诺曹可以为自己提供不在场证明。

她在这里被关了整整一个小时才有刚才那个人过来问话，很有可能这段时间里他们是在审问比诺曹。

比诺曹应该不会说谎，也就是说，梵高是在她昏迷的那段时间里遇害的。

想到这里，雷婉红只觉得双脚发软，几乎快要站不住了。

这么推断下来的话，最有可能杀害梵高的人是：

毕斯特！

没错！也许的确是梵高把她送到了毕斯特的研究室，还留下了画和那张纸条。

然后，毕斯特杀了他，为了得到那本书，《艾萨克雷斯》！

接着，他又和辛蒂蕾娜串通好，把罪名嫁祸在自己的头上！

天哪！她刚才还叫他们去找毕斯特，还希望他能够帮助自己洗脱罪名……

这么说，自己带来的那本书的确是真正的《艾萨克雷斯》！

毕斯特第一次没有认出来，以为它是假的。

但是梵高却认出了那本书，所以……

还有一种可能。

那就是，梵高串通了辛蒂蕾娜自编自导了一场戏，他不知道用什么办法制造出了死亡的假象，这么做的目的……是为了和那本神秘的书一起从大家的视线里消失。

不管怎么说，她现在所知道的情报实在太少了。

梵高是什么时候死的，在哪里死的，是被什么杀死的，她完全不知道。

这个世界里的人对于"艾萨克雷斯"的了解又有多少？

刚才那个人没有说，自己也不便追问。

因为这个时候，越表现得什么都不知道，就越会被怀疑，所以最好的方法就是只说不问。

这时，雷婉红又想到了一个被她忽视的问题。

梵高怎么会知道自己带着那本书，而且恰好又在同一时间和她坐上了同一班列车？

这绝对不是巧合！绝对不是！

很明显，事先有人告诉他。

这个人会是谁呢？

越往下想，雷婉红就越觉得可怕。

她突然有一种快要窒息的感觉。

只有两个人有这个可能！

第一个自然是毕斯特了，他知道自己会再次回到这个世界里，还有可能带着真正的《艾萨克雷斯》去找他，所以他去了回旋城，并且嘱咐辛蒂蕾娜带着自己去坐地铁，同时他也告诉了梵高，让他一直在地铁中站等着。

不过这里面有个问题，那就是，毕斯特虽然知道雷婉红会回去，但不知道确切的时间啊！她有可能第二天就回去，也有可能一个月之后再回去，难道就让梵高这样天天在地铁站等着？

不错，只有李瑞阳才知道自己会在昨天下午再一次回到那栋公寓楼里！

为了避开嫌疑，所以他没有等自己就先进去了，然后让自己一直联系不上他。

说不定昨天早上发生的那一切都是他搞出来的，为了支开自己，方便他单独行动。

如果他真的是艾萨克雷斯的后人，那么他很有可能懂得一些……巫术！

可是，李瑞阳为什么要这么做呢？

就雷婉红目前所知道的一切来看，她根本没有办法回答这个问题。

还有很多事情是她不知道的，所以她的推论没有办法继续下去。

不过，如果真的是这样的话，那么毕斯特仍然是值得信任的。

不！

她以前不也觉得李瑞阳是值得信任的吗？

越是自己相信的人，越容易让自己受骗。

这是一种先入为主的心理暗示，因为觉得这个人值得信赖，所以就会不假思索地去相信他的话。

没错，她谁都不能相信，只能相信事实！

可是，仅凭现在自己所知道的事实，根本就没有办法去判断毕斯特和李瑞阳到底谁在搞鬼。

不，也许有办法知道。

雷婉红盯着自己面前的那个木盒子，如果毕斯特说的是真的，那么这里面应该藏着真正的《艾萨克雷斯》的书页才对。

没错，事到如今，为了把这一切弄个水落石出，也只能冒险试一试了。

不知道那个孩子怎么样了，他应该不会被牵连到吧！

想着他那一大箱子卖不出去的木偶，雷婉红心中不由得有些感伤。

这里根本就不是他那样的孩子应该待的地方！

没有亲人，没有朋友，没有童年，除了那些不能说话的冰冷的木偶，什么都没有！

雷婉红叹了口气，用那把水果刀小心翼翼地把木头盖子给戳开……

两片薄薄的木片组成的盖子里面，果然藏着一张书页纸！

这会是真正的艾萨克雷斯吗？

雷婉红用颤抖的手拿起了纸条……

然后，她的整个身体都开始颤抖了起来……

纸上用黑色的墨水清楚地写着几行字：

"如果你现在不是在回旋城中央大楼的拘留室，就什么都别管了，想尽一切办法回到属于你的地方，忘记这里的一切，忘了我，好好生活。如果一切顺利，请用桌子上的水浇在这张纸上！"

这是华欣写的！

绝对错不了，跟前面那两张写得很乱的字迹不一样，这的的确确是他的笔迹。

桌子上的确放着一杯水，是刚才那个侦探端进来的。

他一口都没有喝。

天哪！

雷婉红赶紧拿起那杯水，浇在了纸上……

被浸湿之后的纸上，上面的文字逐渐被另外的文字所取代。

"听着，一会儿会有人来救你出去，跟着他离开，回去找那个房间对面的女人，她会告诉你一切。这张纸有可能被别人发现，所以我不能写太多，你一定要相信我，这一切全都是为了你！"

雷婉红大口大口地喘着气，眼前的这一切实在是超出她的想象能力太多了。

现在所发生一切，这一切的一切，竟然是华欣事先就安排好的？

这怎么可能？这怎么可能办得到？

毕斯特，辛蒂蕾娜，梵高，比诺曹，还有刚才那个侦探，这些全都是他安排好的，演员？

不！不可能！

这样做根本没有任何意义。

只有一个人有可能是他的同伙。

辛蒂！

回想起来，所有的事件都跟她有关！

第一次去那栋公寓，如果不是她从房间里拿出来的那块木板，自己根本就上不了4楼。

第二次，也是她带着自己去坐的地铁，然后遇到了梵高，才会发生后来的事。

而向警察告密的人也是她！

刚才进来的那个侦探，应该也是她的同伙。

他们到底想干什么？

"你一定要相信我，这一切全都是为了你！"

这句话是什么意思？这一切跟她有什么关系？

如果不是为了救出华欣，自己根本就不会和这一切扯上任何的联系！

所有人都在戏弄她！

她到底该相信谁，相信什么？

雷婉红的脑子一片混乱，她觉得自己就像是一个棋子一样，完完全全地被别人给操控着！

而自己连这是一盘什么样的、属于谁的棋都不知道。

太被动了，实在是太被动了！

如果华欣的话是真的，那么一会儿就会有人来救她！

然后，她要去找那个房间对面的女人。

那个房间应该是指403号的房间。

而它对面的女人……

雷婉红想起来了，那是402房间里的那位老太太，自己跟她还见过两次。

雷婉红记得，她向那位老人询问过关于403房间的事情，而她当时说的最后一句话是："姑娘，你还是快回去吧，千万可别跟这个房间扯上什么关系。"

现在想起来,她很有可能是知道这个房间的秘密的。

华欣一定是在计划着什么。

他这么做,毫无疑问是为了保护她,既然计划失败,就没有必要再让自己冒险了。

那张纸上,除了回旋城中央大楼的拘留室这个地名以外,没有提到其他任何确切的地名、人名!

除了雷婉红之外,也没有人能看得懂。

这短短的两天时间里,雷婉红经历了一次又一次的震惊。

本来快要整理好的思维,又一次一次地被搅乱。

事到如今,自己根本就没有别的办法可想。

只能走一步算一步了。

纸上的字已经消失了,雷婉红把刚才从包里翻出来的东西全都又塞了进去。

她坐在椅子上,静静地等待着来救她的人。

时间一分一秒地流逝着,两个小时过去了,依然没有任何动静。

雷婉红等得有些不耐烦了,她走到门口,透过铁窗向外望去,外面静悄悄的,一个人都没有。

"有人吗?"

雷婉红大声地叫起来。

"你们到底要把我关到什么时候,我是无辜的,放我出去!"

这时,外面的门突然被踹开了,闯进来一个身穿红色夹克,一头卷发的男人。

他大口大口地喘着气,满头大汗,神色紧张。

"往后站!"

"你是……"

"别废话,快点!"

雷婉红点了点头,往后退了几步。

只见那个男人深深地吸了口气,然后猛地一下撞向铁门。

"哐"的一声,铁门应声倒地。

虽然已经知道了有人会来救她，不过雷婉红还是被眼前的这一切给吓住了。

"快跟我来！"

男人说着，拉着雷婉红便冲了出去。

两个人来到电梯门口，只见那里横七竖八地倒着七八个人，看来刚才发生过激烈的打斗。

"你站在门口，别让电梯门合上。"男人说着，在电梯里面先按了到最顶层的按钮，然后把晕倒在地上的所有人全都拖了进去。

"我们走楼梯，往下走！"

雷婉红有些诧异，不过还是跟在男人身后顺着楼梯飞快地往下奔跑。

这一路之上，可真是让她大开眼界了。

不断有全副武装的人从狭窄的楼梯里往上冲过来，却一个一个地被她身前的男人给踢翻在地。

他就像是一只出了笼的狮子，势不可挡！

不知道下了多少层之后，两个人来到了刚才雷婉红进来时的那个大厅。

"快把门打开！"男人冲着接待处的那个中年妇女怒吼道。

"这……"

"听不懂我的话吗！"男人一拳在她面前的桌子上砸了个窟窿，吓得那位妇人眼镜都掉了下来。

"快开门！"

"是……是！"

妇人慌乱地在面前的键盘上按了起来。

可是，大门并没有打开。

妇人的座位下面突然打开了一个正方形的暗格，她的身体连同座椅一起掉了下去。

然后，暗格合上了，整个大厅里只剩下了他们两个人。

"混蛋！"男人愤怒地踢了他面前的桌子一脚，整张桌子立刻裂成了两截。

这时，数十个人从楼梯中、电梯里冲了出来，将他们两个团团围住。

"投降吧！你们已经无路可走了！"

说话的，正是刚才审讯雷婉红的那位侦探。

男人左右看了看，对身边的雷婉红说道：

"给我一把刀！"

"刀？"

"快点！"

雷婉红来不及多想，将手提包里的水果刀递给他。

男人接过刀，冷笑一声，然后……

"都给我让开！不然我杀了她！"

没错，那把水果刀，竟然被夹在了雷婉红的脖子上。

包括雷婉红自己在内，所有人都愣住了。

"你想干什么？"那位侦探显得有些紧张。"把刀放下，不然你会后悔的。"

男人根本就不搭理他。

"把门打开，让我们走，不然你会后悔的。"

"就算我放你们走了也没用，你们是出不了这座城的。"

"少废话！"男人显得有些不耐烦了，水果刀紧贴着雷婉红的脖子，随时都有可能割断她的颈动脉。

"赶快把门打开！"他怒吼道，"不然我就杀了这个女人！"

就连雷婉红都觉得他不是在开玩笑。

"别激动，我给你开门！"

门打开了，雷婉红就这样在那个身穿红色夹克的男人的"挟持"之下，跳上了最近的一栋房子，慢慢地往上升高……

看着底下懊恼的人群，雷婉红心里有种说不出来的迷乱。

脱险了？

还是陷入更加危险的境地？

身边的男人把水果刀从她的脖子前移开，折叠好后，还给了她。

这是一栋没有人居住的空房子。

男人在房间里的椅子上坐下，长长地吐了口气。

他紧紧地皱着眉，依然显得神情紧张。

雷婉红来到他面前："你是……"

"MJ。"男人面无表情地回答道。

"MJ？"雷婉红有些莫名其妙地看着他。"什么意思？"

"我的名字。"

这并不是雷婉红想要问的问题。

"你跟华欣是什么关系？他到底在干什么？"

"什么华欣？"

"你不认识华欣？"雷婉红有些惊讶，不过她立刻又反应过来，在这个世界里，他也许根本就不叫这个名字。

"就是让你来救我的那个人，你跟他什么关系？"

"没人让我来救你！"MJ冷冷地回答道。

雷婉红愣住了。

"没人让你来……那你为什么要……"

"我只是为了救我自己！"

"救你自己？你是说……你也是被他们抓起来的？"

MJ点了点头。

雷婉红有些傻眼了。

如果他的话是真的，也就是说，他并不是华欣安排过来救自己出去的那个人。

"那现在，我们该怎么办？"雷婉红问道。"我必须要离开这里。"

"那是你的事，与我无关。"

"你……"MJ那副漠然的样子让雷婉红有些哭笑不得。她想了想，又问道："为什么你会想到用我做人质这一招？要知道我也是个嫌疑犯啊。"

"嫌疑犯跟罪犯是不一样的！"

听了MJ的话，雷婉红笑了。

"你果然是在骗我！我什么都没有说，你怎么知道我只是个嫌疑犯而已呢？"

MJ冷笑一声："我没有必要骗你，也没有必要回答你的任何问题，因为几个小时之后，我就再也见不到你了。"

他的意思是，几个小时之后，房子就会回到大街上，然后两个人就该分道扬镳了。

"没错，"雷婉红点了点头，顺着他的话说道，"对于一个再也见不到的人，有什么是不能说的呢？我们不如趁这个时间交换一些情报。"

MJ抬起头，目光诡异地看着雷婉红。

片刻之后，他开口说道："我是个罪犯，你不害怕？"

"但是你救了我，不是吗？"

"救了你？呵呵……"

他冷冷地笑了起来。

"你很快就会被抓回去的。"

"那么你呢？你不会被抓回去吗？"

"我一次能打十个，你呢？"

"重要的不是武力，而是智商。"

"别太自以为是，在这里智商高的人太多了。"

"正是因为这样，所以我们才需要一起合作，"雷婉红十分耐心地说道。"就像刚才，如果没有我的话，你不是也逃不出来吗？"

"别忘了，刚才的办法可是我想出来的。你对我不可能有任何帮助，只不过是个累赘而已。"

"不试试怎么知道呢？"雷婉红仍然不放弃。"如果到时你真的觉得我是个累赘，随时可以扔下我不管。"

"我现在就觉得你是个累赘！"MJ说着，闭上了眼睛。"别说话了，我需要休息一会儿。"

真是个让人讨厌的人。

"喂！"

雷婉红可不是那种言听计从的女人，她发起脾气来也是很厉害的。

"你是不是男人啊，就这么把我给拖出来，然后就什么都不管了？"

"给我闭嘴，"MJ也大声吼了起来，"否则我现在就把你从门外推下去！"

"你推呀！"雷婉红毫无惧色，把水果刀握在手中，将刀尖对准了面前的男人。"不过在那之前，我发誓我会用这把刀刺瞎你的眼睛。"

MJ似乎没有料到雷婉红会有如此的反应，有些愣住了。

然后……他大声地笑了起来。

"你笑什么？"

MJ没有回答，突然从椅子上站了起来，一伸手，将雷婉红手中的水果刀打落在地。

这一切实在太突然也太快了，等雷婉红反应过来的时候，那把水果刀已经握在了MJ的手上。

"你……"雷婉红惊讶得说不出话来。

"如果你想刺瞎我的眼睛，应该等到我睡着之后再下手。"MJ说着，又把水果刀交还到了她的手里。

"我还是第一次遇到你这样的女人，"MJ又坐到了椅子上，歪着脑袋，跷着二郎腿。"第一，我是听见你在拘留室里叫放你出去，所以我才把门打开的；第二，我也没有强迫你跟着我走，是你自己跟过来的。"

"我……我那个时候以为你就是那个来救我的人，谁知道……"

"你是说，你知道会有人来救你？"

"是的。"

"跟你刚才说的那个什么人有关？"

"应该是吧！"

"你到底犯了什么罪？"

"我没有犯罪，我是被冤枉的。我……"

"我是个犯人，你不用对我解释，"MJ打断了她的话。"我只知道，拘留室的门外有6个人在守着你这么一个手无缚鸡之力的女人。"

"所以你才救我，你觉得我是一个对于他们来说很重要的犯人。"

"没错，你也看到了，刚才波洛很害怕我伤害你。"

"波洛？"

"领头的那个男人，怎么，你不认识他？"

"我……我只知道他是个侦探，并不知道他的名字。"

"你应该记住这个名字，因为接下来的很长一段时间，你都会和他玩猫捉老鼠的游戏。"

也许他才是那个准备救走自己的人。

"他们怀疑我杀了人。"

"谁死了？"

"梵高,那个画家。"

"梵高?"MJ似乎有些惊讶。"他真的死了?"

"反正他们是这么说的。"

"死了也好,那家伙早该死了。"

"为什么这么说?你认识他吗?"

MJ没有回答,反问道:"他们为什么会认为你杀了他?"

"因为……"

雷婉红想了想,把那天在地铁上发生的,以及后来怎么被捕的事情告诉了他。

"就凭这些,波洛就认为你杀了人?"

MJ在听完之后,露出难以理解的表情。

"是的,他还说得十分肯定。"

"这不可能!"

"你是说……什么不可能?"

"你不可能杀人,他也不可能仅凭这些就做出判断。"

"为什么?"

"第一,你绝对杀不了梵高;第二,如果你的杀人动机仅仅是为了他那幅画的话,是不可能傻到拿画到那种地方去进行交易。"

"可是,他们有人证和物证……"

"一个小女孩的话算什么人证?物证是指杀人的凶器,而不是一幅什么都证明不了的画!这些东西连我都知道,波洛不可能不知道,这里面肯定有问题。"

是有问题,可到底是什么问题呢?

"那个波洛,能告诉我一些关于他的事情吗?"

"没什么可说的,他就是个侦探。"

MJ顿了顿,又接着说道:"很厉害的那种侦探。"

"那么你呢?"

"我?"

"对呀,你又是什么人呢?"

"我是个罪犯!"

"你犯了什么事情？"

"抢劫！"

"为什么你要这么做？"

"抢劫还能为了什么，当然是钱了。"

"钱……"

"我想离开这里，那需要钱。"

"可是……你又是怎么来到这里的呢？"

"被人骗了！"

"被人骗……是怎么回事……我……我能问这个问题吗？"

MJ轻蔑地哼了一声："你们女人，总是对别人的事情那么好奇。"

"不是的，我……我很想弄清楚这个世界到底是怎么一回事，到现在为止我还什么都不知道。"

"你是怎么来的你自己会不知道？"

"我是……"雷婉红想起自己来到这个世界的经过，心中不禁一颤！

难道她也被骗了。

"我收到了一封信，是我以前的男朋友寄过来的。他已经失踪5年了，我以为他死了……"

"信上说让你来这里找他？"

"是救他。"

"救他？笑话！就凭你这个什么都不会的女人怎么救他？"

"他给我寄了一本书，让我把它交给毕斯特……"

"这样就能救他了？"

"信上是这么说的。"

"什么书？"

"《艾萨克雷斯》。"

MJ脸上露出了转瞬即逝的惊讶。

"那你也听说过关于黑暗时代、巫术战争的传说了？"

"是的。"

"你就相信了？"

"难道不是这样吗？"

"我只知道，谁都没有见过的东西，跟不存在没有任何区别。

"这个世界里的人都是些疯子，有的是来的时候就疯了，有的是来了之后才慢慢变疯的，他们的话根本就不可信。"

MJ显得有些激动。

"那么你呢，你也是疯子？"雷婉红问道。

"我现在清醒了不少。"

"能跟我说说吗，你是怎么来到这里的？"

雷婉红又问了一遍刚才的问题。

MJ沉默了。

他用手揉了揉自己的太阳穴，似乎陷入到了某种早已遗忘的回忆之中。

雷婉红也没有说话，静静地等待着。

"我是个音乐家。"

MJ终于开口了，他的声音十分低沉。

"我一直以为自己有成为一名伟大的音乐家的天赋，可是，这种天赋根本就没有人承认。为了音乐，我放弃了很多东西，可是，我创作的音乐、歌曲，被那帮完全不入流的音乐制作人说成是不符合时代特征的破烂东西。他们懂什么？一群写两首俗不可耐的流行歌曲就沾沾自喜，写两个根本就没有人去听的音乐剧就自命不凡的傻瓜。"

MJ显得有些气愤，像是个愤青。

"你是不是觉得人们花太多时间在社会交际上了？"雷婉红问道。

"不是社会交际，而是社会交易！所有人思考的问题不是如何提高自己的创作水平，而是如何通过社会关系去寻找机会。"

他的想法有些极端，就跟还在上大学时的雷婉红一样。

"你觉得这种做法很不可理解，难以接受是吗？"

"不！这没什么不能理解的，世界就是这个样子，现实就是这个样子，生活就是这个样子！"

这个回答让雷婉红有些意外，人之所以会叛逆，会脱离现实，就在于他对那些被世人所接受的生活方式的不理解，或者说是对于自己没有经历过的一些事情的单纯想象。

"不过我不能是这个样子！"MJ又继续说道。"天赋一旦融入现实，便成了平庸。"

"平庸……平庸有什么不好呢？不是每个人都能成为天才的。"

"天才？哈哈哈哈……"

MJ突然站了起来，凑到雷婉红面前，用略带阴沉的声音说道："你知道什么是天才吗？"

雷婉红没有回答，MJ的样子让她觉得有些可怕。

"天才都是疯子！是超现实的存在！你别以为那些得过什么诺贝尔奖的人都是天才，告诉你，人类这几千年的历史里，真正的天才，不会超过10个人！"

"你……你觉得你是天才？"雷婉红小心翼翼地问道。

"我曾经这么认为过，所以我坚持走自己的路！现实里有太多太大的阻力！他人的反对，生存的压力，太多的事情必须去做，太多的问题需要去操心。我需要从现实里离开，我需要一个不必担心任何事情的地方，我需要有足够的时间和空间来做我自己想要做的事情！"

毫无疑问，那个地方，就是这里！

"我明白了。但是，你又是怎么来到这里的呢？"雷婉红问道。

"我不知道。"

"你不知道？"

"我只记得那天我在房间里写歌，一直写到很晚，突然就睡着了。醒来之后，整个世界似乎就剩下了我一个人……"

"然后，你上了一辆开着门的地铁，它把你带到了这里，是这样吗？"

"没错！"

和比诺曹经历的情况一样。

"然后呢？"雷婉红又问道。"你从地铁上下来之后，是怎么……上来的？那下面不是有白色的雾气吗？"

"地铁站停着一辆车，车上的司机告诉我，我可以在这个世界做自己想做的事情，没有任何人、任何事可以干扰到我。他问我愿不愿意留下来。"

"你回答说愿意？"

"当然了！"

"他没有告诉你一旦留下来就很难再回去了吗？"

"说了，那又怎么样？"

"你的父母亲人呢？你不怕他们担心你吗？"

"担心？他们根本就不理解我，他们只会拖累我！"

"天哪！"

雷婉红觉得自己真的是在跟一个疯子说话。

她想了想，又问道："那你就没问问这个世界是怎么来的？你不觉得害怕吗？"

"我当然问了，然后，他告诉了我关于'黑暗时代''巫术战争'的事情。他说，这个世界是艾萨克雷斯的遗产，是属于天才的世界！"

"天才的世界？"

"没错！贝多芬、莎士比亚、牛顿、爱因斯坦这些人全都在这个世界里待过。"

"你说什么！"

雷婉红的呼吸有些乱了起来，她的心里产生了一种说不出来的恐惧感。

MJ的表情十分严肃，一点都不像是在开玩笑。

"黑暗时代结束的时候，艾萨克雷斯为了保护仅存的那些巫师，用尽自己最后的力量创造出了这个世界。然后，他们在全世界寻找有天赋的人，把他们带到这里，让他们可以毫无顾忌地进行创作、研究。

"当时我很激动，因为我也是被选中的人，这说明我的确是有天赋的。这里拥有4倍于现实的时间，在这里待上20年，回到现实里去也只不过才过了5年而已。但是，我这20年会取得的成就绝对是在现实里花100年也无法达到的……"

"你等等！"雷婉红打断了他的话。"你刚才说，车上的司机问你愿不愿意留下来，如果你要是不愿意呢，会怎么样？"

"如果我不愿意，可以立刻坐地铁回去。"

"他不怕你回去之后泄露了秘密吗？"

"泄露秘密？"MJ笑了笑。"你觉得会有人相信我的话吗？另一个时空里的世界？恐怕就连自己，在睡过一觉之后，也只会把这一切当作是一场梦。"

他的话很有道理，这是一个超现实的地方，现实里的人是绝对无法理解和相信的。

"可是，这真的有可能吗？刚才你说的那些人，贝多芬、爱因斯坦，他们真的在这个世界里待过？"

MJ没有回答她的问题，反问道："你知道贝多芬生命的最后十年，他的耳朵聋了吗？"

"好像听说过。"

"你觉得一个聋子还可以继续创作音乐吗？而且还是交响乐这种要用上许多种乐器的音乐！"

"这……"

"那可不是一般的音乐啊！就算是正常人，这几百年的历史里也没有人创造出超越这个聋子的音乐！就像是一个失去双腿的人，不管其他的身体条件多么地超人，他都不可能成为百米赛跑的冠军。"

"你的意思是，他的那些作品，全是在这里完成的？而在这里，他的耳朵是能够听得到的。"

"没错！也只有这一种可能性！贝多芬在很小的时候就有失聪的先兆，这对于一个立志成为音乐家的人来说是一个致命的打击！如果不是来到了这个世界，他根本就不可能完成那么多鬼神一般的音乐。"

"可是……他如果来到过这个世界，又是怎么回去的呢？难道他可以自由地在两个世界里来回行动？"

"那是因为……"

MJ说到这里，略为停顿了片刻，死死地盯着雷婉红的双眼，一字一句地说道：

"艾萨克雷斯！"

"艾萨克雷斯？"雷婉红打了一个寒战。"你是说，那本书？"

"没错，贝多芬拥有过《艾萨克雷斯》，所以，他才可以在两个世界里自由穿行。"

难以置信！

"那本书上到底写着什么？不是巫术吗？"

"我不知道，也没有人知道，这只是一个传说，这个世界里的人都这么讲，但不一定是真的。"

"你是说，你刚才讲的那些，都只是传说！"

"废话！又不是我亲眼见到、亲身经历的事情，不是传说是什么？不过，就算是传说，你不觉得很有可能是真的吗？"

MJ越说越起劲，甚至到达了一种兴奋的状态。

"达芬奇，这位集画家、寓言家、雕塑家、发明家、哲学家、音乐家、医学家、生物学家、地理学家、建筑工程师和军事工程师于一身的天才，你以为他是哪里得来的这么多的时间和精力？

"牛顿，他在16岁时还是个连数学都不太懂的人，却在他22岁时发明了微积分。你以为万有引力定律真的是来自于那个从树上掉下来的苹果那么简单吗？不！那是因为他在这座城市里看到了回旋上升的房子之后才想到的。

"爱因斯坦，当时希特勒用重金悬赏他的人头，在几万名德国右翼刺客的追杀之下，他的行踪却总是那么扑朔迷离，好几次在刺客们的眼皮底下消失。你以为这名手无缚鸡之力的科学家是怎么办到的？还有他那关于时空相对的理论，如果不是看到了这个世界的这一切，他怎么可能想到这些？"

MJ的话如同晴天霹雳一般震动着雷婉红的心。

实际上，在遇到比诺曹之后，她就隐隐约约地察觉到了一些东西。

无法在这个世界里挣到足够的钱的人，根本就回不去。

可挣钱的唯一方式就是得有像样的作品。

来到这个世界的人不一定人人都是天才，但是至少都应该像比诺曹那样，有着坚持不懈地干一件事情的毅力，或者说是……像疯子一样专注于某件事情的执著。

这样的人，在现实世界是没有生存空间的。

为了生活，人们不得不将梦想放到一边，时间长了，梦想也就成为了幻想。

就像比诺曹，在这个世界里可以无拘无束地做着自己的木偶，但是在现实里，他得上学、被逼着参加高考、得去适应社会、参加工作、养家糊口。

如果他说，要放弃一切去做木偶，根本不可能得到大家的理解，也根本坚持不下去。

可是这里不一样，一切是那么的单纯，生活是那么的简单，时间和空间都空荡得足以让正常人发疯。

不，这一切并不单纯！

MJ所说的一切，在没有看到那本真正的《艾萨克雷斯》之前，一切都只不过是一种传说而已。

但是，如果这一切都是真的，那么，这实在是……

雷婉红渐渐开始对这个世界产生兴趣了。

她是一个极为平凡的女人，现在却遇到了如此不平凡的事情。

但她并不是一个追求刺激的女人，她知道，好奇心虽然可以暂时抵御住恐惧的侵袭，但也有可能让她陷入绝境。

现在首先要做的，依然是怎么回到现实世界里去。

她看了看依然处于兴奋状态的MJ，开口问道："那么，你又为什么想要回去呢？"

这句话一出口，MJ脸上那激动的表情在瞬间沉入了海底。

在短暂的沉默之后，他叹了一口气……

"我来这里已经两年了！就像是现实里的8年！

"这两年耗费掉了我的所有热情，我的灵感已经枯竭，可是却连一首卖得上一万的曲子都没有写出来。我既不是天才，也不是疯子，待在这里根本没有任何意义，我要回到正常人的世界，就是这样。"

"那你也不应该去抢劫啊！"

"那不然我该怎么办？"MJ紧紧地握着拳头，愤慨地说到道。"这里就像是一座监狱，只要能从这里出去，我可顾不了这么多。

"再说，我抢劫的对象都是这个世界里的有钱人，就像那个梵高……"

"梵高！"雷婉红打断了他的话。"你是说，你曾经想要抢他的钱？"

"没错！我原以为他只是个普通的画家，谁知道那个家伙比我还能打……"

"你是说……那个梵高比你还能打？"

MJ看了看一脸惊讶的雷婉红："所以我刚才说，你根本不可能杀死他，而且，如果你的动机是要钱的话，直接拿他的钱就行了，根本没有必要拿着一幅画去卖。"

"是的！"雷婉红点了点头，随即又想到了一个问题。

"我想在这个世界里有着你这种想法的人应该还有很多吧，为什么你们大家不联合起来呢？"

"没用的，这里的人都自认为是天才，除了小孩子，根本就不会轻易相信其他人。而且这里的人也不多，除了那些管理人员，也就只有两百多人而已。"

"那些管理人员又是从什么地方来的呢？"

"据说都是第一批进入这个世界避难的那些人的后人，谁知道呢。总有什么人在幕后控制着这一切，绝对跟现实世界有联系。"

他说得一点都没错。

这些从这个世界收购来的作品，一定会拿到现实世界去卖。

而且，这些自以为是天才的人们，之所以会一觉醒来就来到了这个世界，这绝对是有什么人搞的鬼把戏。

毕斯特说的那3种能够进入这个世界的方法：第一，亲眼看过《艾萨克雷斯》的人；第二，身上带着《艾萨克雷斯》的人；第三，拥有艾萨克雷斯血统的人。

很明显，他们不属于这3种里面的任何一种。

也就是说，毕斯特在说谎！

或者是，还有第四种进入这个世界的方法？

"如果没有100万，就上不了开往地铁站的班车，是吗？"雷婉红问道。

"没错！"

"难道你就没有试过强行上去吗？"

"没用的，以前就出过这样的情况，有个在这里待了不到3个月就想要回去的家伙，用刀逼着驾驶员开车。可是到达地铁站的时候，那个没给钱的人竟然消失了。谁都不知道在汽车进入雾里的这段时间里发生了什么。"

"这样啊！"雷婉红皱着眉头想了想，又开口说道："那我们现在即使有钱也出不去了不是吗？因为从拘留室里逃出来之后，肯定会被通缉的。"

"没错！所以我才说，带着你只会拖累我。"

"那你一个人就能出去了吗？你连一点办法都没有！"

"只能硬闯那片被白雾笼罩的区域。"

"你以前闯过吗？"

"闯过，不过都失败了。这一次我算是被逼到绝路了，必须得闯过去。"

"就算闯过去了，你也未必能到地铁站。"

"什么意思？"

"你想，房子是沿着街道往下旋转的，所以地铁站不可能在城市的最底部。那白色的雾气里什么都看不见，没有人知道路是怎么样的，说不定里面有几百条岔路，就算能看得见，都不一定知道该怎么走。"

"那也比完全没有希望的好。我已经豁出去了。"

那是自寻死路。

雷婉红不能让他这么做。所以，她必须得想到一个可以安全到达地铁站的方法。

现在有两个问题急需解决，第一，如何应付追捕他们的人；第二，如何安全地通过有白雾的区域。

离房子回到城市大街上还剩下几个小时的时间，她必须在这段时间里想出办法来……

七、背叛

黎明时分，雷婉红和MJ两人回到了回旋城的街道上。

大街上静得可怕，一个人影都没有。

MJ最终选择了和雷婉红合作，因为相对于自己的方法而言，她所想到的办法的可行性的确更高一些。

所谓的可行性高，成功率恐怕也只有20%左右。

为了避过追捕他们的人，有一个虽然古老，但是却十分有用的办法。

化装！

城里的房子大部分都是空的，新来的人可以随便在这些房子里选一间住进去，然后在门口挂出自己的名字，示意房子已经有主人了。

也就是说，只要是门口没有名字的房子，都是空的。

要在这么多的空房子里找出一些适合用来乔装打扮的东西并不是一件困难的事情。

雷婉红换了一件红色的紧身衣，套上牛仔裤，对着镜子剪短了头发，涂了口红，擦了眼影，还把睫毛刷长了……

不一会儿的功夫，她便由一个精干的白领变成了一副前卫时尚的模样。

看着镜子里的自己，雷婉红不觉有些惊异。

她一直觉得自己的气质不适合这种比较性感的打扮，没想到现在这么一弄，效果还真不错，绝对不输给那些在网络上依靠色相骗取点击率和知名度的女孩们。

而MJ呢？他几乎不用做什么改变，只是把脸上的胡须刮干净，再把蓬乱的头发整理好，就已经焕然一新了。

"你真的觉得这样别人就认不出我们来了吗？"MJ一边看着镜子里的自己，一边怀疑道。

"这个嘛……"雷婉红笑了笑，"到时候就知道了。"

一切准备就绪之后，两个人又开始研究起雷婉红想出来的计划来。

人的思维有常规性思维和非常规性思维之分。

什么是常规行思维？很容易理解，由一想到二，由二推到三……

而非常规性思维，是不受常理所限制的。从一想到的可以是二三四，也可能是ABC，或者是"*&%$"这种东西。

非常规性思维决定了人的创造力和想象力。而这两种东西，可以说是人类最了不起的能力了。

想要从回旋城里出去，目前为止所知道的唯一方法就是通过那辆往返于地铁站和城市之间的公车。

MJ之前就说过了，以前曾经发生过挟持驾驶员的事情，可是等到了地铁站，驾驶员好好的，可那人却不知所踪。

不能冒险！

还是必须得有钱才行。

那么，到底怎么样才能有钱呢？自己挣钱，借钱，还是抢钱？

似乎都不太靠谱。

那么，究竟应该如何是好呢？

作为杀死梵高嫌疑犯的雷婉红，以及帮助她逃脱的抢劫犯MJ，相信很快就会成为全城家喻户晓的人物，所有的这一切都对他们非常地不利。

然而，很多事情要看怎么样去思考了。

所有的危机之中都隐藏着希望，这些不利的因素，也许反而是可以利用的地方。

MJ在这里待的时间虽然不算太长，不过多少还知道一些有钱人。

当然，这些人里大多数都是他曾经试图抢劫的对象，比如梵高。只不过，都因为各种各样的原因而失败了。

至于到底是些什么原因？MJ虽然不愿意多说，不过雷婉红多少能够猜到一些。

最本质的原因就是，MJ并不是一个丧心病狂的人，至少目前还不是，为达到目的而伤害他人身体的行为他是做不出来的。

然而，唯一有一个人，MJ自始至终都没有打过她的念头。

那是一位叫做阿尔莎的天才舞蹈家。

而现在，雷婉红与MJ两人，就站在这位富甲千金的女人的家门前。

"你确定真的要这么做吗？"

MJ有些犹豫地问道。

"都到了这一步了，我们没有别的办法可以选择。"

雷婉红的回答十分坚定。

"哎……"MJ叹了口气，有些无奈地嘀咕道，"说实话，我真不愿意见到那个女人。"

说完，他一把拉住雷婉红的手，回到了空无一人的大街上。

"好了，我们开始吧！"

雷婉红点了点头，突然眼神一变，拼命地想要从MJ的手中挣脱。

"放开我，你这个混蛋，快放开……"

她那充满愤怒的声音又尖又高，不出意外的话，应该足以传入旁边房子里女主人的耳中。

MJ也不含糊，毫不客气地把雷婉红拉了过来，一只手从背后掐住了她的脖子，另外一只手捂住她的嘴。

"给我闭嘴！快走！"

雷婉红瞪红了双眼，拼命地挣扎着。

突然，她张开嘴，狠狠地咬在MJ的手指上！

"啊！"

MJ疼得大叫了起来，手一松，雷婉红乘势从他怀里逃了出去，飞奔到正前方的房子前面，拼命地敲着门！

"开门，快开开门，救命，救命啊！"

另外一边的MJ跪在地上，紧紧地咬着牙齿，看着自己那只连肉都被咬得撕裂开来的左手。

"混蛋，这家伙真是……"

他敢说，这一下，雷婉红一定使用了要把他的手指给咬断的力气下口的。

那一阵阵钻心的疼痛似乎真的给MJ带来了一些怒气。他蹒跚两步跨到雷婉红背后，那只没有受伤的右手握得紧紧的，拳头正要落到雷婉红身上的时候，前面的门开了……

看着眼前这个一身红色舞裙、身材高挑、神情冷漠的中年女子，MJ脸上的表情在瞬间凝固了。

"你……这里……怎么是……"MJ显得十分吃惊，结结巴巴地说道。

还不等阿尔莎说话，雷婉红一下便窜到了房间里，躲在阿尔莎身后。

"救救我，求求你，救救我！"她像只受了惊吓的小猫，不停地抽泣着。

阿尔莎皱着眉头看了看身后的雷婉红，又回过头看了看MJ，最后把目光落到MJ那只血淋淋的左手上。

"你怎么这个样子？"

MJ以为她是在说自己的手，气愤地回答道："你刚才没听见吗？我被那个三八给咬了！"

"我指的是你的样子。"

"我的样子？"

MJ显得有些诧异。

"怎么把胡子和头发都剪了？这个样子的你一点男人味都没有了。"阿尔莎轻蔑的说道。

"少废话，跟你没关系，你给我让开！"

MJ说着，伸出那只没受伤的右手，就要抓人。

阿尔莎轻盈地往旁边一闪，用她那只又细又长的右手缠在了MJ的手上，往里一拉……

"啪！"的一声，门被关上了。

不愧是这个世界的有钱人，阿尔莎的家里整个一副欧洲贵族的样子。

巨大而晶莹透亮的吊灯，一幅幅看上去价值不菲的油画，红色的地毯，华美的红木圆桌，各种各样名贵的家具、装饰品，令人目不暇接。

"你们两个，坐下吧！"

阿尔莎坐在红色的单人皮沙发上，像是在下命令，她那冷漠而肃然的神情如同一位高高在上的女王一样不容冒犯。

和MJ不一样，第一次见到阿尔莎的雷婉红明显有些吃惊。

"别开玩笑了,我现在就要带她走!"MJ显得十分暴躁,说着又要伸手去抓旁边的雷婉红。

"别激动,你们现在出去,马上就会被抓起来。"

MJ愣了愣,吞吞吐吐地说道"你……你说什么?谁……谁会被抓起来?"

"别装了,你这个逃犯!"阿尔莎冷笑着,又把目光投向了雷婉红。"还有你,弗洛伊德小姐。"

雷婉红和MJ同时露出吃惊的神色。

"你……你怎么会知道的?"

MJ咬着牙问道。

"你不知道吗?波洛探长和我很熟。"阿尔莎用她那纤细的手指轻轻地划着自己的手臂,侧着头,看都不看MJ,继续说道:"他知道我跟你的关系,所以……"

阿尔莎的话还没说完,MJ猛地一跺脚,激动地打断道:"我靠!什么他妈的关系?我跟你什么关系都没有!"

一旁的雷婉红看了看MJ,又看了看阿尔莎,有种不知所以的感觉。

这两个人,难道说……

不管怎么样,计划都得继续进行下去。

"阿尔莎姐姐,"雷婉红继续装出一副楚楚可怜的样子,对阿尔莎哭诉道,"求你帮帮我好吗?我没有杀人,是他们冤枉我的。"

"呵呵……"阿尔莎冷笑了起来,这让雷婉红心中深感不安。

"你要我怎么帮你?"

"我想回去!"

"回去?哪里?"

"回到我的家里,属于我的世界里。"

"没有在刚来到这个世界还不到两天就想要回去的人,"阿尔莎十分肯定的说道。"除非你真的是个杀人凶手,为了逃避……"

"不!我不是的!跟这没关系,我……"

"你为什么要到这里来?"

"我……我……"

"说呀,你有什么才能让他们看上了?"

"我什么才能都没有，我也不想到这里来。"

"哦，那你依然已经来到了这里，总该有个理由吧！"

"是的，我是因为……因为……"

"说呀！"阿尔莎不急不慢地催促到！

"是因为……我是因为……"

雷婉红垂下了头，她知道，自己越是这么吞吞吐吐，阿尔莎的好奇心也就越强。

这时，MJ开口打断道："阿尔莎，你究竟想怎么样？把我们交给警察吗？"

"如果这么做对我有好处的话，我会考虑的。"

"那你借点钱给我，我以后还你！"

"开玩笑！"阿尔莎不屑的说道。"MJ，我想我早就对你说过了，只要你答应我的条件，我的一切都是你的，否则的话，你就只能一辈子待在这个地方！"

"别做梦了，我就算在监狱里过一辈子，也不会答应你！"

一旁的雷婉红愣了愣："什么条件？你为什么不答应她啊？"

"你给我闭嘴！"MJ冲着雷婉红咆哮道。"臭女人，这手的账我还没跟你算，这里没你什么事，好好给我待着！"

"没她什么事？不对吧！"阿尔莎歪着头，仔细地打量起雷婉红来。

"你跟波洛的描述不太一样，弗洛伊德小姐。"片刻之后，阿尔莎说道："你该不会是以为这种程度的化装就能瞒天过海了吧？"

"我……"

"真是个天真的女人，或者说……"阿尔莎转过头看了看MJ，"这是从你那愚蠢的脑袋里冒出来的主意！"

听了阿尔莎的话，雷婉红在心里暗自高兴。

化装的目的并不是为了要让人认不出来。

毫无疑问，她已经渐渐落入自己所设下的陷阱之中了。

阿尔莎一点也没有注意到雷婉红表情的微妙变化，又继续问道："我很好奇，你到底准备怎么从这里逃出去？"

"与你无关！现在我就要带她走，如果你敢碍事的话，小心我对你不客气！"

阿尔莎突然站了起来，挡在雷婉红的身前。

"你可以走，但她必须留下！"

"为什么？"

"很简单，没有她，你哪里都去不了！"

MJ吃了一惊，"你……"

"别当我是傻瓜！她可不是什么有钱人，你想要带着她一起，也绝对不是想要保护她！唯一的可能，就是……"

说到这里，阿尔莎回头看了看雷婉红，她的眼睛瞪得大大的，又惊又怕。

"她的身上一定藏着什么可以帮助你离开这里的秘密！"

听完阿尔莎的话，MJ的脸色立刻变得难看起来，虽然不知道他作的曲子究竟怎么样，不过雷婉红可以肯定，他有成为一个好演员的天赋。

"被我说中了？"阿尔莎笑着坐回到沙发上，"要怪就怪你走路不长眼睛，连到了我家门口都不知道。"

MJ狠狠地咬着牙齿，气得说不出话来。

"你……你……"

"除非你现在杀了我，否则我是不会让你带走她的。"

MJ当然不可能杀她。

一切都如雷婉红所计划的一样，非常顺利。

"办不到的话，就先坐下吧！"

"好了，说说看吧，你究竟藏着什么样的秘密，弗洛伊德小姐！"

"别告诉她！"MJ喊道。

"你没有别的选择，"阿尔莎笑着说道。"说不定我听了之后，会帮你的。"

"我……这……"

雷婉红的眼神迷乱，一副不知所措的样子。

"别相信她，她在骗你！"MJ焦急地叫喊着。

"哼！"阿尔莎冷笑一声，"和你比起来，她更应该相信我。"

说完，她又把目光移到了仍在彷徨之中的雷婉红身上。

"说说看吧，如果是对我有好处的事情，我就会帮你的。"

"不行！"MJ站了起来，气急败坏地用手指着阿尔莎，刚要继续说话，阿尔莎抢先伸手在他那只受了伤的左手上狠狠地掐了一下。

"啊……"

MJ疼得叫了起来。

"你干什么？"

他忍着疼痛，愤怒地看着阿尔莎。

"那边有药和纱布，你最好赶快去包扎一下，"阿尔莎缓缓地说道。"放心好了，如果真的是对我有好处的事，我也会帮你的，毕竟没有你的话，我也见不到她。"

MJ看了雷婉红一眼，她微微地点了点头。

"别忘了你说的话！"说完，MJ转身朝对面的房间里走去……

大约20分钟后，在阿尔莎的注视之下，MJ回到了客厅里。

谈话似乎已经结束，而在座的两个女人也似乎一直在等他。

"我决定帮你们离开这里。"

阿尔莎直截了当地说道。

"是吗？条件呢？"MJ问道。

阿尔莎的嘴角露出一丝得意而兴奋的微笑，对于MJ来说，这真是难得一见的表情。

"《艾萨克雷斯》，我要那本书。"

"哼！卑鄙的女人。"MJ看了看包扎好的左手，十分鄙夷地说道。

"彼此彼此！"阿尔莎说着又把视线移到了雷婉红身上。"记住！如果你说的话是假的，或者是你答应我的事做不到的话，我会让你一辈子都见不到那个世界的阳光。"

雷婉红的眼神显得格外迷乱，没有说话。

"她怎么跟你说的，那本书到底被她藏在哪里？"MJ问道。

"怎么，她没有告诉你吗？"阿尔莎笑了笑。"看来我果然比你更值得信任。"

"哼！"MJ冷笑一声。"那本破书在哪儿对我来说根本就没有任何意义，我只要能回去就行了。"

"那当然了，因为你只是个平庸的作曲家而已。"

"你什么意思？"MJ有些生气地问道。

"那本书对你来说的确没有意义，可是，对我却不一样。"

"为什么？"MJ有些疑惑了。"关于那本书，你到底都知道些什么？那里面到底写了些什么？"

"写了些什么并不重要，重要的是……"

阿尔莎顿了顿，瞥了雷婉红一眼，又继续说道："那本书，是一种证明！"

"证明？什么证明？"

"天才的证明！"

"天才的证明？"MJ皱了皱眉。

"只有真正的天才，才有资格获得那本书，"阿尔莎轻描淡写地说道。"每个时代，这本书都在寻找它的主人。15世纪后期的莱昂纳多·达芬奇，16世纪后期的威廉·莎士比亚，17世纪中后期的艾萨克·牛顿，18世纪后期到19世纪前期的路德维希·凡·贝多芬，19世纪后期到20世纪前期的阿尔伯特·爱因斯坦，这些人全都曾经是那本书的拥有者。"

这正是MJ不久之前才说过的话。

"哼！"MJ摇了摇头。"我还以为你要说什么新鲜的，这些只不过是传说而已，你真的相信吗？"

"当然了！在拥有者去世之后，这本书就会去寻找下一个主人，直到下一个拥有者出现之前，谁都有机会得到它！所以，在这段时间里，在这个世界的人都会为了争夺它，不择手段！"

"别开玩笑了！"MJ冷冷地说道。"爱因斯坦已经死了50多年了，如果真的有什么争夺的话，这个世界早就乱得不成样子了！"

"不错！"阿尔莎点了点头。"你来这里的只不过才两年，很多事情你是不知道的。"

"比如呢？"

"每一次书的拥有者在去世之后，那本书将由艾萨克雷斯的后人回收，然后他们会把它交给一个值得信赖的人，把它带到这个世界中，就看谁能够抢先得到它了。"

听了阿尔莎的话，连在一旁默不作声的雷婉红都愣住了。

"你说的是真的吗？"雷婉红激动地问道。"这么说，我就是把书带进来的那个人？"

"如果你刚才的话不是在骗我，那么就肯定错不了！"

雷婉红的额头开始滴汗了。

这……这可能吗？

如果这是真的，那么……

是华欣把那本书交给自己的，所以她才会带着这本书来到这个世界。

可是，李瑞阳才是艾萨克雷斯的后人！

当然，也有可能是他在说谎！

难道说……华欣才是真正的艾萨克雷斯的后人，所以他5年前才会那么不辞而别！

一定是在得知《艾萨克雷斯》的消息之后，便立刻去完成自己的使命去了。

这样一来，一切都能够解释清楚了。

华欣给他的书的确是真的，可是却被李瑞阳给换走了。

这么说，李瑞阳果然别有用心！而梵高偷书的事情，多半就是他安排的。

偷走一本假的书，然后人死了……

这样一来，所有的线索就都消失了。

如果有人要追查的话，那么，只能从梵高的身上入手。

梵高也许并没有死，而是在什么地方躲藏起来研究那本书去了。

就算他被别人发现了，那也只是本假书！

而李瑞阳就能够完全从这个局里抽身出来。

真是天衣无缝！

可是，这一切似乎都在华欣的预料之中，盒子盖里藏着的纸条就能说明这一点。

他是怎么做到的？

雷婉红轻轻地咬着嘴唇，那个让自己无比疯狂过的男人的音容笑貌此时是如此清晰地浮现在她的眼前。

他到底在什么地方干什么？

如果不是MJ那粗犷的声音打断了她的思绪，雷婉红不知道还会想些什么。

"如果你说的是真的，为什么直到现在她才带着那本书出现在这个世界里？要知道，上一个《艾萨克雷斯》的拥有者已经去世50多年了！"

"所以我说，你长了一个愚蠢的脑袋！"阿尔莎一边用手轻轻地抚弄着自己的长发，一边继续说道。"你以为上一个拥有《艾萨克雷斯》的人是谁？"

"不是爱因斯坦吗？"MJ愣了愣。"这可是你自己说的。"

"我可从来都不记得自己这么说过。爱因斯坦的确是《艾萨克雷斯》的拥有者之一，不过，上一个人并不是他！"

"那会是谁？我在这里待的时间也不算短了！如果真的有这么一个人，我不可能没有听说过。"

"你很快就会听说了。"

"什么意思？"MJ追问到。

"你以为怎么样才能成为《艾萨克雷斯》的拥有者？每一个拥有者失去对它的拥有权之后，到下一个人的出现，都要经过好几十年的时间，你以为是为什么？"

"别跟我兜圈子了！"MJ有些不耐烦了，又不是在听故事，阿尔莎的说话节奏实在有些让人受不了。

"快说吧，到底是怎么回事。"

阿尔莎闭上了眼睛，深深地吸了一口气。

整个空间里一片寂静，无论是雷婉红还是MJ，都全神贯注地等待着她的解释。

也不知过了多久，阿尔莎那两片薄如蝉翼的嘴唇终于微微地动了几下。

"这是一场游戏！"

气氛变得有些压抑，雷婉红有种喘不过气来的感觉。

阿尔莎看了看自己面前的两个人，继续说道："游戏的规则很简单，由带着书进入这个世界的那个人起，最后一个得到它的人，就是这本书新的拥有者。"

这算是什么规则？

"不明白吗？关键就在这个'最后'两个字上，"阿尔莎继续解释道，"你们想想，要怎么样才能成为最后一个得到它的人？"

"怎么样才能成为最后一个得到它的人……"MJ皱着眉头开始思考，"只要得到了那本书，保管好不就行了。"

"不！"雷婉红摇了摇头，"如果这是一本所有这个世界的人都想得到的书的话，那么，是根本不可能保管好的，除非……"

雷婉红突然瞪大了眼睛，她终于明白了！

没错，难怪会遇到这么多奇怪的事情，现在联想起来，从她进入这个世界的那一刻起，这个游戏就已经开始了。

毕斯特，梵高，或者是那个小女孩辛蒂蕾娜，甚至是李瑞阳和华欣，大家都在这个规则的限定之下跟她玩着游戏。

"只有在没有任何人知道的情况下得到这本书，才会成为最后一个得到它的人！"

听完雷婉红的话，阿尔莎的嘴角露出了一丝意味深长的微笑。

"真没想到，你是个这么聪明的女人，刚才看你的样子，我还以为你胆小，只是个只知道害怕的小姑娘呢！"

这句话说得雷婉红的脸色有些难看，没错，为了骗得阿尔莎的信任，刚才她一直都在装傻。

"可是，这可能吗？"与雷婉红站在同一战线上的MJ赶紧岔开了话题。"如果这样的话，那以前的那些书的拥有者们，不都被人知道了吗？"

"不！"阿尔莎摇了摇头。"在他们作为《艾萨克雷斯》拥有者的那段时间之内，是没有人知道的。当被其他人知道的时候，他们已经失去拥有者的资格了。"

这下MJ终于听明白了，"也就是说，爱因斯坦之后的那个拥有者，是没有人知道的，而那个人在最近去世了，所以这本书又重新回到了这个世界！"

"没错，就在上个礼拜，那位天才放弃了书的拥有权，所以，新的游戏又开始了。"

"那个人是谁？"MJ问道。

"你猜呢？"阿尔莎似乎很喜欢跟MJ逗乐。"和你同时代的人里，哪一个能被称之为天才？"

"这……这我根本就没法猜！"

"呵呵，"阿尔莎笑着，用手指了指MJ，"就是你……"

"去你妈的！"MJ愤怒地一跺脚。"你是在嘲笑我吗？"

"别激动，听我说完，"阿尔莎丝毫不为所动，继续一字一句说道。"上一个《艾萨克雷斯》的拥有者，就是你的名字所代表的那个人。"

听完阿尔莎的话，MJ感觉自己的心脏几乎都快要爆炸了。

"你说……那个MJ！Micheal Jackson？"

"没错，就是他！这个时代的流行音乐之王，也是你的偶像，迈克尔·杰克逊！你以为他凭什么可以在一夜之间由黑人变成白人？"

"天哪！天哪！"MJ显得十分激动，来回踱着步子。"你是说……难道说……MJ他……他已经……"

"是的，他已经死了，就在上个礼拜五，六月二十六日的凌晨！"

"这……这怎么可能？这是真的的吗？"MJ把目光投向了满脸惊恐的雷婉红"这是真的吗？你说，如果是真的，你不可能不知道的。"

雷婉红愣了愣，最后勉强地点了点头。

"他的确是在上个礼拜去世了，现在全世界都在报道这件事。"

"天哪！天哪！"MJ满脸痛苦的表情，竟然一屁股坐在地上，用手捂着脸，"呜呜"地哭了起来。

没想到这个血气方刚样的男人竟然也有如此痛苦的时候，雷婉红走到他身边，想要安慰几句，可是却又不知道该说什么好。

"不用管他，很快就没事了，"阿尔莎继续对雷婉红说道，"上一个《艾萨克雷斯》的拥有者刚一去世，你这样一个完全不可能到这里来的人却突然出现在这里，这绝对不是巧合。"

是的，绝对不是巧合！

正如阿尔莎所说的那样，游戏已经开始了。

现在，真正的《艾萨克雷斯》到底在谁的手上，事态更加扑朔迷离了。

这么说，华欣寄给自己的那本书的确是真正的《艾萨克雷斯》，李瑞阳有可能换走了它，毕斯特也同样有可能。

按照游戏规则，要在所有人都不知道的情况下得到那本书才算胜利，所以，最好的办法就是转移目标。

这么说起来，辛蒂、梵高，也都有可能拿走了那本书。

可能性实在太多了……

正如阿尔莎所说的那样，游戏已经开始了，可是自己并不想玩这样的游戏。

"好了，你跟我来！"阿尔莎站了起来，拉着雷婉红的手往里屋走。"想要离开这里，必须得做点准备才行。"

当雷婉红和阿尔莎回到客厅的时候，MJ正面无表情地坐在沙发上。

"别发愣了，看看怎么样？"

听到阿尔莎的声音，MJ抬起了头来。

呆滞的眼神在瞬间转为惊叹！

站在他面前的两个女人，身上穿着漂亮的蓝白色舞裙，碎花裙尾一直拖到地上，上面还吊缀着各种各样晶莹透亮的小彩珠。两个人的肩上披着精致而轻盈的红纱，婀娜多姿的身体在半透明的红色之下若隐若现，性感极了！她们的脸上也被白纱给围了起来，头上还戴着一个镶着宝石的金色金属头环。

整个脸部除了眼睛之外，几乎什么都看不见。

而两个人看上去也几乎是一模一样，只不过阿尔莎要比雷婉红更高一些。

"你们这是在搞什么呀？"MJ不解地问道。

"去参加印度舞的演出。"

MJ立刻就明白，阿尔莎在这个世界里是一位国际级的舞蹈巨星，所以她如此打扮去坐车，一点都不会让人怀疑。

"那她呢？"MJ指了指雷婉红。"她算是什么？"

"她是我新收的徒弟。"

"我靠！那我呢？我怎么办？"

"你嘛……"阿尔莎笑了笑，"你算是保镖吧！"

说着，阿尔莎将手上提着的皮箱扔了过去："这里面的衣服，你赶紧换上，我们现在就出发去赶一个小时之后的那班车。"

MJ也不多问，拿出箱子里的黑色西服，到另一个房间里去换上之后，戴上墨镜，高大威猛的他整个一副职业保镖的样子。

"好了，你们都听我说，"等MJ回到客厅之后，阿尔莎分别递给MJ和雷婉红一个小笔记本和一支笔，"再过20分钟，车站就会旋转到我家门口。从那一刻起，你们两人都不能再说话了，我会帮你们把钱付了，并且告诉验票员你们两个人都是哑巴。然后，我们3个人一起进车站等车，大约需要等半个小时，里面有监视器，都别做奇怪的动作，有什么事情就写在纸上，给对方看，上车之后也是一样，明白了吗？"

MJ点了点头，想了想，有些担心地问道："你确定这样就能行得通吗？车站不会有人检查吗？"

"正常情况下是没有人检查的，只要给钱就行，不过现在，我也不确定，这你们就只能祈祷了。"

"我靠！就没有再安全一点的办法了吗？"

"没有了！"阿尔莎摇了摇头。"如果你觉得太危险的话可以不去，就留在这里好了。"

"别开玩笑了！别忘了，如果真的出了什么意外，你也脱不了关系。"

"没错！"阿尔莎的眼神突然变得异常严肃起来。"如果你们出了什么事，我就是共犯，所以，我这是冒着非常大的风险在帮你们，给我记住了！"

听了阿尔莎的话，MJ竟有些感动。

不过片刻之后，他又立刻冷笑道："你也不过就是为那本书而已，现在我们3个人在一条船上，谁都别给我犯错！"

阿尔莎没有搭理他，转过头对雷婉红说道："你最好真的是把那本书藏在了那个地方，否则的话，你知道，就算你回到了那个世界，我也有办法对付你。"

"嗯！"雷婉红点了点头，她不敢多说话，也不知道该说什么好。此时她的心里乱作一团，虽然从来到这个世界开始，她的心就从来没有平静过，不过这次，已经远远超出了她能承受的限度了。

准确地说，她此时的心里像是被一块千斤巨石压着一般，十分难受。

就这样，20分钟之后，阿尔莎家的大门打开了。

阿尔莎走在最前面，其次是雷婉红，MJ跟在她们俩身后。

街上依旧没有行人，而那个像是一个奇怪的车棚似的车站，就矗立在他们面前。

阿尔莎朝着车站的售票窗口走去，从背后看去，她跟雷婉红除了身高和手上提的包不一样之外，几乎没有任何区别。

来到售票窗口前，将面纱摘下，从她那精致的小皮包里掏出一张银行卡式的卡片，往台上一放。

"3张！"

卖票的中年妇女抬起头，看了看阿尔莎。

"您又要去参加演出了吗，阿尔莎小姐？"售票员一边接过卡片，一边十分客气地问道。

"没错！"

"他们俩呢？"售票员指了指阿尔莎身后的雷婉红和MJ。

两个人的神经顿时紧张了起来。

"当然是跟我一起的了。"阿尔莎轻描淡写地说道。"那个女孩是我的徒弟，后面那个是我新雇的保镖。"

"哦，是这样啊！"售票员点了点头，一边将卡插进刷卡器里，一边继续问道："您是什么时候收的徒弟，怎么都没有听说过呢？"

"早就收了，只不过怕被人知道了都来找我当老师，我可没闲工夫应付那些人。"

"没错，是这个道理。我看您也够辛苦的，最近治安不太好，听说昨天夜里还有犯人从看守所里逃出来了，说实话，像您这样的人物早就应该雇个保镖了。"

这句话，说得阿尔莎身后的两人心里直发毛。

消息果然已经传开了，如果这时要把他们脸上的伪装给摘掉检查的话，那……

"昨天晚上有犯人逃跑了？"阿尔莎显得十分惊讶。"是什么样的人？有照片吗？"

听了阿尔莎的话，MJ差点没有叫出声来。

这该死的舞女，到底在想什么！

不过，雷婉红倒是一点都不觉得奇怪。她知道，为了掩护他们俩，阿尔莎才故意这么问的。

说不定售票员是在试探她，如果回避这个话题的话，也许反而会引起她的怀疑。

"刚收到的照片，是一男一女，你看！"售票员说着，把电脑屏幕转了个向。

那正是雷婉红和MJ！

阿尔莎皱着眉头看着屏幕上的照片："这个男的叫MJ，我认识他，是个没什么水平的作曲家，这个女的倒是没什么印象……"

"是啊，听说这个女人才刚来这里不久，就杀了人。"

"是吗？谁被杀了？"

"不知道，还没有对外公布呢。"

"嗯！"阿尔莎点了点头，继续说道："你最好小心一些，说不定他们会来这里坐车逃走。"

这个混蛋女人，到底在说什么！

MJ心里急得跟乱麻一样，可表面上却一点都不敢表现出来。

"不，"售票员摇了摇头，"如果他们到这里来，我一眼就能认出来，除非……"售票员说着，把目光移到了雷婉红身上，"除非我看不到他们的脸。"

MJ几乎都快站不住了。

售票员的意思太明显了，她是想要雷婉红把面纱摘下来让她看看。

"你的意思是，怀疑他们俩就是逃跑的犯人？"阿尔莎仍然镇定自如地问道。

"不不不，我怎么敢怀疑您呢！只不过……"

"不，你应该怀疑，这是你的义务。"阿尔莎说着，拿出自己的笔记本，在上面写起了字来。

"阿尔莎小姐，您这是……"售票员有些不解地问道。

"哦，他们俩都是聋哑人，我只能这样跟他们说话。"

"是吗？"售票员有些吃惊，"这……实在是……"

"很意外吗？"阿尔莎笑了笑："因为我有太多不想让别人听到的秘密。"

说完，阿尔莎把写好字的笔记本放到雷婉红面前。

看到上面的字，MJ的眼球都快蹦出来了，要不是戴着一副黑色墨镜遮着，恐怕已经露馅了。

"把你的面纱摘下来！"

这家伙，是不是疯了？

MJ在心里暗下决心，如果事情暴露了，他绝对饶不了阿尔莎。

看到笔记本上的字之后，雷婉红竟然毫不犹豫地摘下了面纱……

"哦！天哪！"

售票员惊恐地叫了起来。

"她的脸……她的脸怎么了？"

雷婉红的脸上，竟然布满了糜烂的水疱，格外吓人。

"这是湿疹，我几天前刚得过，好了，却传染给她了。"阿尔莎回答道。

"这病还传染？"售票员立刻用一只手摸着自己的脸，另外一只手麻利地拿出3张车票，连同阿尔莎的那张卡片一起递了过来。

"这是您的票，请进去等车吧！"

说完，一旁的卷帘门打开了。

阿尔莎不慌不忙地把台上的东西收了起来，又转过头示意雷婉红把面纱戴上，3个人这才进入到车站内部。

刚一进门，卷帘门又自动关上了。

这是一个完全封闭的空间，前面是公路，左右两边都被高大的铁墙给围了起来。

阿尔莎和雷婉红在一张双人椅前坐下，MJ交叉着双手站在他们身后。

这该死的阿尔莎，竟然都没有把将这一切事先告诉自己。

雷婉红的脸上不知道被她弄了什么东西，所以才会变成那个样子。

如果刚才那个售票员要自己摘下墨镜，那可怎么办？

想到了这里，MJ的心里不禁有些后怕。

不管怎么说，到了这里，总算是可以松一口气了。

剩下的，只要静静地再等半个小时，上了汽车之后，也就尘埃落定了。

真的会这么顺利吗？

这时，寂静的空间中突然传出一声咳嗽。

MJ一惊，刚想转头，突然想起自己是一个又聋又哑的人，是不能对声音做出任何反应的。

于是，在墨镜的遮挡之下，他把视线慢慢地往声音发出的方向移动。

在车站右边的角落里，坐着一位留着长长的白胡子，带着老头帽，手里还挂着一根拐杖的老人。

也是个等车的人。

阿尔莎转过头看了他一眼，并没有太在意。

在这里，有钱坐车的人虽然并不多，不过，偶尔遇上一两个也是很正常的事。

老人又咳嗽了两声之后，深深地喘了几口气，似乎十分难受。

不过，这跟阿尔莎他们可没什么关系。

没人说话，也没有任何动作，空间里的4个人都静静地等待着。

时间一分一秒地过去，MJ的心开始越来越紧张。

紧张，并且激动。

很快就能回到那个阔别已久的世界了。

他的亲人们还都好吗？看到自己一定会非常吃惊的。

他得找份工作，好好地生活。

这些年来，成为作曲家的梦想，对于他来说已经成为了一种沉重的负担，现在，终于可以放下了。

没错，就算真的成为了天才，又有什么意义呢？

连那个自己从小的偶像，震惊全世界的天才流行音乐家，迈克尔·杰克逊也有谢幕的一天。

MJ知道，杰克逊的一生过得并不幸福，总是被各种各样的事件弄得几乎精神崩溃。

如果他真的是上一个《艾萨克雷斯》的拥有者，那么，他一定是受到了那本书留下来的诅咒！

上帝对每个人都是公平的，每个人得到的和失去的，永远都是一样多。

他突然有些同情起阿尔莎来，是的，她的确是一个伟大的舞蹈家，不过，除此之外，她似乎什么都没有。

光环下的凄凉。

也许是想到快要离开这里了，MJ一直以来那浮躁的心情也变得淡定了下来。

他甚至想劝阿尔莎两句，别去想什么《艾萨克雷斯》了，别去玩那个毫无意义的游戏。

雷婉红是在骗她，她根本就得不到那本书。

自己也在骗她！

这是一种背叛，因为自私，所以背叛。

也许，不久之后，自己就会遭到报应。

不过，真要能够从这里出去，无论以后发生什么事情，再大的困难，再多的痛苦，他都能够勇敢接受，坦然面对。

至少现在，他觉得应该是这样的。

万千的思绪在寂静中沉默，通往新世界的班车就快要来了。

阿尔莎看了看时间，拿出笔，在小本子上写道：

"上车之后大约会经过6个小时的时间，中途不会停，你们都去一趟洗手间，做好准备。"

洗手间就在车站左边的角落里，3个人分别走了进去。

MJ从洗手间里出来之后，等了两分钟，阿尔莎和雷婉红才慢慢地走了出来。

又过了1分钟，车站右边的大门打开了。

明亮的光线射入，一辆大型公共汽车缓缓驶入。

车在站台前停稳之后，右边的大门关上了。

3个人一同走了过去。

拿着那张价值百万的车票，MJ激动不已。

终于要跟这个世界说再见了。

不！应该是永别！

角落里的老人，此时也拄着拐杖，艰难地走了过来。

"年轻人，能让我先上吗？"

他的声音听上去并不如他的外貌那样苍老。

阿尔莎看了看他，点了点头。

老人把手中的车票插入车门上的验票器，片刻之后，车门打开了！

司机穿着整齐的制服，微笑地看着他。

老人上车之后，车门便关闭了。

然后，轮到阿尔莎他们了。

第一个上车的人自然是阿尔莎了。

她拿出车票，插入了验票器里。

不知为何，她的手颤抖得好厉害。

车门打开，阿尔莎回过头看了雷婉红和MJ一眼。

不，应该说是，她的目光在两人身上停留了足够长的一段时间。

然后，她回过头，提着那个精致的小手提包，走了上去。

车门再一次关闭。

接着，正当雷婉红准备将手中的车票插入验票器时，突然听见身后传来一阵骚动……

"就是他们俩，快抓住他们！"

这是那个女售票员的声音。

还没等MJ反应过来，他已经被五六个身强力壮的男人压在了身下！

而雷婉红，被一把扯下了头上的面纱，布满水疱的脸出现在了众人的面前。

手中的车票和白色手提包被抢了过去，她只是拼命地用手遮住自己的脸，没有说话！

MJ的墨镜被摘下，露出了那双无比愤怒的眼睛。

坐在车上的阿尔莎静静地看着这一切，眼神中透露着说不出来的复杂。

"这是怎么回事？这是怎么回事？"

MJ的脑中一片混乱，完全不知所措！

他都快要上车了！他就快要回家了！

"哼！你们两个人好大的胆子，竟然敢挟持阿尔莎小姐！"领头的男人狠狠地踢了MJ一脚之后，又把视线移动到坐在车上的阿尔莎身上，露出了微笑。

"阿尔莎小姐，谢谢你的情报，祝您演出成功！"

阿尔莎冲他点了点头之后，把头扭到了一边，再也不敢看了。

这下，MJ终于明白了。

"阿尔莎！你这贱女人，竟然敢骗我！你……你给我记住……你……我……"

他愤怒得根本不知道该说什么好。

也说不了了，因为他的嘴已经被一块纱布给堵上了。

望着渐渐离开的汽车，MJ的眼睛几乎冒出了火花。

他身边的雷婉红却十分平静，毫无反抗的意图。

是啊！事到如今，反抗又有什么用呢？

阿尔莎背叛了他们，这已经是一目了然的事情了。

可是，她究竟是怎么通知这帮人的呢？

正当MJ百思不得其解的时候，一张纸条被放在了MJ的面前。

"这两个人是逃犯，我被他们劫持了，赶快去叫人。一定要等我上车之后再动手！记住，长得高一点的，提着小包的人是我！"

"明白了吗？这是阿尔莎小姐在买票时悄悄塞给我的纸条。"

售票员把纸条从MJ的面前拿开，十分得意地说道，"她可真是个了不起的女人，在这么危急的情况之下还能想出这样的办法来。"

MJ恍然大悟！

没错，刚才买票时，自己的视线被高高的柜台挡住，根本看不到她的手在做什么。

也许，就在阿尔莎把头凑过去看电脑上的照片时，就将这张事先准备好的纸条丢在了桌子上。

太狡猾了，太阴险了，这个女人实在是……

可是，她为什么要这么做？

凭MJ对阿尔莎的了解，他并不认为阿尔莎是能够做出这种事情的人。

就算她不愿意帮忙，也不至于会害他。

就在这时，他的耳边突然传出激烈的惊叹声。

"天哪！这……这是怎么回事，"售票员瞪大了眼睛，几乎不敢相信眼前的事实！

"怎么……怎么会是你……阿尔莎小姐……"

布满水疱的面具被撕开，底下露出的，是阿尔莎那张冷漠而高傲的脸。

"这是怎么回事，这是怎么回事？弗洛伊德呢？为什么你会……"

没错，被抓住的女人是阿尔莎，而刚才坐着公车离开的，正是雷婉红。

布满水疱的面具是粘上去的，刚才在洗手间里，这层面具被转移到了阿尔莎的脸上。

两人交换了手提包，还交换了鞋子。

阿尔莎本来应该跟雷婉红差不多高，因为她穿的鞋要高出很多，被拖地的舞裙遮挡住，所以看上去要比雷婉红高出很多。

两个人穿着一样的衣服，一样的打扮，连身材也差不多，这样交换之后，只要不说话，当时，已经归心似箭的MJ根本就看不出来。

当然，这些冲进来抓人的人们就更看不出来了。

他们只知道，长得高一点的，提着小包的女人是阿尔莎。从门外的监视屏幕上已经看到，她已经顺利上车了。

而这个留下来的女人在面纱被揭开之后，露出的是一张和刚才售票员看到的一模一样的脸。

汽车一旦起步，就再也停不下来了。现在想要去抓雷婉红，已经是不可能的事了。

雷婉红在阿尔莎自我牺牲似的帮助下，就要成功离开这座城市了。

可是，阿尔莎为什么要帮雷婉红？

阿尔莎为什么要这么样的去帮一个陌生人？

好吧！让我们来看看这章故事里跳过的那一段，在MJ去到另一个房间里包扎自己右手的伤口时，阿尔莎和雷婉红之间到底说了些什么吧！

MJ离开之后，阿尔莎立刻坐到了雷婉红身边，压低了声音对她说道：

"你们俩是在演戏！"

雷婉红一惊，刚想说话，被阿尔莎伸手止住了。

"你不用解释，别当我是那家伙一样的傻瓜，你们表演得的确非常精彩，不过，刚才你犯了一个错误！"

错误，什么错误？

雷婉红有些不知所措，阿尔莎到底是怎么看出来的？她是真的看出来了，还是在诈自己？

"不记得了吗？刚才你叫了我一句'阿尔莎姐姐'。如果你们俩是偶然来到我家门口的话，你是不应该知道我的名字。"

自己说过这样的话吗？

雷婉红不记得了，真的不记得了。

"不，我没有……"

她还想要解释，可阿尔莎根本不让她说下去。

"你不用说了，没用的，你们想要干什么我一清二楚！"阿尔莎的眼神凌厉，不容置疑。"你是带着《艾萨克雷斯》来到的这个世界，可你把它弄丢了，现在你想要回去，却没有钱，又被当作了杀人犯，所以，你和他一起到我这里来，想要我帮你们，以那本已经不知道去向的书作为交易筹码。"

雷婉红的心猛烈地跳动着，就在刚才，她还为自己的计划能够如此顺利地实施而感到高兴，谁知道现在……

该怎么办？该说些什么？该做些什么？现在该怎么办？

"你不用紧张，"阿尔莎继续小声地说道。"我既然把这些都说了出来，就说明我没有要伤害你的意思，相反，我还打算帮助你。"

"帮助我？"雷婉红愣了愣。"为什么？"

"不，应该说是……互相帮助，你配合我继续把这场戏演下去，我就帮你逃走！"

"继续把这场戏演下去？"雷婉红完全不明白阿尔莎的话。"你是说……到底什么意思？"

"听我说，你和他现在已经被全城通缉了，就算我现在给你们钱，也是不可能出得去的，就算你们化装也没用，唯一的办法，就是找一个替身。"

"替身？"

"没错，让他们抓住那个替身，然后，你就可以顺利离开了。"

"可是……这怎么可能？我到哪里去找什么替身？"

"我来做你的替身！"

雷婉红盯着阿尔莎的眼睛，她的眼神坚定，一点都不像是在开玩笑。

"你什么都不用管，只要好好配合我，一切我来安排，保证让你顺利离开这里。"

"可是……这……那MJ呢？他怎么办？"

"他？"阿尔莎的冷笑一声，"他当然会被抓起来，和我一起被抓起来！"

"你说什么？"雷婉红惊叫了起来，"为什么？为什么你要这么做？"

"因为……"阿尔莎狠狠地咬着牙齿，"我恨他！"

"他到底对你做了什么？你为什么要恨他？"

听了这句话，阿尔莎的眼神竟然在倾突然刻之间变得忧郁了起来，这让雷婉红觉得很不适应。

"因为……我爱他！"

疯了！她一定是疯了！

"因为爱，所以恨！"阿尔莎继续说道。"因为他始终不肯接受我的爱，所以，我恨他！"

阿尔莎的话让雷婉红无比震惊。

难怪MJ这么不愿意来找她，原来他们之间竟然有着这样的关系。

"不接受我的爱，他也别想要好过！"阿尔莎冷冷地说。"我要让他恨我，我要听他对我说出那些诅咒的话，我要让他为我的痛苦付出代价！"

天哪！

这个女人，雷婉红面前的这个女人，她的心已经被这种爱恨交织的感情给吞噬了。

心理变态！没错，作为一个曾想过要成为一名心理医生的雷婉红来说，此时，应该想办法去开导她。可是，她根本不知道该说什么好。她知道，自己以前所学过的那些东西，在这个女人面前是不可能起到任何作用的。

"等你离开之后，我也会因为这事被抓起来，我会安排让他们把我和他关在一个房间里，这样，他一辈子就只能和我在一起！我可以每天都看着他那仇恨的眼神，听着他那恶毒的诅咒，太期待了，我真是太期待了……"

阿尔莎的身体开始颤抖起来，她那毒蛇一般的样子，简直让人害怕。

不过很快，她便平静了下来，继续对雷婉红说道："所以，你必须要配合我。这是你唯一的出路，你没得选择，错过这个机会，你也许会在这里的监狱里待一辈子！"

阿尔莎说得没错，雷婉红根本就没得选择。

一切都没有变，她只需要继续演她的戏，只不过观众由阿尔莎变成MJ而已。

这是一场背叛与欺骗的游戏，一开始，她和MJ一起准备要欺骗阿尔莎，而现在，她必须要背叛MJ，和阿尔莎一起来欺骗他。

在这个世界里，任何人都可能欺骗自己，为什么自己就不能欺骗别人呢？

说不定MJ早就做好了在关键时刻背叛自己的准备，自己现在这么做，只不过是为了自保而已。

可是……真的是这样吗？真的会这样吗？

此刻，坐在汽车上的雷婉红，望着窗外的那一片白雾，她的眼睛湿润了……

八、从被抹去的历史中抹去的历史

距离雷婉红上车已经过去了大约5个小时。

对于雷婉红来说，时空的变换根本就毫无意义。

她陷入了深深的迷惘与不安之中。

从来到这个世界开始，她的命运便如同天上的星辰一般不停地跃动着。

然而，她却远远及不上星辰的亮度，不，也许根本就不该用星辰这样的词语来形容。

不是星辰，而是，黑洞！宇宙中最黑暗、最恐怖的地方。

恐怖的并不是这无尽的白色与黑暗，而是自己的内心。

几个小时前的那一幕依然在她脑海中不断上演，和自己比起来，也许MJ更应该坐在这里。

人性是自私的，却总是竭力地在别人面前表现得那么无私。

没错，如果不是这一次的经历，雷婉红都还不知道自己竟然会如此的残酷。

这样总比大家都逃不出来要好。

她只能这么安慰自己。

什么都好，怎么样都行，只要能够离开这里，只要能够离开这个该死的地方就行了。

她发誓，只要能够离开这里，以后不管再遇到什么样的事情，她都再也不回来了！

雷婉红突然生出一种万分空虚的感觉。

如果阿尔莎所说的一切都是真的，那么，华欣的那封信，从一开始就是一个骗局!

而骗她的人只有可能是华欣和李瑞阳其中之一。

华欣根本就不需要自己去拯救，或者说，那封信根本就是李瑞阳假冒华欣的名义寄过来的。

她只不过是一个送书人，仅此而已。

真的，仅此而已吗?

汽车继续在白雾中穿行，雷婉红什么都看不见，什么都听不见，甚至连汽车究竟是不是在前进她都不敢确定。

她原以为自己是个聪明的人，可是，和阿尔莎比起来，自己实在是差得太远了。

而这个世界也许全都是像阿尔莎那样聪明的人，也就是说，由她所开始的这个游戏，其激烈程度将远远超出她的想象。

"我恨他，是因为我爱他!"

没错，说不定那就是自己未来的样子。

一想到这些，雷婉红的身体又开始颤抖起来。

她狠狠地捏了捏自己的脸，到了这一步，无论如何她都不能害怕，更不能迷茫!

雷婉红闭上了眼睛，她必须得让自己的神经尽量松弛下来。

可是，就在她刚闭上眼睛的那一瞬间，一声巨大的尖叫声在她耳边响起。

紧接着，是急促的刹车声。雷婉红控制不住自己的身体，头一下子撞到了前面的座位上。

这是怎么回事?

已经到了吗? 还是说，出了什么事情了?

就在这时，一只宽厚的手握住了她的手。

"婉红，别害怕，跟我走!"

这个声音……这个声音是……

天哪! 天哪!

风暴，这简直就是一场风暴! 由雷婉红的心脏所跳动出来的风暴。

"阿欣! 阿欣! 是你吗?"

什么都看不见，雷婉红只能用她那颤动不已的声音问道。

"别说话，现在什么都不要说，跟着我走。"

如此温柔而让人依赖的声音……

难以忘却的声音……

雷婉红拼命地忍住没有哭泣。她不能相信任何人，她必须得让他知道自己现在对他只有恨没有爱！

没有说话，在白色的空气之中不知道走了多长时间……

终于，她看到一丝黑色的光芒。

从白雾中走出，矗立在雷婉红面前的，是一座古老的城市。

街道上四处弥漫着薄雾一般的灰尘，苍老而破旧的气息笼罩着整个城市。

"这里是克尔雷森堡，"雷婉红身边的男人说道，"黑暗时代最后的战场，消失的城市。"

男人一边说着，一边将脸上的伪装撕去。

没错，他正是在5年前失踪的那个男人，雷婉红曾经拥有的那个人，华欣。

华欣伸出手，一把将她搂在怀里，温柔地摸着她的头发。

"婉红，对不起，我……"

他的话还没有说完，便被雷婉红一把推开！

"你什么都别再说了，我对你的事情不感兴趣！告诉我要怎么样才能回到属于我的世界里去！"

听了雷婉红的话，华欣笑了。

"这么多年了，你的脾气还真是一点都没变啊！"

刚一说完，华欣立刻又换上了一副严肃的表情，伸出双手按在雷婉红的肩膀上。

"听我说，不要以为你这样就能够出去了，你现在的情况非常危险。"

"没错，的确非常危险！"雷婉红愤愤地问道："我想问你，这些危险，到底是谁带给我的？"

"你以为我想这么做吗？"华欣也有些生气，深深地吸了两口气，继续说道："我这么做，都是为了你的安全！"

"哈！您可真会说笑！"雷婉红冷笑道。"那你倒是说说，你都是怎么为了我的安全考虑了？5年前你什么都不说就走了，你知道我心里有多难受吗？

你知道你的爸爸、妈妈，他们心里有多痛苦吗？现在，你又突然出现了，你的一封信把我送到了这个破地方，你知道都发生了些什么事吗，你都知道吗？你说，你都是怎么为了我的安全考虑了？！"

雷婉红满脸通红，大口大口地喘着粗气。

华欣什么都没有说，等到她说完之后，突然笑了。

"你笑什么！"雷婉红有些激动，用手指着华欣的胸口说道："你有什么资格笑？你还敢笑！你……你不许笑！"

"好吧，我不笑了，"话音刚落，华欣立刻又变得严肃起来，"婉红，你好好听我说，我把一切都告诉你，等我说完，你就什么都明白了。"

"不用了，我这就走！"

雷婉红转身想要离开，被华欣一把抓住。

"你别这样，听着，我没有多少时间了，为了见你，我也付出了很多代价，所以，请你一定要好好地听我说。"

华欣的话语中透露着无比的沧桑和感伤，雷婉红突然觉得有些难受。这个曾经……不，也许直到现在，仍然是自己最爱的男人，这些年来，他过的绝对不是什么好日子！

"好吧，"雷婉红终于冷静了下来，"你说吧，到底是怎么一回事？"

"你看看这座城市，这空无一人的寂静的城市，你能想象吗，在700多年以前，这里曾经是黑暗时代最后的战场！"

"这个你刚才已经说过了，可这跟我有什么关系？"

"你别着急，慢慢地听我说。"华欣拉着雷婉红的手，在一旁的石椅上坐下。

"我想你应该已经知道了，900年前的十字军远征，实际是为了消灭巫术而进行的战争，基督教和伊斯兰教的巫师们不断在战争中死亡，你以为他们真的会完全意识不到这一点吗？"

华欣的话让雷婉红心中生出一种不祥的感觉。

"你的意思是……他们已经知道了这场战争的真实目的？"

"没错！"华欣十分肯定地说道。"双方巫师的数量急剧减少，战略目标根本就不是为了攻占圣城耶路撒冷，而是以杀人为主。到了后来，甚至连还未成年的儿童都被派上了战场，除了那些狂热到极点的教徒们，没有人不为自己的生存而担忧。"

"既然这样,他们又为什么还要继续打下去,直到所有人都被消灭得一干二净呢?"

"打下去?"华欣笑了笑。"不!他们根本就没有打下去,不但没有打下去,还团结了起来!"

"团结了起来?"雷婉红皱了皱眉。"你什么意思?"

"就是说,到了最后,基督教和伊斯兰教的巫师们结成了统一战线,要向那些想要消灭他们的人们进行复仇!"

雷婉红露出了难以置信的表情,这跟李瑞阳告诉他的完全不一样。

"你是说,基督教和伊斯兰教联合了起来?这……这可能吗?"

联合起来的,是两个教里的巫师们,而他们共同的信仰就是:巫术,一定要存留下来!"

"那后来呢?"雷婉红渐渐地听出了兴趣。"如果这些巫师们都联合了起来,岂不是……"

"没错!对于政府来说,最坏的情况发生了。虽然当时巫师的数量已经不能和战争初期相比,不过剩下的这些人,仍然拥有着摧毁世界的力量。他们的大本营,就是我们现在所处的这个地方,克尔雷森堡!而他们共同推举出来的领袖,你知道是谁吗?"

"艾萨克雷斯!"

雷婉红想都没想回答道。

"没错,就是艾萨克雷斯!黑暗时代最杰出的巫师。"华欣显得有些意外,又问道:"为什么你会想到是他?"

"除了他,还会有别的人吗?"雷婉红咬着牙齿地说到道。"如果不是因为这个该死的艾萨克雷斯,我也不会落到这个鬼地方,我也不会……"

"好了好了!"华欣打断了雷婉红的话。"你也别再诅咒他了,他早就已经死了!好好听我说,这是一段从被抹去的历史中抹去的历史!"

从被抹去的历史中抹去的历史!

"艾萨克雷斯,并不像这个世界中的人所说的那样,是一个希望巫术被毁灭的背叛者……"说到这里,华欣顿了顿,问道,"婉红,你是不是也觉得巫术是一种危险的东西,是不应该存在于这个世界中的东西!"

"我……我根本就不知道巫术是什么东西！不过，如果它真的有毁灭世界的力量，那么，它肯定是危险的。"

"你错了！"华欣摇了摇头。"危险的并不是巫术，而是使用巫术的人！"

"这……这有区别吗？如果没有巫术了，就不会有使用巫术的人了。"

"不！我的意思是说，真正危险的，绝对不是那些有可能会伤害到人的东西，而是人类本身！这个世界就算没有巫术，就不存在毁灭世界的力量了吗？战争，犯罪，一颗原子弹就能毁灭一个国家，难道它们不比巫术更加危险吗？"

华欣的话说得没错，无论是过去、现在还是未来，给人类造成最大伤害的，永远是人类自己。

华欣又继续说道："一次地震可以夺走数万人的生命，但一场战争却能增添数十万、上百万具尸骨。数十万人花数百年建立的城市，在炮火声中瞬间就能化为灰烬。对于生活在和平年代、和平国度的人来说，这些事情是很难想象的。

"艾萨克雷斯是一个非常聪明，也非常有远见的人。他知道，巫术消失之后的世界，肯定会出现比巫术更加恐怖，更加纯粹的破坏工具。他是对的，枪、炮、炸弹、原子弹……这些东西相继而生，世界也从来没有获得过真正的和平。

"相对于这些东西而言，巫术不仅仅拥有破坏世界的力量，也拥有创造世界的力量！也许，在未来的某天，世界即将毁灭的时候，它是唯一能够拯救人类的东西。"

雷婉红静静地听着华欣的话，心中却是百感交集。

这样的话，很难想象是从那个5年前还信誓旦旦地描述着自己的未来，计划着如何挣钱，如何一步一步地往上爬的男孩子口中说出。

现在的华欣，让雷婉红感觉到他心中那种悲怜世界的情怀，这5年来在他身上不知道发生了什么事情，他不知道吃了多少的苦。

她突然觉得自己面前站着的是一个巨人，和他比起来，自己实在太渺小了。而这样的感觉，在那个事业上如日中天的李瑞阳身上，却是从来都没有过的。

到底这是怎么一回事，700多年前的世界到底都发生了什么？华欣这几年又都在做什么？

"你接着说，巫术到底是什么样的东西？"

"这……我不知道，因为它早就消失了。"华欣抬起头，看着苍白的天空，眼神中透露着深深的感伤。

"一边是即将消逝的巫术和巫师们，另外一边，则是全世界的力量！你能想象吗？当时的艾萨克雷斯，就站在这高高的堡垒之上，他的面前是黑压压的军队，他的身后，是躁动不已的巫师们，该如何选择？

"艾萨克雷斯根本不想成为巫师阵营的领袖，可是，如果不是由他来领导这股充满愤怒的力量，根本就没有人能够控制得住！

"不能复仇，否则世界很有可能会被毁灭；不能让巫术消失，否则再没有阻止世界毁灭的东西存在了！无论如何选择，未来都是一片黑暗。

"这场宗教的领导者和土地的拥有者们之间的政治斗争，到了最后竟然会是这般模样！艾萨克雷斯只能感叹自己为何不能早出生100年，那时他说不定还能阻止这一切，想出共存的办法，可是现在，太晚了。

"然而，就算再难，他也必须要做出一个选择！也许未来并不像他想象的这么糟。一定还有希望！为了化解当时的危机，必须做出牺牲，把希望留给未来。

"于是，他找来了自己唯一的儿子奥姆芬多，和自己最信赖的朋友奥图一起商量这件事，最后，他们想出了一个办法。

"因为艾萨克雷斯迟迟不允许巫师们使用巫术对前方的军队发起进攻，一部分巫师渐渐对他失去了信任。奥图虽然是艾萨克雷斯最信任的朋友，可是在表面上，他却装作十分痛恨艾萨克雷斯的样子，于是，他把那帮对艾萨克雷斯失去信任的人都集合了起来，每天闹得不可开交，而实际上，他却是在帮助艾萨克雷斯控制着这帮人。"

"这是艾萨克雷斯的主意吗？"雷婉红忍不住问道。

"没错！"华欣点了点头。"艾萨克雷斯是一个非常聪明的人，奥图便是他安插在巫师中的卧底，表面上两人的关系水火不容，可实际上，他们却是最亲密的朋友。

"那一天，艾萨克雷斯使用了替身术，将自己和奥兰的身体互换，伪装成艾萨克雷斯的奥图，带着奥姆芬多去了政府军的大本营里，宣誓效忠，并且答应使用巫术将整个克尔雷森堡夷为平地，消灭所有剩下的巫师。"

"可是，为什么艾萨克雷斯不自己去做这件事？"雷婉红不解地问道。

"因为他还有事情没有做完。"华欣接着讲述道。"艾萨克雷斯一直在研究的是一种时空巫术，空间的转移和时间的转移，这是当大灾难降临时拯救世界的唯一方法。如果他自己去做这件事情，那么，在那之后，就算能够保命，其代价也是永远不能使用巫术。他将要施展的是从来没有人使用过的时空转移术，将整座城市转移到当时的世界上还没有文明的地方，例如美洲，然后再想办法把巫术封印。但表面上他必须制造出毁灭整个堡垒的假象，在当时，能够做到这一点的，只有艾萨克雷斯一个人！而且，如果艾萨克雷斯待在克尔雷森堡城中做这件事，成功之后，城里的巫师们也不会放过他。所以，他必须以奥图这个跟他势不两立的人的身份待在城里，成功之后，所有人都会认为是艾萨克雷斯背叛了他们，绝对想象不到奥兰其实才是真正的艾萨克雷斯。"

"真是个完美的计划！"雷婉红越来越感觉到这个人的伟大。"后来怎么样？他的计划成功了吗？"

"计划成功了，可是他使用的巫术却失败了，"华欣接着说道。"伪装成艾萨克雷斯的奥图在千军万马面前装模作样地使用着巫术，而在克尔雷森堡里，真正的艾萨克雷斯在同一时间使用了从来没有试验过的时空转移术。结果，整座城堡的确是消失了，可并没有出现在它应该出现的地方！"

"你是说……由于时空转移术的失败，整座城市都被移动到了这里？"

"没错！"华欣点了点头。"巫术的偏差，使他们来到了这个时空都被扭曲的世界，未知的空间，被拉长的时间，这一切都远远超出了艾萨克雷斯的预料，是他无论如何都想象不到的。在这个空无一人的世界里，没有食物，也没有水，即便是拥有如此强大力量的巫师们也毫无办法。生存的唯一希望，就是再施展一次同样的巫术，回到原来的世界里去。

"奥图虽然不如艾萨克雷斯，可是他却是当时最接近艾萨克雷斯的巫师。所有人都把希望寄托在他的身上，可他们却并不知道现在的奥图实际上就是艾萨克雷斯本人。

"然而，艾萨克雷斯本人却并不想这么做，如果又回到原来的世界，那么他之前所做的一切努力就白费了。而且，万一再次失败，说不定会发生更加难以预料的事情。

"城里的巫师们把所有剩下的食物和水都留给了他，一个个的死去，艾萨克雷斯一边继续做着研究，心里却是如坐针毡。最后，他终于研究出了新的巫术，将两个世界连接了起来，在不同的时空里复制出了一个跟现实一模一样的世界。"

华欣说的，简直就像是个神话！

可是，在经历了那么多的事情之后，已经没有什么东西是雷婉红不敢相信，或者是完全相信的了。

"那么，那本书呢，"雷婉红问道，"那本和艾萨克雷斯同名的书，那又是怎么回事？"

"的确是有一本叫做《艾萨克雷斯》的书，"华欣回答道，"不过那并不是艾萨克雷斯写的，而是伪装成他的奥图所写的。"

"你说什么？"雷婉红忍不住叫了起来。"那本让这个世界疯狂的书，它……它不是艾萨克雷斯写的？"

"不。"华欣摇了摇头。"你听我说，人类远比我们想象的更聪明，也更愚蠢！克尔雷森堡消失之后，除了奥图，包括艾萨克雷斯的儿子奥姆芬多在内，世界上再也没有会使用巫术的人了……"

"等等！"雷婉红打断道。"为什么艾萨克雷斯的儿子不会使用巫术？这不是太奇怪了吗？"

"这一点都不奇怪，"华欣解释道。"艾萨克雷斯既然早就看出了这场战争的目的，为了保护自己的儿子，又怎么会让他学习巫术呢？"

没错，的确是这样。

雷婉红点了点头："好吧，你接着说。"

"巫师们已经被消灭，统治者们没了后顾之忧，剩下的，将是国与国之间的战争。以艾萨克雷斯的身份存在着的奥图，在消灭克尔雷森堡时所展现出的强大力量，早就引起了他们的注意。奥图接下来的命运可想而知，在辗转逃亡的过程中，他突然对这个世界产生了强烈的憎恶感，只懂得破坏、伤害、争权夺利的人类也许根本就没有存在的必要，艾萨克雷斯做的那些事根本毫无意义！于是，他以艾萨克雷斯的名义写下了那本书，并把它交给了奥姆芬多，希望他能将巫术继承下去。

"奥图不久之后就被抓了起来，宁死不屈的他咬牙自尽。奥姆芬多隐居起来开始学习奥兰留下的《艾萨克雷斯》。他不愧是艾萨克雷斯的儿子，只用了10年的时间，他就学会了所有的巫术！然而，他发现这本书上的巫术充满了愤怒和仇恨，已经完全违背了他父亲的原意，本来想要烧了这本书，可是，想到生死未卜的父亲和他未完成的理想，奥姆芬多最终没有这么做，而是将里面的部分内容修改，将藏在书中的仇恨和愤怒拿掉，并在书上施展了一道巫术，只有在没有第二个人知道的情况之下才能看到书里面的内容……"

"怎么可能会有这样的巫术？"雷婉红怀疑道。"这么说，你给我的那本书，一开始就是真的，只不过因为它上面的诅咒，所以才什么都看不到？"

"不管你相不相信，这，就是巫术！"华欣长叹一声，继续说道："奥姆芬多这么做的原因，是不希望巫术广为流传，只有拥有书的人才能使用里面的巫术，也就是说，同一时间里，世界上只存在一个能够使用巫术的人！书里写得很明确，他希望得到这本书的人能够在此基础上可以找到拯救世界的力量。

"这本书由奥姆芬多的后人，实际也就是艾萨克雷斯的后人世代相传，当上一任拥有者快要死去的时候，会把书交给从子女当中选出的一个品行高尚的人，等到上一任拥有者死去之后，当前的拥有者便成了那个唯一的人，才能打开这本书！

"奥姆芬多并没有告诉他的子孙们这本书不是由艾萨克雷斯所著，关于奥图的事情一字未提，所以，这段历史算是彻底消失了。直到第七个《艾萨克雷斯》的拥有者—波尔兰特拿到这本书时，奇怪的事情发生了！他父亲死去之后依然看不到书里的内容！波尔兰特是个聪明人，他知道，在这种情况之下只有两种可能，一种是这本书被人给调换走了，另外一种可能就是，除了他之外，已经有了第二个人知道了这本书在他手中。

"波尔兰特首先怀疑到的是他的弟弟，法拉。因为就在父亲把书交给他之后的第3天，法拉就以旅行为名离开了家。于是，波尔法特开始四处寻找起他的弟弟来。这么大的欧洲大陆，要想找一个人谈何容易！不过波尔兰特想，只要他确定这本书在法拉手里，那么，根据规则，他也不可能看到里面的内容，也有可能自己现在拿到的这本书就是真正的《艾萨克雷斯》，所以，唯一能够做的，就是和法拉拼寿命，谁后死，谁就有可能看到书中的内容。"

听到这里，雷婉红插嘴问道："这样岂不是很奇怪，如果那本书是被法拉偷走了，那么就算他先死了波尔兰特不也看不到里面的内容吗？而且，如果法兰在临死前把书给了别人，那么那个人也是可以看到书的呀！"

"没错！"华欣点了点头。"这些你能想到，波尔兰特自然也能想到。如果书真的是法拉偷走的，那么他肯定会在临死前把书交给自己的后人，继承艾萨克雷斯的遗志，只不过中间断了一代，并没有太大影响。这并不是什么问题，真正的问题是，他不能确定自己手中的书到底是真是假，如果到他临死之前仍然看不到那本书的内容的话，他应该怎么办？对他的后人又该怎么解释当前的情况？

"如果这本书是真的，那么当他死去之后，他的后人自然能够看到里面的内容了。可是，如果这是本假书，还有世代相传下去的必要吗？"

"我明白了！"雷婉红叫道。"波尔兰特告诉自己的后人，如果他有生之年都看不到书里的内容，那么这本书就没有继续往下传的必要了。可是他的后人认为这么样的一本书如果真的被弄丢了，有损祖先的荣誉，于是，就有了'书上被加了诅咒，任何人都不能打开观看'这样的说法。一本谁都不能打开看的书，是不可能知道真假的。而实际上，真正的书的确是被法拉偷走了，而且还带到了那个艾萨克雷斯创造的世界里去！"

"没错！"华欣赞赏的笑了笑，继续说道："书的确是被法拉换走了，不过，之后发生的事情你恐怕就猜不到了！

"在艾萨克雷斯的子孙当中，法拉可以说是最聪明的一个，只不过他生性好玩，成天不务正业，尽干一些旁门左道的事情，所以他的父亲最终选择了把书传给波尔兰特而不是他。不过，父亲整天神神秘秘的样子早就引起了他的注意，所以一直都对父亲的行动有所留意，当他听到父亲在临死前告诉波尔兰特的有关艾萨克雷斯的一切之后，激动不已。比起那些无聊透顶的东西来，这本书才是最棒的玩具！

"其实，他只要把书偷走，然后立刻逃走就行。不过，爱搞恶作剧的他却做了一本一模一样的书，将真的那本给换了出来。他比他哥哥要年轻许多，所以，他绝对相信自己有生之年能够看到这本书！"

"在漫长的旅程中，一次偶然，拥有艾萨克雷斯血统的他，进入到了这个世界。那时，艾萨克雷斯早已去世100多年了，这个和现实一样大的世界里只有几百人存在，巫术似乎早已失传，也没有人能够回到原来的世界。对于这一切，法拉既惊讶又感到幸运。这里的时间是现实世界的4倍，也就是说，等他的哥哥死去之后，自己依然拥有足够的时间来研究这本书！当然，这之前的时间他也没有浪费！他将这个世界里的人组织了起来，开始在这里建设各种各样的东西，那座回旋之城就是法拉的杰作。

"本应该被艾萨克雷斯的巫术毁灭的克尔雷森堡竟然一直在另外一个世界中存在着，法拉对于巫术的力量充满了好奇。时间一天一天过去，终于，让他等到了波尔兰特死去的那一天。法拉如痴如醉地开始研究起书里的内容来，当看到名为'替身术'的巫术时，立刻联想到奥兰和艾萨克雷斯有可能用过这个巫术。

"然后，玩心大盛的他开始冒出一个接一个的主意来。这个世界拥有多出现实3倍的时间，应该是属于那些需要时间的天才们的世界。而《艾萨克雷斯》应该属于这些天才中最聪明的一个，让自己家族的这些无聊的人拿在手里简直就是一种浪费。而对于艾萨克雷斯那种依靠巫术来拯救世界的想法他更是不屑一顾，他甚至觉得可笑。他认为，世界上没有什么东西是永恒的，所以人类灭亡对于浩瀚的宇宙来说只不过是一件微不足道的事情，真正值得研究的并不是这样的东西，而是绝对的未知！"

听到这里，雷婉红基本明白了事情的大概。李瑞阳是波尔兰特的后人，所以他手中的那本书是假的。是法拉把这个世界变成了一个天才的摇篮，最后一个人的游戏也是由他发起的。

可是，仍然有许多她不明白的地方。

"绝对的未知？那是什么？"雷婉红问道。

"绝对的未知，就是绝对不可能知道的东西，你认为会是什么呢？"

"绝对不可能知道的东西……"雷婉红皱着眉头思考了起来，她的脑海中突然响起曾经听到的一段话……

"你是说……死亡！"

"对！"华欣压低了声音说道，"就是死亡！活着的人是不可能知道死亡后的感觉的，所以死亡对于人类来说，就是绝对的未知！"

没错！雷婉红想起来了，死亡，正是比斯特一直在研究的东西，那个神秘的男人，难道他……

"法拉在想到这一点之后，把手中的《艾萨克雷斯》烧了……"

"烧了！？"雷婉红吃惊地叫了起来。"你说的是真的吗？这怎么可能？他为什么……"

"没什么好惊讶的，法拉就是这样的人，当他认为什么东西没有意思的时候，就会想办法把它变得有意思起来。被他烧掉的只是里面的书页，然后，他将新的空白的纸张加了进去，在上面开始记录有关死亡的研究。为了避免发生这本新的艾萨克雷斯又被代代相传的事情，他用他学到的巫术又在书上加入了两条新规则，你应该能猜到是什么吧！"

雷婉红点了点头，看来阿尔莎说得没错，在上一个书的拥有者死去之后，书本会回到法拉的后人手里，然后会把它交到一个自己最信赖的人手中，带入这个世界，然后，展开新的一轮，法拉游戏。

"这么说，你是法拉的后人？"

华欣点了点头。

"这些事情，5年前你就知道了？"

"不！5年前，在我接到的那个电话之前，我对这些事情一无所知！"

"那个电话到底是谁打来的？"

"那个电话……"华欣苦笑道，"到了现在还猜不到是谁打给我的吗？"

"这……"雷婉红把自己听到的一切联系起来，突然恍然大悟，"难道说，是你父亲！"

说完之后，雷婉红立刻摇了摇头："可是，这不可能啊！你失踪之后，我还陪着你父亲到处去找过你，怎么会……"

"当时给我电话的，的确是我父亲。"华欣缓缓地说道。"之后他一直在演戏，而我的母亲，还有你，以为我真的……"

"为什么，"雷婉红有些激动地打断了他的话，"为什么你们要这么做？这些事情为什么不告诉我？你就这么消失了，你知道我……你知道……"

说着说着，雷婉红只觉得鼻子一酸，眼泪夺眶而出。

华欣将雷婉红抱在怀里，温柔地摸着她的头发："别哭，亲爱的，对不起，你听我说，我也不想这样，这一切都是为了保护你。"

"保护我？"雷婉红猛地将华欣推开，带着哭泣的嗓音嚷到，"如果你是为了保护我，为什么要把那本书寄给我？如果不是你我跟本就不会是现在这个样子！"

"你听我说，"华欣握住雷婉红的手，心痛地说道。"法拉为了让他精心设计的游戏能够一直继续下去，在书上施加了诅咒，艾萨克雷斯家族的人在回收到这本书之后，必须将它交给自己最信赖也是最亲近的人，由他将书带入这个世界。可是，根据以往的经验，所有带着这本书进来的人没有一个能够活着出去！这是一个很可怕的诅咒，也就是说，家族里每当有人回收到这本书时，就意味着他将失去自己最亲近的人。对于我来说，你就是那个人啊！"

"什么意思？"听了华欣的话，雷婉红只觉得头皮发麻，泪水在瞬间消失在无尽的恐惧之中。"为什么会是我？你不给我又怎么了？现在我……我会死在这里吗？"

"别害怕，我一定会让你活着回去的，"华欣把雷婉红的手握得更紧了。"书的背面会出现那个自己最亲近的人的名字，如果在一周之内不把它交到那个人的手里，那本书将永远从世界上消失！"

雷婉红愣了愣，说道："消失了岂不是更好？那样的书，留着它有什么用？"

"不！"华欣摇了摇头，"那是一本没有写完的书，得到这本书的人，都是不可一世的天才，所有人都在前人的基础上续写着这本书，这上面记载着人类对绝对未知的研究成果，绝对不能让它就这么消失！"

"那么我呢？"听了华欣的话，雷婉红真想扇他一耳光。"为了这种东西，你就可以毫无顾忌地牺牲我了，是吗？"

"不，婉红，5年前就是为了救你，所以我才不得不离开你！本来这些事情父亲是不应该这么早告诉我的，但是，父亲看到我和你的感情日渐加深，他担心你会受到我们家族这种被诅咒的命运的牵连，所以只能提前告诉我，他要我离开你，由他或者我母亲代替你来这里送书……"

"等等！"雷婉红打断道。"你这话是什么意思？什么叫做由你的父母来代替我？现在你不还是把那书给我了吗？"

"你怎么就不明白呢？"华欣叹了口气。"《艾萨克雷斯》是要由自己最亲近最信赖的人带入这个世界，对于5年前的我来说，那个人是你。但是，如果我和你分开，完全见不到你，那么，这种感情会慢慢变淡。当时，没人知道《艾萨克雷斯》在谁的手中，也没人知道那个人什么时候会死，因为这种被诅咒的命运，我不能跟任何人太过亲近，这样我最亲近的人就只能是生我养我的父母了啊！"

"可为什么还是我？"

"你说呢？"华欣苦笑一声，继续说道："因为我根本就没有办法忘记你，就算过去了那么长的时间，你仍然是我最爱的人啊！"

听了华欣的话，雷婉红好一阵感动。

如此离奇的故事，却让雷婉红深信不疑！没有任何所谓的事实，依旧让她深信不疑，在这个充满欺骗的世界中，她不相信任何人，却对华欣这番天马行空般的话深信不疑！

这就是所谓的信赖！这就是所谓的爱！

"这么多年了，你一定早就把我给忘记了！"华欣的声音显得十分感伤。"我知道，你现在一定很恨我，我都不敢问你是不是已经结婚了。这些日子里，我没有一天不会想起你。一想到你和别的男人在一起，我的心就难受得发狂！但是我必须要忍耐，必须……"

华欣狠狠地咬着牙齿，他已经说不下去了！

雷婉红此刻心中更是百感交急，应该说什么好呢？

她伸出双手，抚着华欣的脸颊，踮起脚尖，深深地吻了上去……

"婉红，你还爱我吗？"

该怎么回答这个问题？

自己已经不是5年前那个什么都不懂的小女孩了。

"法拉为什么要在书上设下这样的诅咒？"雷婉红把话题岔开道。"他这么做，不就等于在伤害自己的后人吗？"

"我说过了，他是一个爱玩游戏的人，这么做也是为了让游戏更加好玩，他自己也没有想到会是这样的后果。"

"那这5年里你都在干什么？你到底在哪里？"

"就在这里，在这个世界里！直到你进来之前，我一次都没有出去过。"

"这怎么可能？如果你一次都没有出去过，那本书是谁寄给我的？"

"那本书……是我让我的一个朋友寄给你的。"

"什么朋友？"

"在这儿认识的朋友。"

"你就不怕他把书给偷走了吗？"

"他偷走了也没用，这一切必须按照规则来进行。否则书本就是一片空白。"

"你的朋友叫什么名字？"

"这……我不能说。"

"为什么不能说？"

"你别管这么多了，等你回去之后，这一切都跟你没关系了，忘了它，好好生活。"

"那么你呢？"

"我……"华欣的嘴角挤出一丝苦笑，"我在这里还有事情要做，等我把一切都安排好了，就去找你。"

"那要等多久？我都已经26了！这5年你都不在我身边，我以为你已经不在这个世界上了，现在你又这么突然出现，告诉我那么多不可思议的事情，你还要我等你多久？"

"对不起，婉红，我也很想和你一起离开这里，但是……如果你等不了，那你就找个爱你的人嫁了吧！"

"好！这是你说的，等我一出去马上就嫁人！"

雷婉红说完，转身就走！

"婉红！"华欣赶紧拉住了她。"你这脾气什么时候才能改改啊！"

"改什么改？你不喜欢，自然有别的人喜欢！"

"别这样，婉红！"华欣从身后将雷婉红抱住，在她耳边轻轻呢喃道："这里的5年，相当于那个世界的20年，你知道这么长的时间里，我有多么地想你吗？婉红，别这么对我，我是有苦衷的，如果有可能的话，你以为我愿意和你分开吗？你别走，我的时间已经不多了，让我就这样抱着你，一会儿就好。"

寂静的城市中，回忆、历史、时间、空间、天空、大地、尘埃、空气、一切都显得那么的苍白，那么的破碎。

早已分不清真象与假象的世界，散乱的思绪如同雪花般在空中飞舞，感觉到的，却是透过那宽阔的胸膛传入心中的那一阵阵温暖。

阔别已久的恋人，早已不再年轻，这片刻的宁静之后，等待着他们的，将会是另一场狂风暴雨的侵袭！

九、黑暗前的黄昏

这一次的离开，是和5年前完全不同的情况，不过结果也许并没有什么区别。

"这5年来，我在这个世界里只做了一件事，就是寻找艾萨克雷斯的遗物。这是艾萨克雷斯创造的世界，他不可能什么都没有留下就离开人世。这个世界里还有许多你不知道的秘密，我没有时间了，不能一一告诉你。

"婉红，我必须得走了，你一直朝着我手指的方向行走，用不了多久，你就能看到一座黑色的教堂，在教堂下面有一个地铁站，那里会有地铁带着你回到风铃大街。回去之后，好好生活，命运让我们变成了两个世界的人，如果苍天有眼，会让我们回到同一个世界的。"

看着华欣消失在迷雾中的背影，雷婉红的心中感慨万千。

那种难以形容的复杂，一下子涌上胸口，却又不得不将它按压在心底。

她究竟应该何去何从？走向何方？飘向何处？

在空无一人的古城中行走着，撕裂的迷茫，破碎的忧伤。

就算回到了那个属于自己的世界，就真的能够好好地生活了吗？

这所有的一切，真的可以像做梦一样，当做完全没有发生过吗？

已经没有办法思考了……

失魂落魄……就算是5年前，确定华欣失踪的时候，都不曾有过的感觉。

进入那间黑色的教堂，顺着破旧的阶梯一步一步往下走。

昏暗，没有光明的空间，就连恐惧也都被无尽的伤感给掩盖。

在几乎没有知觉的状态下，雷婉红坐到了地铁站的铁椅上，静静地等待着。

还有很多事情她弄不明白。毕斯特跟华欣是什么关系？装书的盒子里放着的那张纸又是怎么回事？李瑞阳现在到底在哪里？华欣又是怎么知道自己的一举一动的？他怎么会伪装成老人坐在车站里等她？为什么他会说自己没有时间，要急着离开？《艾萨克雷斯》现在到底在谁的手里？里面真的记载着关于死亡的研究吗？

很多事情她都弄不明白，也不想去弄明白了。

列车缓缓地驶入站台，雷婉红拖着机械的步子，慢慢地走了上去。

列车启动，刺耳的鸣叫响起。窗内，是残留的幻影；窗外，是奔驰的黑暗。

雷婉红虽然感到很疲惫，却没有一丝睡意。

打开手中的小提包，里面装着比诺曹做的木偶。

真是个漂亮的木偶。神态、举止，都跟自己一模一样，真是个了不起的孩子。

MJ现在怎么样了？是不是真的和阿尔莎关进了同一间牢房中？他知道真相后会是个什么样子？雷婉红简直不敢去想。无论如何，自己是被他从拘留室中救出来的，但是自己却背叛了他！

那个在列车上出现的画家，梵高，他真的死了吗？他是被人利用了还是利用了别人？

辛蒂蕾娜，这个童话故事中的灰姑娘，究竟为什么要陷害自己？

这所有的一切都跟法拉的游戏有关吗？

最后一个得到那本书的人，将会成为新的拥有者……这样的规则实在是太奇怪了，一个人可以在同一时间怀疑无数的人拿着这本书。波尔兰特怀疑法拉偷走了那本书，可那仅仅只是怀疑，没有任何的证据，仅仅是这样，都能算做是知道那本书的所在吗？

也就是说，只要自己确定一个人拥有那本书，那么，这个人在将自己的怀疑清除之前，他是不可能拥有那本书的。

现在，雷婉红当然也有怀疑的对象。

最有可能拿到那本书的人，就是那个403房间的男人。

雷婉红不是傻瓜，虽然华欣没有说，但她已经猜到了那个所谓的寄书给自己的朋友，应该就是毕斯特。

他一直在做着关于死亡的研究，对于他来说，《艾萨克雷斯》是他最需要的东西。

华欣也想把那本书给他，所以才会让自己带着那本书去找他。

根据游戏规则，他当然不会要那本书，因为那样的话，雷婉红就知道了那本书在他那里，所以他必须要让这本书的归属扑朔迷离。

要换走那本书的话，毕斯特至少有两次机会。

第一次，是她第一次去403房间的时候，而第二次，则是雷婉红昏迷之后，待在他房间里的那段时间。

如果她一直带着这种怀疑回到了原来的那个世界，毕斯特是不是就永远不可能看到那本书了？

如果真的是这样的话，唯一的办法就是……

想到这里，雷婉红只觉得背脊发凉，心惊胆战。

这个世界里都是些聪明人，毕斯特自然也不例外。如果他一直看不到书的内容，一定会猜到是雷婉红猜到这里的问题。

一定是毕斯特在陷害她！是他杀了梵高，然后嫁祸给自己。

杀人肯定是死罪，这样一来，就万无一失了。

华欣怎么会和这种人交朋友？

如果真的是这样，就算自己真的回到了现实世界，也不安全，说不定哪天毕斯特就找上门来了。

不过，雷婉红已经管不了这么多了，已经坐上了回家的地铁，只能走一步算一步了。

时间一分一秒地过去，雷婉红也渐渐平复下来。

不知不觉中，火车在已经行驶了5个多小时，速度开始逐渐减缓。

到了吗？

往窗外望去，一片黑暗，什么都看不见。

不，还没有到。

这里应该是中转站，雷婉红想了起来，来的时候就是在这个地方遇见的梵高。

车门打开，一个瘦小的身影走了上来。

看见那张熟悉的脸，雷婉红愣住了。

"你怎么会在这里？"

她无论如何也不敢相信，那个做木偶的小男孩，比诺曹，竟然会在这个地方出现！

"姐姐！"看见列车上的雷婉红，比诺曹立刻露出了兴奋的表情。"你没事了吗？真是太好了，辛蒂她果然没有骗我。"

"辛蒂？"雷婉红皱了皱眉。"你和她认识？这到底是怎么回事？你怎么会在这个地方出现？"

"姐姐！"比诺曹坐到了雷婉红的身边，十分高兴地说道，"我要回家了，我的木偶全都卖出去了。"

"你是说……你那一大袋的木偶，全都卖出去了？"

"是的。"比诺曹点了点头，"我现在有很多很多的钱，姐姐你要吗？给你些。"

雷婉红摇了摇头，继续问道："你卖给谁了？"

"辛蒂呀！你被抓走之后，她看到了我的木偶，非常喜欢，就全买了。"

"她有这么多钱？"

"她本来也没有钱，不过，她把她脚上穿的那双水晶鞋给卖了，就有钱了。"

雷婉红想起来了，当时在风铃大街的那栋公寓里，辛蒂蕾娜穿着那双闪着荧光的水晶鞋，拉着自己在楼道中飞奔，那速度快得简直让人难以想象。

"她都跟你说什么了？"雷婉红问道。

"她让我放心，说你会没事的，我还不相信，现在我信了，她真的没有骗我。"

这又是怎么回事？

雷婉红的头又有些晕了。

"那你怎么会在这里呢？你是怎么到这里来的？"

"坐车啊！我在回旋城买的票，下了车就到这里了。没想到，一上车就遇到姐姐你了，真是太好了。"

"你说你从车上下来之后就到这里了？"雷婉红吃了一惊。"你说的是真的吗？你什么时候上的车？"

"拿到钱我就去汽车站等着了。"

"你走的时候天是白的还是黑的？"

"黑的，还有好几个小时天才亮呢！"

这么说，比诺曹应该坐的是比自己还要早的一班车。

"那你坐了多长时间的车？"

"坐了……我也不知道，应该很长吧，我在车上睡了两次觉呢！"

"然后呢，到这里之后，你又等了多久？"

"在这里只等了几个小时。"

"我明白了。"雷婉红点了点头。这么看起来，华欣带自己从车里离开时，车程只过了一半左右，而这个车站应该就是当时梵高上车时的车站，也就是说，如果是乘坐通往回旋城的公车的话，是应该在这个地方下车的。

可是当时他们并没有下车，而是继续往前。就在这个时候，自己被梵高给打晕了……

雷婉红继续问道"你还记得你第一次来到回旋城的时候，从地铁上下来之后，是怎么上的通往回旋城的公车？"

"就是这么上的呀"比诺曹眨了眨眼睛。"姐姐你什么意思呀？"

"我是说，是不是也有人问你，愿不愿意上车，去了之后就不容易回来了之类的话。"

"是啊，每个人第一次来时都会被问的。"

果然没错！

雷婉红并不是坐着公车去的回旋城，而是通过别的什么办法。

第一，自己昏迷时已经过了车站；第二，自己是第一次来到这里的人，处于昏迷状态的自己是不可能上得了车的。

这么说，通往回旋城的方法并不只有一条而已。

从回旋城离开的方法也绝对不止一个。

不过，现在知道了这些事情，又有什么意义呢？

"姐姐，你怎么了？"看雷婉红一副严肃的样子，比诺曹忍不住问道。"就要回家了，你怎么一点都不开心啊？"

"你知道在哪一站下车吗？"

"下一站啊！"

"下一站？"

"是啊,只有下一站能出去。"

"什么意思?"

"回旋城里的人来自世界各地,地铁站也遍及世界,大家进来的地方虽然都不一样,但是只有从下一站出去才能回到我们的那个世界。然后,只要再想办法回家就好了。"

"是吗?"雷婉红皱了皱眉。"那要是再想回来呢?该怎么办?"

"这……我就不知道了。"

"你不打算回来了?"

"我做的木偶全都卖完了,还回去干嘛啊!"

"全都卖完了?你屋子里的那些呢?"

"也卖了啊,连房子一起,全都给辛蒂了。"比诺曹兴奋地说道。"等我回去之后,我要用这些钱开一个木偶厂,把我做的木偶卖给全世界的孩子们。"

雷婉红相信他有这样的能力。这孩子做的木偶根本就不是什么玩具,而是真正的艺术品。

数年之后,他将成为这个世界里举足轻重的人物,法拉所设计的这个天才培养计划,真是帮了不少人的大忙。

不过也有像MJ那样到了最后依然碌碌无为的人。

"你知道《艾萨克雷斯》吗?"雷婉红突然问道。

"当然了,这里没有人不知道的。"

"你不想得到它吗?"

比诺曹摇了摇头。

"为什么?这个世界里的人不都想要得到它吗?"

"他们是他们,我是我。我只要做好我的木偶就足够了。"

"真是个好孩子。"雷婉红笑了笑,伸出手去摸了摸比诺曹的头。"等你回去之后,一定会成为一个了不起的男子汉。"

听了雷婉红的赞赏,比诺曹的脸上露出了快乐的微笑:"那姐姐你呢?你回去之后准备干什么呢?"

"我……我还老老实实的上班呗!"

"哦,上班很有意思吗?"

"没什么意思。"

"那为什么还要去上班呢?"

"为了……生活啊,不上班哪儿来的钱啊,没有钱怎么吃饭穿衣啊!"

"哦,"比诺曹似懂非懂地点了点头。"那姐姐你还不如就留在回旋城呢,在这里就不用上班,可以做自己想做的事情,还有免费的面包可以吃。"

听了比诺曹的话,雷婉红都不知道该如何回答好了。

对于比诺曹这样的人来说,回旋城的确是一个理想的居住地。可是对于自己这种为了生活而生活的人来说,这个地方根本就是一座大监狱。

"你知道法拉吗?"雷婉红问道。

"听说过,好像回旋城就是他设计建造的。"

"他是一个什么样的人呢?"

"据说是个天才,但是特别爱玩。"

雷婉红点了点头,看来华欣说的话是真的。

"那你知道法拉设计的关于艾萨克雷斯的游戏吗?"

"关于《艾萨克雷斯》的……"比诺曹晃了晃脑袋:"什么游戏呀?"

"没什么,你不知道就算了。"

看来在这个世界里只有极少数的人知道这个秘密。

"姐姐,等我们出去了,能让我去你家看看吗?"

"嗯,好。"

真的能够顺利地回到自己的家里去吗?

又过了不知道多少时间,地铁终于再一次缓缓地停了下来。

"我们到了,姐姐,快下来吧!"

比诺曹兴奋地从地铁上跳了下来。

这里果然就是当初的那个地铁站。

推开铁门,顺着阶梯一步一步地往上爬……

实在是太痛苦了!

雷婉红已经记不清自己在途中到底筋疲力尽了几次,她只知道自己这辈子都没有这么累过。

不知道过了多少时间,也不知道到底上了多少层楼,雷婉红终于又回到了这栋神秘的公寓里。

依旧是布满尘埃的昏暗的空间。

雷婉红和比诺曹坐在一楼最后的台阶上，大口大口地喘着气。

"姐……姐，我……我们是……不是就要出……去了呀？"

比诺曹那涨红的脸也不知道是因为兴奋还是因为劳累。

雷婉红没有说话，她感觉到从空气中传来的一种不协调的气息。

"快走吧，姐姐！"经过短暂地休息之后，比诺曹神采奕奕地站了起来。

推开公寓楼的大门，看到一片沉寂的景象。

"怎么一个人都没有呢？"比诺曹皱起了眉头，诧异地说道。

"因为我们还在艾萨克雷斯的世界里。"

"可是……每个人都是从这里出去的呀！"

"让我想想……"雷婉红深深地吸了一口气之后，拉住了比诺曹的手，"跟我来！"

回到公寓里，顺着阶梯继续往上，三四楼之间的空隙处依然空荡荡的。

雷婉红松开比诺曹的手，深深地一吸气，猛地一跳，刚好落在上方阶梯的边缘处，只差一点就……"

"姐姐！"比诺曹吓得脸都白了。"你怎么……这么厉害啊……"

雷婉红连气都没喘一口，转过身来，伸出双手："来吧，轮到你了。"

"我？"比诺曹吐了吐舌头。"我，不行，姐姐你到底要到哪里去呀？"

"不行也得行！你不跳过来就回不去了！"雷婉红大声叫到。"快跳，放心，我会抓住你的。"

"这……可是……"

"快跳啊！"

"好！我跳！"

比诺曹站在阶梯的边缘处，往下看了看，又看了看雷婉红，把心一横！

"我跳了，你可一定要接住我啊！"

说完，雷婉红还没来得及反应，比诺曹一下就跳了起来。

雷婉红下意识地伸出双手，用力一拉，把他抱在了怀里。

"你真的接住我了！"比诺曹一脸的兴奋。"好刺激啊！"

"你……"雷婉红都不知道该说什么好了，放下比诺曹，叹了口气，"好了，快走吧！"

两人上了4楼，直接往左边的楼道里走去。

雷婉红从包里拿出手电筒，来到了403号房间的房门前。

比诺曹似乎根本就不知道什么是害怕，兴奋地说道："姐姐，这房间的门怎么在地上啊，真有意思？"

雷婉红没有搭理他，蹲下身子，用手拧了拧房门，锁住的。

这可怎么办？

"怎么这门打不开吗，姐姐？"

"嗯，咱们得想个办法进去才行。"

就在这时，只听见"咔嚓"一声，雷婉红只觉得脚下一空……

跟上次的感觉一样，等她反应过来的时候，已经站在房间里了。

"又见面了，弗洛伊德小姐。"

听到这个熟悉的声音，雷婉红的心中不禁生出一丝寒意。

"还有你，做木偶的小男孩，还记得我吗？"

"当然记得了，你是第一个买我木偶的人，怎么会忘记呢？"

"呵呵，我没说错吧，你最多待上两年肯定能回去。"

"你怎么会在这里？"雷婉红问道。

"我怎么会在这里……"毕斯特挠了挠他那头凌乱的头发，"我记得这里好像是我的家吧！"

"哦，是吗？"雷婉红笑了笑。"打扰你了真是不好意思，比诺曹，我们走！"

说完，她拉着比诺曹就往身后的房门处走去。用手拧了拧把手，锁了。

"请把门打开！"

"你这身打扮，真是太漂亮了！"

"我说，请你把门打开，我们要走了！"雷婉红有些生气地重复道。

"走？上哪儿去呢？"

"回家，跟这个世界永别了。"

"哦，原来如此。这么说，你也不关心华欣的死活了？"

"少废话，我什么都知道了，别想骗我！"

"你什么都知道了？"比斯特显得有些惊奇。"说说看，你都知道了些什么？"

"我可不能告诉你！这个世界的事情已经跟我无关了，请你把门打开。"

"这门我可打不开。"

"你什么意思？"

"你忘了吗？上次你来的时候是怎么出去的？"

"上次……"雷婉红回忆起来了，上一次她是在听到钟声响起的时候，才能开门离开的。

"你的意思是，要等到整点的时候才能开门出去？"

"没错！"比斯特点了点头。"真不凑巧，你们进来之前刚打完钟，所以，你们还得在这里待上1个小时。"

"行，那我们就等等。"雷婉红说完，拉着比诺曹在椅子上坐下，心里虽然是又惊又怕，但脸上却是一副毫不畏惧的样子。

"呵呵，"毕斯特笑着对比诺曹说道，"以前你卖给我的那个木偶坏了，你能帮我修一修吗？"

"没问题！"比诺曹十分干脆地回答道。"在哪里呢？我给你看看。"

"就在那里面。"比斯特用手指了指那个被红布包裹起来的角落。"你自己进去看吧！里面什么工具都有，等你修好了，也差不多能出去了。"

"好的。"还不等雷婉红叫住他，比诺曹便冲了进去。

"你到底想要干什么？"雷婉红十分警惕地说道。"我警告你，别耍花招，别以为我还是以前的我。"

这是一句毫无意义的话，雷婉红自己也知道，这么说不过是为了给自己壮胆而已。

"我什么时候跟你耍过花招了？"比斯特笑了笑。"真正在耍花招的人可不是我。"

"你到底想要怎么样？直说吧！"

"一开始我就说过了，我想帮你。"

"别开玩笑了，你能帮我什么呀？"

"帮你救出你的男朋友呀！"

"去你的！"雷婉红一拍桌子。"这一切都是你搞的鬼，那本《艾斯克雷斯》就是被你给拿走的！"

"别激动，弗洛伊德小姐，"毕斯特一点都不生气，心平气和地说道，

"我已经说过很多次了，在你来这里之前，那本书就被人给换走了。"

"别装了，那本书就是你寄给我的，你和华欣早就认识了，这一切都是你为了得到那本书所设下的圈套。"

听了雷婉红的话，毕斯特又笑了。

"这些话是谁告诉你的。"

"是……是按照你教我的方法推论的。"

毕斯特是聪明人，在他面前装糊涂是没用的，最好的办法就是把一切都摊开说明，看他会如何应对。

"是吗？那你的根据是什么？你又都掌握了哪些事实？"

"《艾萨克雷斯》是一本关于死亡的研究书，这正是你现在做的事情。根据法拉的游戏规则，你必须要在没有人知道的情况下得到那本书。我说得没错吧！"

听完雷婉红的话，在短暂的沉默之后，比斯特开口说道："看来你的确是知道了一些事情。"

"这么说你承认了？"

"不，我告诉你的都是事实，在你来到这里之前，那本书已经被人偷换了。我还可以告诉你，我对《艾萨克雷斯》根本就不感兴趣，因为我的研究比它要深入得多。"

"你都没有看过怎么会知道？"

"自信！"

"自信？"

"没错，我非常自信，你知道对于一个自信的人来说，最不能容忍的是什么吗？"

"丧失自信！"

"不不不，对于一个像我这样自信的人来说，最不能容忍的事情有两点：第一，借助别人的研究成果获得成功；第二，发现别人的研究成果远远地超过自己。所以，我是不可能去看那本书的。"

"你这些连一点事实依据都没有的话，你以为我会相信吗？"

"我没有必要骗你，你的前男朋友之所以会把书交给我，因为在这个世界里只有我对这本书一点兴趣都没有。"

"你说没兴趣就没兴趣吗？谁相信呀？"

听了雷婉红的话，毕斯特无奈地摇了摇头："你呀，都在这里待了这么长时间了，也发生了不少事情，结果还是跟我第一次见你的时候一样。"

"你什么意思？"

"你再好好想想，如果我想要得到这本书，你男朋友会让你把它带过来给我？这么做不就等于是在害你吗？你知道以前那几个送书的人都是怎么死的？"

"这……"雷婉红被问得说不出话来了。

"我只需要在第一时间杀了你，那本书就是我的了，还有什么必要花这么大的心思去玩这个游戏？

"你男朋友之所以让你把这本书交给我，是为了保护你，这还不明白吗？因为我是最不想要那本书的人。

"他告诉你说把这本书交给我就能够救他，实际是在救你自己。我已经告诉过你了，我根本就不认识什么叫做'华欣'的人，你知道，在这个世界里的人都不会用自己真正的名字，也许我是认识这个'华欣'，但我根本不知道他是谁？这些都是再清楚不过的事情了，可惜你却……"

毕斯特竟然显得有些激动，在雷婉红的印象当中，还是第一次见到他这个样子。

不可否认，他的话很有道理，也很符合逻辑，不过雷婉红仍然认为这并不是事实。

仔细想想，再仔细想想，这到底是怎么回事？

华欣在拿到这本书后，就把它交给了自己的朋友，这个朋友又把书寄给了雷婉红，雷婉红把书拿来给了毕斯特，而毕斯特并没有要这本书，却说这本书已经被换走了。

如果毕斯特没有撒谎，那么，真正的《艾萨克雷斯》最有可能在李瑞阳的手中；如果毕斯特在撒谎，那么这本书很可能就在他自己手中。

毕斯特想要这本书的动机是因为他正在做的关于死亡的研究，而李瑞阳呢？如果他也和华欣一样，也是艾萨克雷斯的后裔的话，那么，拿回那本书的目的也许仅仅就是为了维护祖先的尊严，法拉从波尔兰特手中盗走了这本书，最后又再次回到了波尔兰特的后人手里，也算是对先人的一种安慰。要知道，按照法拉的规则，如果这本书不是由雷婉红带入这个世界，那么将没有人能够看到它。

要么是毕斯特，要么是李瑞阳，从目前来看，也只有这两种可能。

毕斯特的话很有道理，不过有一个很大的破绽，自己差一点就忽略了。

没错，也许华欣的确认为毕斯特是最不可能想要这本书的人，所以才让雷婉红把书交给他，其目的也确实是为了保证自己的安全。

不过，并不像毕斯特所说的那样，只要杀了雷婉红，他就能得到这本书。

因为，只要雷婉红一死，华欣肯定会知道，也肯定能够想到这是毕斯特干的。这样一来，华欣就知道书在毕斯特手中，除非毕斯特又接着把华欣给杀了，不然他依旧得不到这本书。

这样一来，无论毕斯特想不想要这本书，他都不敢对雷婉红下手。

这是一个双重保险，毕斯特是个聪明人，华欣也不傻。

这本书交到毕斯特手中之后，怎么处理就要看他自己了。

如果毕斯特已经把书交给别人了，那么他根本没有必要对雷婉红撒谎。如果他自己想要这本书，那么，只有在保证雷婉红安全的情况下才有可能办到。

雷婉红很清楚地记得华欣说的是：前几个把书带进这世界的人没有一个活着离开这里的。没有活着离开这里并不表示都被人杀死了，也有可能是一直待在这个世界直到自然死亡。

所以，毕斯特撒谎的理由是足够充分的。

当然，这些事情雷婉红是不会说出来的，至少现在不会。

对于现在的她来说，装作相信他的话才是最佳的选择。

一直以来，雷婉红的思维总是被不同的人、不同的事所牵引，自己从来就没有做过真正意义上的独立思考。从现在开始，她决定不再依靠任何人，所有的事情都必须经过自己的脑袋去思考，所有的结论由自己来做，所有的办法由自己来想。这个世界里没有人能够帮到她，唯一能够帮助她的人只有也只能是她自己。

在极短的时间之内作出了一系列的思考之后，雷婉红开口说话了。

"难道那本书真的在他手中？"她的脸上充满了惊异。

"从一开始我就跟你说过，可是你不相信，"毕斯特漫不经心地说道。"如果我在那个时候把这一切告诉你，你更加不会相信，还会混淆你的思维。

有些结论必须经过你自己的思考得出才有意义。"

雷婉红点了点头，毕斯特的话说得很有道理，只不过她自己思考得出的结论跟毕斯特是截然相反的。

虽然毕斯特每次都好像是在帮助雷婉红建立独立思考的能力，不过，实际上他一直都在试图领导她的思维。

难道不是吗？虽然他一直口口声声的说着要相信事实，可是他所说的一切不是事实。

一开始就说那本书是假的，但是却连一点证据都拿不出来。在回旋城，又跟自己兜了个大圈子，让自己在不知不觉中顺着他的思维去思考，得出了一个现在想起来简直荒谬的结论。

事实已经证明了，那个装书的木头盖子里根本就没有什么所谓的《艾萨克雷斯》的书页。

这些事情，雷婉红是不会说出来的。即便说出来他也能找出新的理由来应对。就让毕斯特把自己当成一个可以随意糊弄的傻瓜吧！

独立思考的能力吗？没错，拜他所赐，雷婉红现在已经拥有这样的能力了。

一定要沉住气，要像阿尔莎那样沉住气，不然自己永远是一颗看不清局势的棋子。

"那我现在应该怎么办？"在沉默了一段时间之后，雷婉红问道。

"现在，你只要从那道门里出去，回到属于你的世界，找回那本书，然后再来这里把它交给我，之后，你就什么都不用管了。"

"我现在就什么都不想管了！"雷婉红一脸的疲惫。"对于我来说，只要能回去就行了，至于那本书到底在什么地方对我来说根本就不重要。"

"没错，对于你来说，它的确不重要。可是，对于那个叫做华欣的人来说，却相当重要。"

雷婉红吃了一惊："为什么？"

"你不知道法拉的诅咒吗？在你得到书的7天之内不把它带到这个世界的话，你的那个华欣就会……"

"就会什么？"雷婉红焦急地问道："会有危险吗？"

"据说会死。"

"死！？"

"不错，法拉是这么对他的后人说的，不过。到目前为止都没有发生过这样的事情，所以，事实上到底会怎么样没人知道。法拉是个喜欢玩的人，也有可能这就是他搞的一个恶作剧而已。"

就算是个恶作剧，也不能冒这个险！

想想也有道理，如果法拉不用这么一个可怕的诅咒去控制自己的后人的话，有可能伤害到自己最亲近的人的事情，每一个人都不会愿意去做的。

华欣当时并没有把这些话说出来，是害怕自己会担心。他一定以为真正的《艾萨克雷斯》已经被带入了这个世界……

不，不一定！

雷婉红的脑海中旋转出一个可怕的预感。

无论事实如何，李瑞阳都是值得怀疑的对象，她必须在两方面都做好准备。

在事情无法被弄清的时候再怎么胡思乱想都没用，只能先冷静下来，尽量多收集一些信息。这些信息有真的也有假的，要依靠自己的判断、推论，找出真的信息，删除假的信息。

想到这里，雷婉红问道："你到底是什么人？为什么会知道只有艾萨克雷斯的后人才会知道的事情。"

"这我可不能告诉你。"

"为什么不能？"

"因为你不会相信的。"

"我相信，你告诉我吧！"

"不不不！"毕斯特摇了摇头。"你现在该关心的应该是怎么样找回那本书，而不是我是个什么样的人，知道些什么事情。我唯一能够告诉你的就是，我是一个值得你信赖的人。"

"你说得对！"雷婉红点了点头，从毕斯特的话语中雷婉红可以确定一点，他对这世界的所有事情了如指掌！

"还记得我上次告诉你的话吗？"毕斯特问道。"只要你按照我教给你的方法去做，就一定能找出你那个顶头上司的破绽来。"

雷婉红当然记得，在回旋城中，毕斯特的研究室里，临走之前他告诉自己的那段话。

"可是我不一定能见到他呀！我都不知道他在什么地方？"

"你会见到他的，"毕斯特说着，从上衣口袋中摸出一部粉红色的手机，放到雷婉红面前。"这是你上次忘了带走的东西，也许你能用得上。"

雷婉红也不多问，接过手机，收了起来。

毕斯特再不说话，雷婉红也陷入了沉思。

过了一段时间，比诺曹拿着修好的木偶从红色的布帘中走了出来。

又过了一段时间，洪亮的钟声终于响了起来。

雷婉红拉着比诺曹的手，打开房门。

"记住！你只剩下5天的时间了，我会一直在这里等你。"

关上房门，雷婉红终于呼吸到了阔别已久的新鲜空气。

同时，她也听到了从侧对面的402房间中传出来的嘈杂声。

她牵着比诺曹的手走了过去，门没有关，虚着一道缝。

透过门缝往里面望去，几个身穿警服的男人正站在房间里交头接耳，有人在拍照，有人在记录。地面上是被鲜血染红的一片，老奶奶的尸体僵硬地躺在血泊中，表情在惊恐中凝固！

雷婉红感到一阵恶心，拉着比诺曹飞快地往楼下跑去。

推开公寓楼的大门，看到人来人往的街道，雷婉红顿时唏嘘不已。

此时，天色已近黄昏，黑暗前的黄昏……

十、Fairy Land

两个与周围环境格格不入的人站在风铃大街的街道上，一个是身着性感妖艳舞裙的漂亮女人，另外一个，则是长着长长的鼻子，满脸稚气，浑身尘土的10岁小男孩。

周围的人群驻足打量着这一女一男，一大一小，一个个露出惊讶而奇异的眼神。

夜幕将至，华灯初上，看着这川流不息的人群，比诺曹的脸上挂满了笑容。

"姐姐，我们终于回来了，你看，好多人啊！哈哈，真好。"

比诺曹看上去的确比刚才显得要小了些，看来在这一点上毕斯特并没有骗她，在那个世界里的人一旦回到了现实，身体就会恢复到他真实年龄的样子。

和这个无忧无虑的小男孩比起来，雷婉红的心中却是一点都高兴不起来。她从手提包中拿出手机，刚一开机，手机便"嘟嘟"地响了起来。

一共有17条未读短信，全都是李瑞阳发的。

"婉红，电话打不通，你在哪里？"

"我在上次的咖啡厅等你，别一个人去！"

"到底发生了什么事？看见短信一定给我回复。"

"已经1天了，你到底出了什么事，我好担心，别吓我！"

"婉红！婉红！婉红！回答我，你到底怎么了？快回答我！"

……

时间从前天下午6点开始，一直持续到今天上午10点。

雷婉红找出了李瑞阳的电话号码，一拨，通了。

"婉红？真的是你吗？"电话那头传出李瑞阳激动不已的声音。"谢天谢地，你这两天到底怎么了？发生了什么事情？为什么电话一直关机？到底发生了什么事？"

"你别激动，"雷婉红平静地说道。"我现在在风铃大街，你呢？在哪儿？能过来接我吗？"

"我在……你等我20分钟，我马上就过来，在上次那个咖啡厅，我这就来接你。"

"好！"说完，雷婉红挂上电话，牵着比诺曹的手便往上次的咖啡厅走去。

一路之上，比诺曹都瞪着好奇的眼睛注视着街道两边那些琳琅满目的商店，看来他真是与世隔绝得太久了。

突然，比诺曹停下了脚步，拽着雷婉红的手来到了一个玻璃橱窗的面前。

"姐姐，你看！"他指着橱窗内展示的一个华美精致的穿着碎花洋裙的小女孩的人偶对雷婉红说道。"这个是我做的呀，怎么会在这里呢？真是奇怪。"

"是吗？"雷婉红皱了皱眉头，抬头叫道："有人吗？买东西。"

一个年轻的小伙子走了过来，看到雷婉红那妖艳的样子，先是一惊，然后立刻换上了亲切的笑容："你好，请问要什么？"

"这个，"雷婉红指着那个小人偶说道，"能拿出来让我看看吗？"

"好的。"年轻的售货员一边打开玻璃橱窗，一边不时用兴奋的眼神扫视着雷婉红的身体。

雷婉红接过人偶，仔细地看了看，挂在人偶脖子上的商标牌上写着："Waltz Baby, Liza."

"华尔兹娃娃，莉莎。"雷婉红一边嘀咕着，一边将人偶交到比诺曹手中。"你看看，这真的是你做的吗？"

比诺曹将人偶从头到脚仔细地看了一遍，轻轻地摸着裙上的花纹，检查着针线的纹路。片刻之后，他摇了摇头："姐姐，这个娃娃不是我做的，跟我做的那个很像，不过你看，她用的材料、缝合、粘接的技术都不如我做的那个好。"

"嗯！"雷婉红点了点头，对售货员问道，"这多少钱，你还有新的吗？"

"对不起，这已经是最后一个了，"小伙子回答道。"如果你要这个的话可以5折给你，499元。或者请过几天再来吧，会进新货。"

"499元！"比诺曹吐了吐舌头。"怎么这么贵呀！我做的那个比这个好多了才卖了10块钱……"

雷婉红看了看玻璃柜里陈列着的各式各样的人偶娃娃，没有一个比得上比诺曹手中的这个。

"你们店开了多长时间了？"雷婉红问道。

"差不多有一年了。"

"生意怎么样？"

"刚开始不行，不过现在已经好多了。"

"这个多少钱？"雷婉红随手指着一个人偶问道。

"这个150。"

"那个呢？"

"160。"

雷婉红点了点头，指着比诺曹手中的人偶娃娃问道："为什么这个会这么贵呢？原价得1000吧？"

"是的，你别看她贵，这个系列的娃娃卖得非常好。你看，她的做工和样子都比其他的娃娃要好很多。"

"这个系列的娃娃……你的意思是，除了这个娃娃之外，还有别的也卖这么贵的？"

"是啊，这个系列的娃娃一共有8种，现在都卖完了，只剩这最后1个了。"

"有宣传单或者照片什么的吗？我想看看。"

"有的。"售货员说着，从柜台下方拿出一张彩色宣传单，上面印着整齐排列着的8个神态各异、造型独特的人偶。比诺曹手中的莉莎就是其中之一。

"你看看，"雷婉红把宣传单放到比诺曹眼前。"这些人偶都是你做过的，对吗？"

比诺曹仔细地看了看，点了点头："是的，这些都是我以前卖出去的娃娃，真奇怪，这里怎么会有他们的照片呢？"

"这些人偶是什么公司制造的,有联系电话什么的吗?"

"这是'Fairy Land'公司的作品,华尔兹娃娃。"

"Fairy Land?"雷婉红吃了一惊。"你说的是那个全球最大的艺术品制造、拍卖公司吗?"

"是的,所以它们才会卖得这么贵。你知道,'Fairy Land'公司制作的东西那可都是非常具有收藏价值的艺术品啊!"

"我明白了!"雷婉红说完,将"莉莎"还给了售货员,又从手提包中拿出了比诺曹做的那个自己样子的人偶。"以你的专业眼光看看,这个娃娃如果卖的话,值多少钱?"

看到柜台上的这个惟妙惟肖的人偶,年轻的售货员瞪大了眼睛,半天说不出话来。

"这……这个……难道是比诺曹先生的最新作品!"

"你说什么?"雷婉红忍不住叫了起来。"你怎么会知道比诺曹这个名字的?"

"比诺曹先生是个天才人偶师,华尔兹娃娃就是依照他做的人偶原型所制造出来的。"

听了售货员的话,比诺曹的脸上充满了疑惑,刚想开口说话,被雷婉红抢先一步捂住了他的嘴。

"你现在什么都别说,"雷婉红伏在他耳边轻轻地说道,"待会我再告诉你是怎么回事。"

说完,雷婉红又对售货员说道:"不错,这个娃娃就是比诺曹先生最新的作品,你看看能值多少钱?"

售货员看了看雷婉红,又看了看手中的娃娃,小心翼翼地问道:"您是比诺曹先生的朋友?"

"没错,这个木偶就是他做了送给我的。"

"这么说,这是真品?"

"当然了,你比较一下,无论材料还是做工,是不是都比那个莉莎强多了。"

"我的天哪!"售货员小心翼翼地将手中的木偶放在柜台上。"这可是天价的东西啊,我可不敢对它进行估价。"

"哼！算你还有自知之明。"雷婉红说着，把娃娃收了起来，想了想，又问道，"你见过比诺曹本人吗？"

"没有，"售货员摇了摇头，"连照片都没有见过，比诺曹先生从来不在媒体前露面，拒绝一切新闻采访，如果不是像我这种专业人士，恐怕都不知道有这么一位伟大的艺术家存在于这个世界上。"

"嗯，即使像你这么专业的人士也不知道他的确不存在于这个世界上。"

说完这句话之后，雷婉红收起柜台上的人偶，拉着比诺曹转身就走，毫不理会身后的年轻人投来的异样目光。

来到咖啡厅，雷婉红径直来到服务台前。

"你好，还记得我吗？前几天我来过。"

"当然记得，可是你怎么……"女服务员看着雷婉红身上那奇异的服装，有些惊讶。

"哦，我是舞蹈演员，走得急，没换服装。"

"是这样啊，请问你有什么事吗？"

"嗯，请问这两天这个人……"雷婉红说着，在手机里翻出李瑞阳的照片，"他来过这里吗？"

"这……我可没什么印象。"

"帮我问问你的同事好吗？谢谢了。"

"这……"女服务员有些犹豫，上次雷婉红来调查录像的事情给她的印象很深，这次穿着这么奇怪的衣服，还带着个小孩又来了，实在让人浮想联翩……

"请帮我问一下好吗？他已经失踪两天了，我正带着孩子找他呢！"

女服务员看了看雷婉红，又看了看比诺曹："你是说……这是你的孩子？"

"不，这是他的孩子，请帮忙问一下，谢谢了。"

"哦，好吧！"女服务员接过手机，和身后的同事们交头接耳起来。

片刻之后，雷婉红得到的信息是，没有人见到过李瑞阳来这里。

"谢谢。"雷婉红说完，要了一杯黑咖啡，又给比诺曹要了一个冰激凌，找了个安静的地方坐了下来。

比诺曹已经有很长时间没吃过这么好吃的东西了，看着他那一脸的甜蜜样,雷婉红的心里也美滋滋的。

"还想吃吗?我再给你买一个。"

"不要了,这个很贵吧?"

"傻孩子,你就要成亿万富翁了,还怕什么贵呀!"

"亿万富翁?"比诺曹眨了眨眼,一脸的迷惑。"姐姐你是在说我吗?"

"当然了,刚才你也看到了,你做的木偶在这里很值钱。"

"可是,刚才那个不是我做的呀!"

"没错,不是你做的都这么值钱,你做的就更值钱了。"

比诺曹晃了晃脑袋:"我不明白啊,为什么刚才那个人会说我是什么天才人偶师呢?我的木偶在回旋城根本就卖不出去,要不是遇到了辛蒂我都出不来呢。"

他还是个孩子,什么都不明白。

比诺曹的确是个做木偶的天才,在回旋城里,他的木偶被刻意压低了价格,是为了继续磨炼他。

那些卖出去的木偶果然被带到了这个世界里,甚至连复制品都已经摆上柜台了。

"Fairy Land",这个已经成立了数百年的公司,在幕后操纵着一切。

"Fairy Land",妖精的世界,梦幻仙境……

可艾萨克雷斯的世界并不是童话王国,神奇,但不梦幻。

雷婉红记得,上个礼拜刚刚去世的流行音乐之王,迈克尔·杰克逊就曾经拥有过这么一座叫做"Fairy Land"的城堡。在他成名之后,面对各种的绯闻、谣传、非议,那是唯一能够让他安心的地方。

他真的是上一个《艾萨克雷斯》的拥有者吗?

年仅5岁就登上了舞台,还未成年之前便拥有了4首冠军歌曲,之后,流行音乐史上一个又一个的纪录被他打破,站在如繁星般闪亮的聚光灯下,穿梭在数亿人的尖叫声中的他,内心却还是个孩子。

功成名就、光彩夺目的他,却失去了人生中最为宝贵的东西—童年!就像现在正坐在自己身边的比诺曹一样,他的童年是一片空白。

人的一生总会有无数的遗憾,当得到想要的一切之后,便会拼命去挽回那些无可挽回的东西。

得到的不去珍惜，却把时间耗费在无可挽回的事情上。

人类就是这么矛盾地生存着。

从一出生就注定会有死亡，而死亡，却又是人类最不愿意接受的事情。

《艾萨克雷斯》，这本由黑暗时代末期仅次于艾萨克雷斯的巫师奥图以他名义所著，又被艾萨克雷斯的儿子奥姆芬多所改，最后又被艾萨克雷斯家族历史上最聪明的人法拉重新编写，再经由几个世纪最杰出的天才们续写之后的关于死亡的书里，到底都讲了些什么？

据说达芬奇、牛顿、爱因斯坦这些人在生命的后期都在研究人类的灵魂。这是超越生命的，在死亡之后依然存在，却又是那么的虚无缥缈的东西。

迈克尔·杰克逊在生命的最后十年几乎不怎么离开家门，他是不是也在做着类似的研究。

而他的死却又是如此的离奇，那么的突然……

难道真的是跟那个书有关？

雷婉红又想到此时说不定正蹲在回旋城监狱里的MJ，没有机会听听他所著的曲子，实在是一种遗憾。

也许他的音乐并不像他所描述的那么糟糕，也是受到了像比诺曹一样地压制才会卖不出去。

也许他应该继续坚持下去！

雷婉红一边喝着苦涩的咖啡，一边把飘散的思绪又重新收了回来。

这一切实在太不可思议了，就在3天前，自己还过着千篇一律的普通人的生活，完全想象不到会有如此匪夷所思的事情在等待着自己。

这时，一个年轻俊朗的男人急匆匆地从咖啡厅的大门走了进来，焦急地往左右张望着。

"在这儿！"雷婉红冲他招了招手。

李瑞阳两三下窜到雷婉红面前，一脸的惊喜。

"婉红，你没事吧！你……你怎么这身打扮呀？"

"这你别管，车开来了吗？我想回家。"

"在外面呢，我去结账，你先去车里等我。"

雷婉红点了点头，牵着比诺曹的手走了出去。

"姐姐，那个叔叔是谁啊？"比诺曹好奇地问道。自从回到这个世界之后，雷婉红总感觉他不但是外貌，连心理年龄也比以前小了一些。

"那是姐姐的朋友，他会送我们回家的。"

"回家？是回姐姐的家吗？"

"对啊，你不是说要去姐姐家里看看吗？"

李瑞阳走了过来，这才注意到雷婉红手中牵着的小男孩。

"婉红，这个孩子是谁呀？"

还没等雷婉红搭话，比诺曹抢先说道："叔叔你好，我叫比诺曹，是姐姐的朋友。"

比诺曹的话让李瑞阳有些郁闷。

"为什么她是姐姐，我却是叔叔呢？"

雷婉红瞪了李瑞阳一眼："你先别管这些，赶快把车门打开呀！"

李瑞阳无奈地耸了耸肩，打开了车门。

汽车刚一启动，比诺曹便趴在车窗边东张西望了起来。

李瑞阳一边开车，一边问道："婉红，这两天都发生了些什么事情，你快告诉我。"

"我现在很累，什么都不想说。"

"嗯，"李瑞阳点了点头，"那今天晚上回我家，你好好睡一觉，明天再说，好吗？"

"不用了，我们回我家。"

"还是去我家吧，你们不是两个人吗，你家小，不好住。"

"再小那也是我的家啊！"雷婉红有些生气。"你什么意思呀？我家怎么就不能住人了？"

"不不不，我不是那个意思，"李瑞阳赶紧说道。"好好好，回你家，那明天呢？你还来上班吗？"

"当然上了，不上班吃什么呀？"

"吃我的呀，我养你。"

"你是我什么人呀？我要你来养？"

听了这句话，李瑞阳把方向盘一转，靠在路边停了下来。

"婉红，你到底怎么了？"李瑞阳显得有些紧张。"到底出了什么事？为什么你要这么对我？"

"我怎么对你了？"雷婉红毫不客气地说道。"你停车干吗？不带我们走了是吗？那我们下车！"

说着，雷婉红拉着比诺曹，打开车门就要往外走。

"婉红！"李瑞阳伸手按住了她。"你别生气，我这就开车。"

说完，李瑞阳赶紧发动了汽车。

这一路上，他没敢再说一句话。

雷婉红什么都没问，也什么都没有回答。

这是毕斯特所传授的方法的第一步。

李瑞阳今天晚上肯定会睡不着，他会很努力地去想到底发生了什么事。

因为没有得到任何的信息，所以，有无限种可能性，每一种可能性都去分析、思考的话，只会导致一种结果。

思维混乱！

下车之后，雷婉红对李瑞阳说了声"谢谢"，便带着比诺曹转身离开了。

刚一打开家门，雷婉红便收到了李瑞阳发来的短信。

"婉红，不管你有什么事，我都会尽全力帮你，好好休息，明天见。"

看到这话，雷婉红心中不禁有些不忍。

不过，她还是忍住没有给他回短信，走进房间，关上房门，第一件事就是把身上这件奇怪的衣服给换掉。

比诺曹在客厅中东瞅西看，显得十分高兴。

"姐姐你的家里好漂亮啊！"

雷婉红笑了笑，让比诺曹坐在沙发上看电视，自己则到厨房里开始做起饭来。

好不容易回到了自己的蜗居，还坐着这么一个可爱的小客人，雷婉红的心情也比刚才好了很多。

在玻璃茶几上吃完饭之后，雷婉红和比诺曹又坐在一起聊了一会儿，两个人都感到十分疲倦。毕竟他们是经过了数十个小时的长途跋涉才回到这里来的。

雷婉红把比诺曹安顿在沙发上睡着了之后，自己也回到卧室，却并没有立刻上床睡觉。

打开电脑，在搜索界面上输入了"Fairy Land"的字样。

雷婉红两眼紧盯电脑屏幕，右手不停地在鼠标上敲打着。

从网上提供的信息来看，"Fairy Land"，简称"FL"，公司成立于15世纪初期的意大利，公司成创立者不详，确切成立时间不详，和不同时期最伟大的艺术家都有过合作，拍卖过的千万级的艺术品不计其数。从19世纪开始制作各种顶级艺术品的高仿真制品，这些高仿真品几乎在真品问世的同一时间上市，销量惊人。

对于艺术，雷婉红可没什么研究，她觉得艺术品的价值都是炒作出来的。就拿画来说吧，世界上会画画的，画得好的人太多了，那些没名气的人画的画，在雷婉红眼中并不比一张卖几百万的名画要差。特别是当代的作品，任何一幅画，经过评论家们的精彩点评，画商们的商业炒作，都能成为所谓的名画。

当然，对于真正伟大的，那种一看就能贯穿人心灵的作品，雷婉红还是有感触的。就像比诺曹做的木偶，那绝对是真正的艺术品，只有真正的艺术家才能制作出来的东西。再加上FL公司的炒作，合理的商业运作，在他还没有回到这个世界之前，就已经功成名就了。

在回旋城中低价收购，再到现实世界里高价出售，牟取暴利，这是雷婉红早就想到过的。不过，她原本以为这些被收购的东西会在现实世界里挂上另外一个人的名字出售，作品真正的作者会被一直囚禁在那个世界里作为廉价的艺术劳动力存在。比诺曹在一夜之间卖掉了所有的木偶，凑齐了车费钱；MJ经过漫长地努力却一直毫无建树，最后几近疯狂；而阿尔莎却似乎能够在两个世界里自由往返，丝毫不受限制。

这一切都跟这个叫做"Fairy Land"的公司有关，雷婉红几乎可以肯定，比诺曹，MJ，还有那个世界里的其他人就是被这个公司里的什么人给挑选出来的。

还有，从风铃大街13号公寓楼出来的时候，看到的402号房间里的那位老奶奶的尸体……

当时，雷婉红为了避免不必要的麻烦，转身离开了。之后也一直不愿去想这件事情。现在一个人静了下来，老奶奶那张惊恐的脸又出现在了她的脑海之中。

木头盖子里的纸条上说，让雷婉红去找这位老奶奶，她会把一切都告诉自己。可是，自己刚一回到这个世界，老奶奶就被人杀了。

这绝对不是偶然，是有人故意不让雷婉红见到她。为了保住某个秘密，只能杀人灭口。

竟然已经开始有凶杀案发生了，这让雷婉红害怕。

可是，谁会做这样的事情呢？

毕斯特？

从上次与老奶奶的交谈当中，雷婉红就隐隐约约地感觉到她似乎知道一些关于403房间的事情。

毕斯特的家就在老奶奶对面，为了封锁消息而杀人灭口这种说法是合理的。

可合理的事情并不一定就是事实，在没有确实的证据之前，绝对不能轻易下结论。

不管怎么样，可以确定的是，这个"FL"公司肯定知道不少的事情。

雷婉红又在网络上查找出FL公司中国分公司的地址，令她吃惊的是，这家公司的办公楼竟然就座落在自己公司的旁边。

在雷婉红的印象当中，那座只有8层高的大楼应该是属于一个叫做"永飞"的快递公司啊，自己还进去过几次，怎么可能是……

一提到快递公司，雷婉红立刻就联想到寄书给自己的那个叫做"荒落"的公司，FL的办公楼竟然就在自己公司的旁边，还打着一家快递公司的旗号，这之间肯定是有联系的。

李瑞阳说不定知道些什么。

雷婉红拿起电话，准备给李瑞阳打电话……

还是算了，明天再说吧。

她一定要把这一切弄个水落石出。

关上电脑，躺在床上，因为实在太累了，很快便进入了梦乡。

还剩下4天的时间，如果那本书真的还留在这个世界中的话，就必须要找到它。

第二天早晨，雷婉红醒来的时候，比诺曹已经为她做好了早餐。

小米粥，一个煎鸡蛋，简单却温馨。

"姐姐，"比诺曹一边吃饭，一边说道，"我想要回家了。"

"你知道怎么回去吗？"

比诺曹摇了摇头。

"你家在哪儿呢？"

"在大树村。"

"大树村又在哪儿呢？在哪个城市，哪个区，哪个县？"

比诺曹摇了摇头。

雷婉红笑了，摸了摸他的头，"再陪姐姐几天，我有办法送你回去。"

"嗯，好。"

雷婉红看了看时间，刚好7点半，她略为收拾了一下，带着比诺曹出门去了。

刚一下楼，就发现李瑞阳那辆银白色的奥迪Q7正在门口等着她。

"婉红，"李瑞阳从车里走了出来，微笑着说道，"怎么样？昨天休息得还好吗？"

"嗯，还可以。"雷婉红冷冷地说回答道。

"那就好，来，我送你去公司。"李瑞阳说着，拉开了车门。

雷婉红也不多说，拉着比诺曹便坐了进去。

"瑞阳，"汽车刚一启动，雷婉红便开口问道，"你知道咱们办公楼旁边那个永飞公司吗？"

"当然知道了！"一听雷婉红主动跟他说话，李瑞阳乐坏了。"怎么你有事吗？我跟他们经理很熟，有什么事招呼一声就行。"

"嗯，"雷婉红点了点头，又继续问道，"那你知道那栋办公楼里还有别的什么公司吗？"

"知道啊，那个什么，FL，你知道吧，Fairy Land，在那栋楼里租了一层，也在里面办公。"

"你知道？"雷婉红有些诧异。"为什么我一直都不知道呢？这么大的公司竟然会租用别人的办公楼？"

"咳，FL公司是大，不过业务少啊！除了拍卖就是一些高仿艺术品的销售，公司只发货给固定的零售商，根本不需要拉业务，也拒绝一切上门搞合作的，而且这里只不过是他们在这个城市里的一个办事处而已，一层楼办公完全够了。"

"嗯，"雷婉红点了点头。"那你认识那公司里的人吗？"

"这……"李瑞阳显得有些无奈，"你知道FL在全世界的影响力，咱们公司也想跟他们合作，我去谈过一两次，不过，都被赶出来了。"

"被赶出来了？"雷婉红有些不太相信。"你都没有办法吗？"

"你就别说了，"李瑞阳苦笑道，"你是了解我的，咱们公司的那些事情，只要我出马就没有办不成的，不过，哎……对那帮人我是真没办法，一点办法都没有。"

"哼哼！"雷婉红意味深长地笑了笑。"我今天不想上班了，你送我去他们公司。"

"啊？"李瑞阳吃了一惊："你想干什么？"

"这你别管。"

"那……我陪你吧！"

"不用，你去人家都不搭理你，而且也不方便我办事。"

李瑞阳愣了愣，盯着前方十字路口处那一闪一闪的交通灯，沉默片刻之后，开口说道："婉红，你变了。"

"怎么变了？"

"变得比以前更独立了，"李瑞阳说道，"但是对我也更冷淡了……"

"冷淡？哼！你自己干过什么事情自己知道。"

"你这话什么意思呀？"听了雷婉红的话，李瑞阳有些急了。"我干什么了？这两天你都把我给急死了，我到处找你，连班都没上，差点就去报警了。"

"瑞阳，"雷婉红冷冷地说道，"我现在什么都不说，就是等你主动告诉我，如果你还这么跟我装傻的话，那……"

"婉红！"李瑞阳也有些生气了。"我到底怎么了？你说清楚点行吗？如果我真的做错了什么，你告诉我，我改，你这么对我算是什么意思呀？"

如果是以前的雷婉红听到这样的话，恐怕就会心软了。不过这次，她是铁了心要逼出点什么东西出来。

李瑞阳是个很聪明的人，跟他玩智力游戏雷婉红一点胜算都没有，唯一的办法就是利用他对自己的爱去逼迫他说实话。如果这都不行的话就说明李瑞阳对自己的爱也是假的。

这就是毕斯特告诉她的办法，如果这一招也不行的话，恐怕就真的没有办法了。

雷婉红可以确定李瑞阳有事瞒着她。第一次来风铃大街时，他说一直坐在咖啡厅里等她，可是中途却消失了这么长的时间。而这两天他虽然口口声声说自己一直在找她，如果是真的，他肯定会去那家咖啡厅询问，那里的服务员不可能一点印象都没有。

发来的那17条短息似乎可以证明他的确是在寻找自己，不过，那种东西太容易伪装了，雷婉红怀疑这两天的时间里，李瑞阳说不定也在艾萨克雷斯的那个世界里。说不定他已经把真的书带进了那个世界。

如果那本书不是由自己而是由别人带进去的，又会有什么样的后果呢？

毕斯特非常可疑，李瑞阳同样很可疑。这两个人之中至少有一个人在撒谎。

关于这些事情，雷婉红有很多种猜测，但是她什么都不会说，一定得沉住气。

李瑞阳很聪明，也很了解雷婉红。当他看到雷婉红有如此大的变化之后，是不可能无动于衷的。他会去思考，而且很快就能发现自己到底在哪儿留下了可能让雷婉红抓住的破绽、把柄。但是雷婉红什么都不问，也什么都不说，要怎么样才能消除她对自己的怀疑，到底应不应该把事实告诉她，光是这些事情就够得他去思考了。

自己什么都不去想，把所有该思考的问题都抛给对方，见招拆招，这样一来，就能把主动权牢牢地掌握在自己手里。

当然，也许事情的发展并不如雷婉红预想的那么顺利。毕斯特所说的7天期限，现在只剩下4天了。

书的事情先放一放，等把FL公司的事情弄清楚了再说，说不定在这个过程当中还能发现一些新的信息，帮助自己更加全面地去思考。

雷婉红就是这样计划的，所以现在，不管李瑞阳是真无辜还是假糊涂，她都不会轻举妄动。她得向阿尔莎学习，不管发生什么事情，不管心里怎么计划怎么想的，表面上什么都看不出来。

"就当我什么都没说行了吧，"雷婉红漫不经心地说道，"总之你带我们去我们想去的地方就好了。"

"行！"李瑞阳也不多说，把车开到永飞公司的办公大楼前停了下来。

雷婉红领着比诺曹从车上下来，跟李瑞阳说了声"谢谢"之后，便大步流星地往里走。

两人坐着电梯直接上了8楼，刚一出电梯门，便看见一个身材魁梧的保安站在过道上，十分警惕地注视着他们。

"你好，"雷婉红大方地走了过去。"我找你们经理。"

保安轻蔑地看了他一眼："有介绍信吗？"

"没有！"

"对不起，没有介绍信，谁都不能进入。"

雷婉红也不生气，从手提包中拿出比诺曹做的那个木偶："你拿着这个去找你们经理，我想他会感兴趣的。"

从雷婉红手中接过木偶之后，保安顿时愣住了。他看了看雷婉红，又看了看手中的木偶，开口问道："这个东西，你是从哪儿弄来的？"

雷婉红笑了笑："这可不能告诉你，得等我见到你们经理才能说。"

在略微迟疑之后，保安突然"哈哈"大笑了起来。

真是莫名其妙！

"您就是弗洛伊德小姐吧，刚才真是抱歉！"

听了这句话，就算雷婉红再怎么心如止水也不由得吃了一惊！

"请进吧，两位，"说完，保安把两人带到了一间宽敞的办公室中，倒了两杯水放在桌上，"请稍等一下，我们经理马上就到。"

保安离开之后，雷婉红打开窗户，探出头往楼下望去，李瑞阳的车还停在门口。

他是不是也跟着上楼来了？

那个保安竟然能叫出自己在那个世界名字，仅凭这一点，雷婉红至少能够得到两个信息。

第一，FL公司的确跟那个世界有着密切的联系；第二，自己从回旋城逃走的消息已经传开了，甚至都已经蔓延到了这个世界。

不管怎么样，在这个世界里，没有什么是值得害怕的。

这时，房间的门被推开了。

"让你们久等了，真是抱歉。"

一个身材高大，穿着笔挺的西服，满脸笑容的男人走了进来，在雷婉红他们对面的椅子上坐下。

雷婉红又吃了一惊。

进来的不是别人，正是一分钟前从房间离开的那个保安。

"我就是这里的经理，王新凡。"

"你说你就是这里的经理？"雷婉红有些不敢相信他说的话。"你不就是刚才那个保安吗？"

"没错，"王新凡点了点头，"我是这里的经理，也是保安、清洁工、打字员、业务员、财务部长……"

"你的意思是……这里就你一个人？"

"是的。"

"这怎么可能？这么大的公司，就只有你一个人在这里工作？"

"因为这里只需要一个像我这样的人就足够了，有多余的人只是资源浪费，而且还有可能泄露公司机密。"

"什么叫做'一个像你这样的人？'"雷婉红问道。"你是什么样的人？"

王新凡指了指比诺曹："我是一个和他一样的人。"

"你是指……你和他一样，都是从那个世界里出来的人？"

"不不不，我可不是那个意思，"王新凡笑了笑。"能够从那个世界里回来的人很多，可并不是每个人都像我和他一样。"

雷婉红并没有追问下去，倒是一旁的比诺曹兴奋地问道："叔叔你也是个木偶师吗？"

"木偶师？不不不，"王新凡对比诺曹说道，"我可不是木偶师，这个世界上也没有比你更棒的木偶师了。"

"真的吗？"听了王新凡的赞扬，比诺曹显得非常高兴，不过很快又皱起了眉头，"可是我的木偶都没有人喜欢，要不是辛蒂……"

王新凡笑了笑，转过头来对雷婉红说道："你到这里来找我有什么事情吗？弗洛伊德小姐。"

"没什么事，我就是想来看看。"

"哦，"王新凡双手一摊，"现在你都看到了，感觉怎么样？"

"没什么感觉。"

"没什么感觉？"

"经历了这么多事情，已经见怪不怪了。"

"说得没错，"王新凡点了点头，"未知的东西总是那么的神秘而可怕，可一旦它变成了已知之后，一切也就变得平常了。"

"已知？不！对于我来说还有很多都是未知的。比如，这间公司到底是怎么来的？你们为什么会做这样的事情？"

"这间公司的来历吗？"王新凡笑了，"我还以为你什么都知道了，所以才会带着比诺曹来这里。"

"我了解的东西太少了，很多事情都只能靠猜测，所以，希望你能把你所知道的一切都告诉我。"

"原来如此，你是来打听情报来了，"王新凡站了起来，走到窗边，往下看了看。"这些事情，与其问我，倒不如问你们经理。"

"我们经理？你是说李瑞阳？"

"没错，他知道的应该比我要多。"

"为什么你会这么说？他跟这事有关系吗？"

"当然有关系了，别忘了，他是艾萨克雷斯的后代啊。"

"就算他知道一些东西，也不愿意告诉我呀！"

"那我就愿意告诉你了吗？别忘了我们今天才第一次见面而已，你觉得我有可能将公司的机密泄露给你知道吗？"

"你不愿意说就算了，我会找人来查的。"

"找人来查？"王新凡显得有些吃惊。"查什么？你以为你是第一个有这种想法的人吗？这600年来，有多少人知道《艾萨克雷斯》的存在？"

没错，如果能查到的话，艾萨克雷斯的事情早就已经曝光了。

雷婉红想了想，又接着说道："那么，如果我用一些我知道的情报和你交换呢？"

"你知道的情报……"王新凡又笑了，"我想应该没有什么是你知道而我却不知道的事情吧！"

"那可未必。没试过你怎么知道呢？你先问我一个你最想知道的事情，看看我能不能回答你。"

在少许的沉默之后，王新凡开口说道："建议倒是不错，不过，你不觉得,有些事情还是少知道一些比较好吗?"

雷婉红在心里笑了。

王新凡的话说得的确没错,不过,人都是有好奇心的,越是神秘和未知的事情越想弄个水落石出,王新凡刚才说话之前那片刻的沉默,已经足以说明他内心的彷徨和犹豫了。

有的东西需要的只是一个契机,既然王新凡不愿意主动提问,那么,就让自己来提供这个契机吧!

于是,雷婉红先开口问道:"你知道奥图是谁吗?"

"当然知道了。"

"你真的知道吗?"为了引起王新凡的注意,雷婉红又故意把内容重复了一遍。

果然,又经过短暂的沉默之后,王新凡才开口说道:"你到底想问什么?奥图的事情很多人都知道的,并不是什么大不了的秘密。"

"是吗?"雷婉红笑了笑,缓缓地说道,"奥图是黑暗时代末期仅次于艾萨克雷斯的巫师,在黑暗时代最后的战役中,由于艾萨克雷斯的背叛,集中在克尔雷森堡的所有人连同整个城堡一起被转移到了一个时空扭曲的世界里。这是一个什么都没有的世界,所有人都把希望寄托在奥图身上,希望他能够……"

"这些事情我已经知道了,"王新凡打断了雷婉红的话。"实际上,在来到那个世界之后,奥图的能力已经超过了艾萨克雷斯,他是那个世界真正的创始者。"

"是吗?"雷婉红又笑了,她每笑一次,都能清楚地看到从王新凡眼中透露出的心理上的微妙变化。

"你知道奥图最讨厌的人是谁吗?"

"艾萨克雷斯。"王新凡不假思索地回答道。

"那你知道奥图最好的朋友又是谁吗?"

"这我不知道了!也不想知道。"

"如果我把这个人的名字告诉你也许你就想知道了。"

听完这句话,王新凡什么都没有说。他的兴趣已经被勾了起来,但又不好开口询问,不说话就是希望雷婉红能够继续说下去。

"艾萨克雷斯！"

"你说什么？"王新凡果然按捺不住了，吃惊地问道，"你说奥图是艾萨克雷斯的朋友？别开玩笑了，他跟艾萨克雷斯之间是有杀兄之仇的。"

"我可没心思跟你开玩笑，"雷婉红拿起桌上的水杯，喝了一口，又继续说道，"奥图根本就没有去过那个世界，更加谈不上什么创世者了。"

听了这句话，王新凡的脸色都变了。对于他来说，这绝对是一个天大的秘密。

"想知道到底发生了什么事吗？"

王新凡没有回答，皱着眉头思考了起来。

王新凡不傻，他很清楚雷婉红想要干什么。不过，被那个世界里的人当做是创世主的奥图竟然从来没有去过那个世界！就算这个故事是编出来的，也值得一听。

"你想问我什么？"王新凡开口问道。

"关于'Fairy Land'的一切，谁成立的这个公司，它的目的到底是什么？和那个世界有着怎么样的联系？"

"就这些吗？"

"就这些。其他的事情，你还没我知道得多呢！"

听完这话，王新凡大笑了起来。

"也许你是知道一些事情，但不一定是事实。而我知道的事情全都是真的。"

雷婉红也笑了。

"这话你还是等到听完奥图和艾萨克雷斯之间的事情之后再说吧！"

"好、好、好！"王新凡连说了3个好，雷婉红的话已经把他的好奇心给紧紧地抓住了。

"Fairy Land公司的创始人，你这么聪明都猜不到吗？"

"是法拉吗？"

王新凡点了点头，在桌子上写下了"FAIRY LAND"这几个英文字母："你看，"他分别指了指这两个单词的前两个字母，"这是什么？"

"Fa……La……"雷婉红在口中呢喃着，突然一惊，"法拉！这……这是……"

"没错。"王新凡肯定道："FAIRY LAND这个名字就是法拉想出来的，他把自己的名字巧妙地隐藏在了公司的名字里，真不愧是个搞恶作剧的天才。"

雷婉红深深地吸了口气，她觉得相对于艾萨克雷斯来说，法拉才是最应该关注的人。

发现了家族的秘密，能从自己哥哥手中把书偷走，证明了他的观察力；拿到了书却没法看，一等就是数十年，证明了他的耐心；无意中发现了艾萨克雷斯的世界，说明他有运气；看到书的内容之后能毫无顾忌地把书给毁掉，说明他绝不墨守成规；进行对于死亡的研究，说明他具有探索未知的精神；为了将研究成果流传后世而精心设计出的游戏，表现出了他邪恶与好玩的一面；最后，创立了Fairy Land这个以寻找和包装天才为主业的公司，并且一直到现在仍然按部就班地存在着，证明了他的气魄以及管理和控制能力。

这是一个身上没有任何束缚，思想绝对自由的人，真正意义上的天才。他的才能也许比不上艾萨克雷斯，不过，艾萨克雷斯的心理被太多太多的东西给缠绕束缚着，再加上身在黑暗的时代，使得他根本就没有办法按照自己的想法来做事。

实际上，在确定了"Fairy Land"是由法拉创立的之后，其他的事情已经不必再问了。

雷婉红指了指在一旁瞪着眼睛，完全不知所云的比诺曹："接下来，你们准备怎么对待他呢？"

"对于他……该做的事情我们已经做完了，剩下的，该怎么样，想怎么样就得看他自己了。"

王新凡说完，从口袋中拿出一张早已准备好的支票，放到比诺曹面前："这些钱都是公司以你的名义挣来的，从今以后我们和你再没有任何关系，何去何从，自己看着办。"

看着这张价值3000万的支票，比诺曹简直都傻了。

雷婉红也傻了！

3000万可不是一个小数目啊！对于一个才10岁的小男孩来说，这笔钱简直就等于整个世界。

王新凡又继续说道："这些钱里有2000万是拍卖那8个人偶得到的，剩下的1000万是这几个月里华尔兹娃娃的销售利润，公司已经收取了10%的经营管理费用。我们本来准备等你回家之后再联系你，从此以后，那些复制品将全部停产，我们也不会再见你了。"

8个木偶娃娃，在不到一年的时间里就挣了3000万……

"你在回旋城里到底卖出去了几个木偶？"雷婉红问道。

"我……"比诺曹仍然没能回过神来，愣愣地瞅着手中的支票，半天说不出话来。

"说呀！到底卖出去了几个？"

"我……我把剩下的……都卖给辛蒂了。"

"之前呢？之前卖出去几个？"

"之前……之前我不记得了，有好几十个吧！"

"几十个？"雷婉红皱了皱眉，又问王新凡道，"你说你们公司只买了8个，那剩下的呢？都被别人买去了？"

"当然了，那是个自由的地方，买卖是很平常的事。"

"你们不怕这些东西被别人买去之后，拿到这个世界来牟取暴利吗？"

"这根本不用担心，被我们选中的人绝对不是那种见钱眼开的人，进入回旋城里的人，等到真正有实力出来的时候，这几个小木偶算得了什么？"

"只要在两个世界里来回走动，低价收购，天价卖出，这么好的事情，我想就算再视钱财如粪土的人也会动心的。"

"在两个世界里来回走动？哈哈……哈哈哈哈哈……"

一阵狂笑之后，王新凡才继续说道："你以为这是那么容易的事情吗？要想从这个世界回去，比从那个世界里出来要难得太多了。"

"你什么意思？"王新凡的话让雷婉红想起了她心中的另外一个疑问，"到底怎么样才能进入那个世界？每一个进入那个世界的人都在一觉醒来之后就莫名其妙地来到了那个世界，这到底是怎么办到的？"

"这个……我可不能告诉你。"

"你不想知道奥图的秘密了吗？"

"我想知道，不过，我还是不能告诉你。"

"为什么？"

"因为我自己也不知道。"

"你也不知道？"雷婉红皱了皱眉，"那你怎么知道从这个世界回去，比从那个世界里出来要难得多呢？"

"很简单，我在回旋城待了1年就出来了，可是我回来之后都待了12年了，却仍然找不到回去的方法，这还不能说明问题吗？"

"你是说，你从回旋城离开之后，就再也没有回去过了？"

王新凡点了点头："就算我现在为FL公司工作，也依然打听不到任何可以回去的办法，现在我都有点想要辞职回家干我的老本行去了。"

雷婉红这下算是听明白了，怪不得他刚才会说自己是和比诺曹一样的人，当初，当他依靠某种天赋回到这个世界的时候，也去了FL公司的某间办公室，也得到过一笔钱。而他在这里工作的目的只有一个，就是希望有朝一日能够回到那个世界去。

"那关于我的消息你又是怎么知道的呢？"

"这是上面发过来的信息。你也不必再问了，我知道的就这些，其他的事情我也想知道。"

雷婉红点了点头："好吧，那我也只能告诉你，艾萨克雷斯就是奥图，奥图就是艾萨克雷斯。"

"你是说他们两个其实是一个人？"王新凡惊讶道。

"不是，"雷婉红意识到自己的话存在歧义，立刻解释道，"我的意思是说，被当做背叛者的艾萨克雷斯其实是奥图，而与克尔雷森堡一起消失的奥图其实才是真正的艾萨克雷斯。"

"这是真的？"

"是的。"

"如果真是这样，那本书岂不就是……奥图写的！"

"没错，艾萨克雷斯本人根本就没有写过什么书。"

"是吗？"王新凡皱了皱眉，"这可真是奇怪了。"

"我说的都是真的，你不相信也没办法。"

"我不是不相信，只是……"

"只是什么？"

"只是……"王新凡咬着牙齿，似乎在拼命地思考着什么事情，表情也变得越来越严肃。

他站了起来，在房间里来回走动着，显得越来越不安。

　　突然间，他停住了脚步，从嘴边轻轻地抖出一句令人震惊的话。

　　"难道说……法拉把书给调换了？"

　　"把书给调换了？"雷婉红皱了皱眉："为什么这么说？"

　　"据我所知，由艾萨克雷斯本人所写的那本书，相传至今，一直都在其后人手中，而法拉在来到这个世界之后，找到了奥图留下的一本书，最开始根本就不叫这个名字，是法拉把它的名字改成了'艾萨克雷斯'。"

　　"你说的是那本关于死亡的书吗？"

　　"关于死亡的书？"王新凡愣了愣。"那本书是关于死亡的吗？"

　　雷婉红知道自己说漏嘴了，只有历代《艾萨克雷斯》的拥有者以及法拉的后代们才知道那本书是关于死亡的研究。

　　"不是吗？"雷婉红装糊涂道，"我不记得是谁告诉我的，我也觉得不太可能。"

　　"嗯！"王新凡似乎并不在意，继续说道，"关于《艾萨克雷斯》的传闻太多了，实际上，根本就没有人知道它到底写的是什么。"

　　雷婉红点了点头："没错，可你说法拉把书给调换了，到底是什么意思？"

　　"不应该说是调换，如果在那个世界里的奥图真的是艾萨克雷斯的话……那么法拉得到的书……就是真的《艾萨克雷斯》，而现在其后人家里存放着的那本书才是奥图写的。"

　　雷婉红听得有些糊涂了！

　　王新凡所知道的故事显然和华欣告诉他的不一样，这很正常，因为华欣是法拉的后代，所以他知道事情的真相。

　　李瑞阳家中的那本《艾萨克雷斯》，如果加上王新凡所说的这种版本，那么一共就有三种可能了。

　　第一，那是一本被法拉调换过的，彻彻底底的假书；第二，那是奥图版的《艾萨克雷斯》；第三，那就是艾萨克雷斯本人所写的书。

　　而法拉手中得到的那本《艾萨克雷斯》也有三种可能。

　　第一，那是他从波尔兰特手中偷来的，由奥图所写，奥姆芬多所改的《艾萨克雷斯》；第二，那是法拉到这个世界之后找到的由艾萨克雷斯本人所写的书；第三，那还是奥图所写，但内容已经被法拉改换过的《艾萨克雷斯》。

看来除了法拉的后人之外，没有人知道法拉偷书的事，都以为法拉手中的书是在那个世界里找到的奥图的遗物。

而波尔兰特的后人，包括李瑞阳在内，都不曾听说过自己祖祖辈辈遗传下来的《艾萨克雷斯》被人给调换过这种事情，波尔兰特以书本受过诅咒，后人绝对不能看这样的理由来掩饰自己丢书的过失……

华欣说自己在寻找艾萨克雷斯的遗物……而他所知道的事情是法拉告诉其子孙后代的……而法拉又是一个爱搞恶作剧的人……

把这三点联系起来，雷婉红做出了一个大胆的推测。

法拉在对他的后人撒谎！实际上，他手中的那本书是他在那个世界里找到的真正的艾萨克雷斯的遗物，根本不是自己所写的什么关于死亡的研究，他说不定连从自己哥哥手中偷走书这样的事情都没有做过！关于艾萨克雷斯和奥图之间的事情，是他在见到了真正的《艾萨克雷斯》之后，由书中的内容推论到的。

雷婉红相信，世界上的任何东西，都不应该被称之为绝对的未知，不管是宇宙之外，还是生死之道，这些现在看起来似乎完全空白的东西，总有一天会被人类的创造力和想象力给征服。

就像对于1000年前的人来说，电器、网络、克隆，这样的事物，是绝对是不可想象的一样。世界上没有绝对，但却存在无限接近于绝对的东西。

《艾萨克雷斯》，这本在同一时间里只可能有一个人能看到的书，对于剩下的人来说，就是无限接近于绝对的未知。

这本书的真实内容应该是更加让人难以想象的东西。

除了亲眼看过《艾萨克雷斯》的那几个人之外，没有人知道事情的真相。

不，有一个人很有可能知道。

毕斯特！

这个住在两个世界连接点处的男人，到底是什么人？到底在做着什么？

王新凡这里已经不可能再得到什么有价值的信息了，没有必要继续待下去。

雷婉红站了起来："好了，我们要走了！"

"走？"王新凡显得有些意外，"你要到哪儿去？"

"这不用你操心。"

说着,雷婉红拉着比诺曹就往门口走去。

王新凡也不多说,跟在雷婉红身后,当雷婉红拉开门的一瞬间,他猛地一伸手将比诺曹推了出去,然后关上门,挡在雷婉红身前。

雷婉红被这突如其来的情况弄得有些回不过神来,战战兢兢地问道:"你……你想要干什么?"

"干什么?呵呵!"王新凡冷笑着,一步一步地朝着雷婉红逼进。

门外传来比诺曹疯狂的敲门声,面对着这个身材魁梧、浑身是劲的男人,雷婉红一点办法都没有,只能一步步地后退。

退无可退,雷婉红背靠着窗户停了下来。

"你到底想干什么?"雷婉红大声叫道。

王新凡的脸抽搐着,显得十分的兴奋:"你可不能走,我可不会放你走。"说着,他伸出一只手,轻轻地抚弄着雷婉红的脸颊。

雷婉红感到一阵恶心,扭过头,一脚踢在王新凡的腿上……

王新凡连一点反应都没有。

"你这个疯子,给我滚开!"

"哈哈哈哈……"王新凡得意地哈哈大笑了起来,"你知道今天我看到你的时候是多么地激动吗?本来我还准备去找你,谁知你自己撞上门来了,原来世界上真是有天上掉馅饼这样的好事发生,哈哈哈哈……"

雷婉红简直快要疯了,这家伙到底是怎么了?刚才还是好好的,为什么现在……

"只要能够抓住你,也许我就能和你一起回到那个世界去,这可是我一直以来的梦想啊!我都快要控制不住……"

王新凡的话还没有说完,只听见身后"哐当!"一声巨响,房间的门被李瑞阳给撞开了。

"婉红!这……"看到眼前的这一切,李瑞阳二话没说,跳起来对着王新凡的脸便是一拳!

王新凡遭到了一场狂风暴雨的侵袭,等暴风雨停止之后,他早就已经不省人事了。

李瑞阳大口大口地喘着气,"婉红,你……"

他的话还没说完，便被雷婉红拉着离开了。

关上房门，雷婉红摸了摸站在门外的比诺曹那无比紧张的脸。

"快走！"

他们没有坐电梯，而是顺着楼梯一直往下飞跑。

她依旧是惊魂未定，要不是李瑞阳及时出现，真不知道会发生什么事情。

原本以为回到了这个世界之后就能松口气了，没想到事情反而变得越来越扑朔迷离了。

现在自己身边唯一能够信赖的，可以保护自己的，就只有李瑞阳一个人了，已经不能再对他沉默不语了！

十一、改变事实

从一开始,雷婉红就没有想过要让李瑞阳帮助自己。

从最开始,她就总是有意无意地跟他保持着距离。除了上下班坐坐他的车,偶尔上街买一两件不会太贵的衣服,吃个便饭之外,她几乎不会让李瑞阳再帮自己做什么事情了。

她是一个自理能力很强也很独立的女人。对于男人,她并没有太多的依赖感,即便是对于她的初恋情人华欣,雷婉红也从来没有想过要依靠他来帮自己去实现梦想这样的事情。对于李瑞阳……两个人的关系一直也都处于恋人与朋友之间。

不知道为什么,对于李瑞阳,她心中总是有一种很奇怪的排斥感。这种感觉并不是一直存在着的,可当它一出现的时候,就强烈得让人难以忍受。

李瑞阳对她真的很好,这是无可否认的事实。可是,越是这样,就越让雷婉红觉得难以适从。能够对自己的任何任性、无理取闹的言行毫不在意,一点不生气……想起来连她自己都觉得有些不可思议。

"这些都是装出来的。"

这是她经常会有的想法。

可是现在……她的想法似乎有些不一样了……

"这到底是怎么回事?"在雷婉红家中的小客厅里,李瑞阳近乎咆哮地问道。"你到底是在干什么?到底想要干什么?到底发生了什么事?为什么你总是把我当外人一样看待,有什么话不能对我说的?我真不明白,你到底在想什么呀?"

雷婉红有些惊呆了。刚才回家的那一路之上,李瑞阳什么都没有问,一句话都没有说，刚一进屋，竟然……

"婉红，你听我说！"李瑞阳突然按住雷婉红的肩膀，十分严肃地说道，"在你身上到底发生了什么？你一定要告诉我，不然你哪儿也别想去。"

"你这是在威胁我吗？"

"对！我就是在威胁你！如果有需要的话，我还会把你给关起来。"

"你以为你是谁呀？你凭什么这么做？"

"我……"李瑞阳一时语塞，无奈地叹了口气，耐心地说道，"婉红，现在可不是跟我发脾气的时候，刚才要不是我预感着要出事，一直在门口等你的话，说不定我又见不到你了。"

他说得没错，这雷婉红自己也知道。

"你快说呀！这两天的时间里，到底都发生了些什么？"

"呼……"雷婉红吐了口气，终于开口问道，"我问你，那天在咖啡厅，我离开之后，你去了什么地方？"

"你说的是哪天呀？"

"就是我们第一次去风铃大街的那一天，你说你在咖啡厅等我，可我刚一出门，你就也跟着出去了，一直到我回来前的两分钟，你才又回到那家咖啡厅，若无其事地装作一直在那里等我。"

"这……"

"快说啊！你到底去哪儿了？"

"我去……"李瑞阳托着下巴想了想，"我哪儿也没有去呀！"

"你哪儿也没有去？"

"你不相信？"李瑞阳皱了皱眉，"我一直坐在那里看报纸，直到你回来我都没有离开过，你怎么说我……"

"别装傻了，我是有证据的。"

"你有什么证据？"

"我查看过咖啡厅里的录像。"

"录像？哈……"李瑞阳笑了，"原来你一直在怀疑我，你以为是我把那本书给偷了？"

"难道不是吗？到了现在你还想要骗我！"

"我没有骗你！"李瑞阳斩钉截铁地说道。"我那天的确没有离开过，更没有偷你的书。"

"那录像里看到的怎么解释?"

"你确定录像里的那个人是我?"

"当然确定!"

"你真的确定吗?"李瑞阳一脸的严肃。"你再想想,你在录像里看到的那个人,真的是我吗?"

"这……"雷婉红有些犹豫,想了想,回答道,"这我倒没有看到,是前台那个服务员告诉我的。"

"那这样吧,我现在跟你过去,把这事弄清楚。"

李瑞阳说完站了起来,被雷婉红一把抓住。

"你这么着急干吗?我现在不想去。"

"你……"李瑞阳有些急了,"不行,我们现在就去,我可受不了这样的感觉。"

"我说了,我现在不想去,"雷婉红把手一甩,"要去你自己去吧。"

"我自己去?我自己去有什么用?回来你还会认为我是在骗你。"

李瑞阳显得有些激动,被自己心爱的人所怀疑、误解,的确是一件让人难以忍受的事。

即便没有,也得装做是这样。

雷婉红叹了口气,伸出手轻轻地抚在他的脸颊上,温柔地说道:"好了,瑞阳,别这样,坐下来,我把这两天发生的事都告诉你。"

"这些待会再说,现在我们……"

话刚说到一半,李瑞阳的手机响了起来。

"喂……我在家里……我现在有事,你让别人去办吧!"

还没等那头的人把话说完,他就把电话挂了。

"怎么了?"雷婉红问道,"工作上的事?"

"是啊,今天本来约了个客户,别管他了,咱们走吧!"

"不,瑞阳,你还是去忙工作上的事吧,我自己去一趟证实一下就行了。"

"你自己去?可是……"

"你要跟着我一起去,万一你要什么花招怎么办?所以还是我自己一个人去的好。"

"但是……"这时,他的手机铃声又响了。

"喂……我这边有事走不开啊……"李瑞阳一边接电话,一边看着雷婉红,后者对他点了点头。

"好吧,我马上过来,你叫小张先应付一下。"

挂上电话,李瑞阳把车钥匙交给雷婉红:"婉红,你开我的车去吧,快去快回,我下午就回来,晚上我们好好聊聊,你一定要相信我。"

说完,李瑞阳在雷婉红额头上亲了一下,拿上外衣和公文包,离开了。

李瑞阳刚一离开,雷婉红便像泄了气的皮球似的瘫倒在沙发上。

她深深地吸了几口气,好让自己的心尽量平静一些。

就在刚才,李瑞阳斩钉截铁地否认了那个绝对的事实的时候,雷婉红的脑子里突然生出一个十分可怕的想法。

不,不能说是可怕,应该说是……令人绝望!

雷婉红不敢再继续想下去了,汗水已经浸透了她的衣衫。

"小曹!"她大声地叫道,"快过姐姐这里来。"

听到雷婉红这尖得出奇的声音之后,在另外一个房间里看电视的比诺曹赶紧跑了过来。

"什……什么事啊?姐姐。"他显得有些害怕。

雷婉红勉强对他笑了笑,伸出手:"来,扶姐姐起来。"

"哦。"

借助着比诺曹那微小的身躯,雷婉红才勉强支撑起自己的身体。

她用手使劲捶打着自己的胸口,又用力拍了拍自己的脸之后,一把抓起放在茶几上的车钥匙。

"走,陪姐姐出去一趟。"

推论也好,猜想也罢,都需要用事实来证明。

不管怎么样,先去证实一下究竟是什么样的"事实"吧!

第二天,雷婉红是被手机铃声给吵醒的。

是李瑞阳打来的。

"婉红,我在门口,快给我开开门。"

时间才早上6点半,雷婉红看了看在她身边还在熟睡的比诺曹,小心翼翼地下了床，抓起放在床头柜上的外套披在身上，往门口走去。

"婉红，昨晚睡得好吗？"李瑞阳显得十分高兴。

"嗯，还可以。"雷婉红冲他笑了笑："如果不是这么早就被你给吵醒的话就完美了。"

"哈哈，对不起对不起，我实在太高兴了，听了昨天晚上你在电话里对我说的话，哎，我当时就想过来找你了，要是有我陪你一起睡的话，那可就不是完美这么简单了……"

"你说什么呢！"雷婉红瞪了他一眼，"比诺曹还在我屋里睡觉呢，你要不要脸啊！"

"不是吧，你……你怎么让他陪你睡觉啊……真是太浪费了……"李瑞阳越说越得意了起来，"婉红，你让我受了这么大的不白之冤，现在一切都澄清了，你可得好好补偿我啊！"

"唉……"雷婉红无奈地叹了口气，"我说你啊，不要这么轻浮好吗？我不喜欢！"

"是，是，是，我错了，我是太高兴了，我得意忘形了，我改，我一定改。"

看着李瑞阳那副小孩子似的模样，雷婉红不禁"扑哧"一下笑出声来。她探过身去，在李瑞阳的脸颊上轻轻地亲了一下。

"好了，已经补偿你了啊！"

"这样就算补偿我了？至少你也得……"

"好了，别闹了！"雷婉红突然变得严肃起来。"你给我正经点好吗！还有很多事我要跟你商量呢！"

"好，只要你相信我就好，放心吧，有我在，世界上就没有事值得你担忧的。"

这话又让雷婉红一阵感动。

自己真的是冤枉他了，真的太对不起他了。

不过这也不能怪她自己，因为有些事情是她根本想象不到的。

昨天下午，带着比诺曹去风铃大街想要证实自己猜想的她，可结果完全在她的意料之外。

录像并没有被删除，依然保存在咖啡厅的监控电脑里，里面的内容也跟雷婉红当天看到的一模一样。

不过，那段视频……竟然是假的！

没错，从另外一个离得较远的摄像头所拍摄到的视频来看，李瑞阳确是如他所说的一样，完全没有离开过。

两个摄像头所拍摄到的竟然是完全不同的画面……

在经过简单的处理辨别之后，很容易的就发现了那段李瑞阳中途离开的视频是电脑合成的。

更奇怪的是，当天在监控室值班的工作人员，当天晚上下班之后，便再也没有回来过。

那是一个几天前才被雇佣的临时工，甚至连身份证的复印件都没有留下。

实在是太不可思议了！

难道不是吗？竟然有人在诬陷李瑞阳，而且还是在这一切刚刚开始的时候……

只有一个可能，毕斯特，这一切都是毕斯特设计好的。

所以他才口口声声地告诉自己说李瑞阳有问题，是他偷走了书，叫自己不要相信他，还给自己出了一大堆的馊主意怎么去对付他！

真是好险，自己差点就上了他的当，昨天要不是自己细心，又查了查别的摄像头上的录像的话，恐怕真的就让他得逞了。

说什么自己根本就对那本书没有兴趣！什么一直想要帮助她，全都是骗人的鬼话！越是这么说就越有问题。

到了此时此刻，雷婉红基本算是把事实的真相了解得差不多了。

一切都是毕斯特搞的鬼，书是他偷的，梵高估计也是他杀的，诬陷李瑞阳的也是他，那个寄书给自己的人多半也是他！所有的一切都是为了赢得这场新开幕的"法拉游戏"的胜利！

那么，接下来又该怎么办呢？

没有别的选择，只能依靠眼前的这个男人了。

"瑞阳，你听我说，我把一切都告诉你。"

雷婉红下定决心，开始讲述起自己这三天来所经历过的所有事情来。

李瑞阳听得很专注，时而紧张，时而诧异，时而眉头紧锁，时而轻声低叹，但始终没有打断雷婉红的话。

"……然后，我就和小曹一起等到你的车到来为止，基本上就是这样了。"

之后，在经过了一阵不短不长的沉默之后，李瑞阳站了起来，在房间里来回踱着步。

"瑞阳，你在想什么？说句话好吗？"

李瑞阳停下脚步，回过头来看着雷婉红，表情异常严肃，严肃得让雷婉红感到有些害怕。

"瑞阳，你……你怎么了？是不是知道些什么？"

"不！"李瑞阳摇了摇头。"我知道的那些早就已经告诉过你了，你说的这些，如果是真的的话，那么……"

"那么什么？"雷婉红焦急地催促道。"你快说啊，你是怎么想的？"

李瑞阳叹了口气，跪在雷婉红面前，伸出双手紧紧地抱住了她。

"婉红，你知道我很爱你吗？"

这突如其来的一句话，弄得雷婉红有些不知所措。

贴在李瑞阳那有些发烫的身体上，雷婉红的心跳不禁渐渐加速了起来。

"我……你现在说这些干吗呀？"

"你回答我，你知道吗？"

"我……我知道，我一直都知道。"

"那么你呢？你对我究竟是什么感觉？"

"我对你……我……我也不知道。"

"唉……"李瑞阳显得有些失望，松开双臂，用手轻轻地抚摸着雷婉红的脸颊。

"婉红，我是不会让你再回到那个什么世界里去的。"

"你……为什么？"

"还用问为什么吗？"李瑞阳挤出一丝苦笑。"让你回去找那个什么华欣，好让他跟你旧梦重圆？好让我一辈子生活在痛苦之中？"

"这……可是……我……"

雷婉红低下了头，她不敢去碰李瑞阳那无比复杂的目光。

是啊，这么简单的问题，自己竟然都没有去考虑过。

或者，应该说是，如此复杂的问题，自己根本就没有办法去考虑。

"婉红，你听我说，"李瑞阳的声音坚定而温柔，"忘了这一切，留下来，就在我身边，我们一起好好地生活。我会用自己的全部力量去照顾你，我们在一起，经济上不是问题。这么多年了，我对你怎么样你也知道，既然你知道我是爱你的，就算你现在还不够爱我也没关系，总有一天，你也会像我爱你一样爱我的。我们都不小了，不要再浪费彼此的时间了，有的事情，过去了就让去吧，不要去管这些什么……跟我们根本就没有关系的事情，你应该生活得简单一些，我不想让这些可怕的经历再一次、反复地出现在你身上，你明白吗？"

雷婉红怎么能不明白，李瑞阳说的话，全都是很有道理的。

是啊，那根本就是不属于她的世界，也不是她这样的人能够玩得起的游戏。

华欣也是这么跟她说的，出去之后，就永远不要再回来了，好好生活。

可是，他自己怎么办？他真的会像毕斯特说的那样有危险吗？

如果是在3天之前，听到这样的话，说不定雷婉红真的会答应他。

可是现在，在经历了种种如此的事情之后，还想要置身事外的话，某些感觉说不定会困扰她一辈子的。

"瑞阳，听我说，"雷婉红伸出手按住李瑞阳的手背。"你刚才的话让我很感动，真的，无论以后我们之间的结局如何，你对我的好，我都会记一辈子……"

"不！不！"李瑞阳猛地收回手，激动地说道，"我不要你记着我的好，我要的是你和我在一起！就算你回去了，你又能做什么？你还想着怎么去救那个人吗？说不定你一回去就会被抓起来。说不定你就再也回不来了。你就这么爱那个人吗？你有没有想过你的父母？你要是出了什么事他们怎么办？你有没有想过我？我又该怎么办？你能不能理智一些啊！"

"我很理智！"雷婉红的声线也开始提高了。"我必须得回去，就算不是为了他，为了我自己也得回去！你能不能理智一些？如果我不回去的话，毕斯特就永远也看不到那本书，他一定会到这里来杀了我的，还有你！现在你也知道这个秘密了，如果这个世界上还有别人知道书在他手中，那他就永远不会善罢甘休。你不是一直都很聪明的吗？怎么连这么简单的道理都不明白呀！"

"得了吧，这些都只不过是你的借口而已！"李瑞阳一改往常，丝毫没有退让的意思。"你就是放不下他不是吗？我们在一起都4年了，我对你付出了那么多，可到头来你却要为了这么一个虚无缥缈的人一脚把我踢开，你这么做你……你还有良心吗？这个世界还有天理吗？"

李瑞阳显得异常激动，脸色都有些发白了。这是他第一次对雷婉红发火，也是他们之间第一次吵架。

不得不承认，李瑞阳的脾气已经算是很好了，至少在雷婉红面前是这样，百依百顺，从不发火。可是这一次，他是真的生气了。在听到还有别的男人的存在之后，自己的女人甚至还为了那个男人不顾一切地想要去救他，他高傲的自尊心受到了严重的伤害，如果这样的事还能够容忍，还可以不发火，那么他就不是男人了。

雷婉红突然想到了那个梦，那个在婚礼的教堂上，李瑞阳和华欣同时存在的那个梦。

在那个梦的最后，这两个人都消失了，突然出现的那个男人，把自己那身洁白的婚纱给染红了……

想到这里，雷婉红不禁打了个寒战。也许将自己染红的，正是之前消失的那两个男人的鲜血。

冷静下来，如果两个人都发火的话，将会一发不可收拾。

"瑞阳，你冷静些，好好听我说，"雷婉红用尽可能平静的声音说道。"现在的情况是，我在那个世界被当做杀人凶手，在这个世界，昨天又得罪了'FL'公司的人，如果我不想办法去解决这一切，就算是在这里，同样会被弄得不得安宁的。"

"笑话！有我在，谁敢欺负你？"

"你……"

"姐姐！你们在吵什么啊？"

就在两人闹得不可开交时，突然传出的比诺曹那幼稚的童声，让整个房间的气氛顿时缓和了下来。

只见比诺曹揉着依旧睡意蒙胧的眼睛走了过来。

"我都被你们给吵醒了，你们干吗要吵架啊？有什么事好好说不行吗？"

这时，李瑞阳才意识到自己刚才的行为实在有些失常，坐了下来，转过头对比诺曹说道："没事，我跟你姐姐闹着玩呢，你赶紧回房间去再睡会儿吧。"

"可是我都被你们给吵醒了，再也睡不着了啊！"

李瑞阳对雷婉红使了使眼色，示意她想办法。

雷婉红走过去拉起比诺曹的手："小曹，你先进去看看电视吧，我们还有些事要商量。"

"可是……"

"听话！"

比诺曹眨了眨眼睛，显得十分困惑。

"可是，我有事要跟你说啊……"

"有什么事待会再说，现在你先进去！"

说完，雷婉红强行把比诺曹拉进了卧室，并把门反锁上。

"姐姐！姐姐！你干什么？给我开门，我要出去，我有事情跟你说……"

比诺曹像发了疯似的使劲地敲着门，越敲雷婉红心里就越烦，她跟李瑞阳之间的事已经让她感到心乱如麻了，偏偏在这个时候这孩子……

"比诺曹！"雷婉红忍不住大声喝道，"你安静点行吗？有什么事待会再说！"

敲门声戛然而止。

在经过了这么一段小插曲之后，客厅里的两个人都平静了许多。

雷婉红侧着头不再说话，李瑞阳此时也不知道该说什么好。

又是一阵短暂的沉默之后，雷婉红终于开口说道："瑞阳，我看你先回去吧，让我一个人好好想想。"

"不！从现在开始，我是不会离开你一步的。"

李瑞阳是怕他走了之后雷婉红会自己一个人回去。

"放心，就算我要去做什么事，肯定会先告诉你的，现在我只想一个人静一静。"

听了雷婉红的话，李瑞阳站了起来："婉红，这样吧，你就待在这里，哪儿也不要去，我去帮你救那个人，等我把他救出来之后，你就嫁给我。"

"你说什么？"雷婉红猛地瞪大了眼睛。"你疯了吗？"

"我没疯，刚才我想了想，你说的也不是没有道理，既然这样的话，与其让你去冒险，还不如我去。再怎么说我是男人，要玩手段的话我应该比你要高明一些。"

"不行！我怎么能让你去冒这样的险？"

"那我又怎么能让你去冒这样的险呢？"

"可是……"

"不用说了！这本来就是我的家事，就让我去处理吧！"

说完，也不顾雷婉红的阻拦，李瑞阳头也不回地离开了……

雷婉红突然感到一阵强烈的空虚，从来没有过的，如同在真空的宇宙空间中漂浮着，脚下是无尽的黑暗，头上是漫长的虚幻。

自己是不是做错了？从一开始就错了。

早就应该忘记，早就应该面对现实，好好珍惜这些自己所拥有的，平凡的，珍贵的，一切的一切。

李瑞阳是说得到做得出的人，现在除非自己答应他留下来，否则是怎么都阻止不了了。

如果当初没有收到这么一本书，如果自己在收到这本书之后把它当做是恶作剧处理，如果自己没有去听信毕斯特的那些颠倒是非的胡言乱语，第一次见面的时候放下书就走的话，自己的生活还可以像以前一样，平淡，但却安心，即便是麻木，至少不会伤害到别人。

该怎么办？

现在还可以在这个世界安静地生活吗？

一想到华欣，想到他在克尔雷森堡对自己说的那些话，想到他5五年来所过的那些不见天日的生活，如果5年前他没有因为怕自己受伤害而离开，说不定自己现在已经是他的妻子了。

是的，从大学时代开始，她就没有把华欣当过外人。可在他人生中的最紧要关头，自己却一无所知，除了埋怨、难受之外没有为他做过任何的事情。

"这里的5年，相当于那个世界的20年，你知道这么长的时间里，我有多么地想你吗？……如果有可能的话，你以为我愿意和你分开吗？……我的时间已经不多了，让我就这样抱着你，一会儿就好。"

雷婉红的耳边又回荡起与他分别前的声音，脑海中浮现出他那欲走还留，蓦然神伤的样子，心中的空虚刹那间碎裂成一种激烈而悲痛的狂乱。

天哪！到底该怎么办……

就在雷婉红心力交瘁的时候，突然从卧室里传出"砰！"的一声巨响。

那是用身体撞击房门的声音。

雷婉红这才想起来，比诺曹还被关在房间里。

这孩子到底是怎么了？一向温顺的他为何今天会有如此激烈的反应？

"别闹了，我这就给你开门。"

打开房门，只见比诺曹咬着牙齿，全身颤抖着，气喘吁吁地站在门口，眼睛里似乎还有泪水在打转。

"你怎么了？"雷婉红被比诺曹的样子吓了一跳："出什么事了？是在生我的气？"

比诺曹摇了摇头，"这个……给你。"

他递过来一本白色的日记本。

"这是什么？"雷婉红充满疑惑地从比诺曹手中接过笔记本，这是一个十分普通的本子，不过肯定不是自己家里的东西。

"你想要出来就是为了给我这个东西？"

比诺曹点了点头。

"这是……你写的日记？"

比诺曹摇了摇头。

"这是姐姐你让我给你的。"

雷婉红的眉头皱了起来："这是我……我根本就没有见过这个本子，怎么会是我让你给我的呢？"

"可这就是你让我给你的呀！就在昨天晚上，你把它给我说让我保管，让我今天一起床，不管发生什么事情都要把它交给你的。"

"你说什么？"比诺曹的话让雷婉红感到无比诧异。"这怎么可能？昨天我根本就没有给过你什么本子啊？你……你是不是做了什么奇怪的梦……"

"不！"比诺曹十分肯定地说道，"这个本子被我藏在枕头下面，刚才被你们吵醒了我才想起来的。我是做了个奇怪的梦，可这跟做梦没有关系，是姐姐你昨天让我无论如何也要把它交给你，还说这非常非常的重要。刚才你把我锁起来了，我就怕你万一走了可怎么办啊！"

所以他刚才才会那么急切地想要从房间里出来。

可是，这也太奇怪了。

看着自己手中这本看上去像是新买的日记本，雷婉红怎么也想不起来自己昨天曾经做过这样的事，说过那样的话。

她只记得自己昨天和比诺曹一起从风铃大街回来之后已经很晚了，电话告诉李瑞阳让他第二天再过来后，便睡觉了。

可比诺曹并不是个会开这种玩笑的孩子啊！

这到底是怎么回事？

想不通啊，怎么想都想不通。

翻开了日记本，第一页上写着这样的一句话：

"这里面写的所有事情全都是事实，绝对不要怀疑。"

雷婉红倒吸了一口冷气，这……这竟然是她自己的笔迹。

她回到客厅里，给自己泡了一杯绿茶，坐到沙发上，略微平静了一些之后，翻开了日记本，心跳却又随着那蓝色的笔迹逐渐加剧……

"首先，我想说，我的这个想法本身比较荒谬，不过在历经了这几天之内发生的这些在普通人眼中看来也许更加荒谬的事情之后，这样的想法也就变得普通了。即便是这样，我也希望我的猜测是错误的，希望明天的我在看到这些东西的时候只是付诸一笑，否则的话……明天的我，如果你现在的情绪比较激动的话，一定要先冷静下来再往下看，因为接下来的事情并不是每一天的我都能够想到做到的。

"今天上午，从公司旁边的大楼顶层逃出来之后，我便和李瑞阳、比诺曹一起回到了家里。上午的事让我没有办法再跟瑞阳继续冷战，这所有的事情已经远远超出了我的承受和解决能力，除了他之外，也没有任何我可以商量，帮我分担的人了。

"可是，在之前，他一直是我怀疑的对象，如果不能解除怀疑，或者是证实怀疑，也许我会陷入到更大的困境之中。于是，我向他询问了关于第一次去风铃大街的时候，为什么他会跟着我从咖啡厅离开，还欺骗我说并没有离开。当然，这个令人绝望的想法也仅仅是猜测而已，并不一定是真的，或者说，可能性几乎没有。

"但是，如果这是真的，那么将能够解释到目前为止所有解释不了的事情。那一天，我的的确确从咖啡店的监视器里看到了李瑞阳在我离开之后便跟着离开了，这是绝对的事实，是100%不可能会错的。可他竟然一口否认！他应该知道，这样的事情如果对我撒谎，是绝对蒙混不过去的。

"去的结果只有三种：第一，录像已经被删除了；第二，录像里看到的和她以前看到的一样；第三，录像里看到的跟她以前看到的截然相反。而不用去我也可以肯定的判断出，结果肯定是第三种。所以，当时我对他撒了个谎，说自己并没有亲眼见到录像，而是听前台服务员小姐说的。因为如果我要是一口咬定自己亲眼见过录像，就没有任何回旋的余地了。

"如果是第一种情况，是不可能消除我对他的怀疑的，而要制作出一段假的视频，对于今天的科技来说是一件再简单不过的事情了。所以，无论结果是第二还是第三种情况，都证明了他在骗我。而我现在就几乎可以认定他就是在骗我。

"这的确是一件让人害怕的事情，然而，还谈不上绝望。

"说实话，光是能在脑海里冒出这样的想法，已经很不可思议了。虽然这种想法的可能性也许还不到百分之零点一或者更少，但这绝对不是以前……应该说是3天前的我所能想象得到的。

"之所以会想到这些，还是因为他竟然一口咬定自己并没有离开过，还毫不畏惧地希望和我回到风铃大街的咖啡厅去印证。这让我很意外。从心理学的角度讲，这种情况之下，如此的处理方式是表示当事人存在着侥幸心理，认为揭发事实者并未完全掌握真实的情况，寄希望于自己这种坚定的态度而获取信任。可是，这是一件绝对不可能会弄错的事情，我根本就不用回去印证什么，而李瑞阳也不应该是那种死不认账的人，他应该知道在这种情况之下我的神经是经不起任何刺激的，而且是多疑的，他竟然还能以如此幼稚的方式来抵赖，我想也只有一种可能了。

"除了刚才说过的那三种可能之外的第四种可能。

"那就是，他可以在不留任何痕迹，不让我有任何怀疑的情况之下改变事实！

"是的，改变事实。听起来像是天方夜谭，已经发生过的事情，除非时间能够倒流，否则又怎么可能改变呢？

"然而，世界上发生过的许许多多的事情，到了现在，其所谓的'事实'其实已经被改变了。我们所了解的过去，所谓的历史，并不一定就是事实，历史的真相从来都充满了猜测与争论，就像是黑暗时代巫术的灭绝，艾萨克雷斯与奥图之间发生的那些消失的历史一样。"

"这些跟我现在的情况似乎是两码事，但其实也是有联系的。历史的'改变'是因为史书记载的偏差和偏移，在当事人的生命终结之时，所有的真相都随之烟消云散。如果说真的有上帝或者什么伟大的生灵存在，能够洞悉世界上的所有事情，并且记住所有的事情，还能够长生不死的话，那么有这样的一个绝对的对照物，才能称得上是绝对的事实。

"不得不说，我在最开始想要写这么一个东西的时候，只是抱着一个单纯的想要去证实一件荒谬的事而已。可是，文字记录的确是最好的思考方式，就在笔尖晃动的过程之中，我的思维似乎也变得越来越清晰，越来越活跃了起来。

"我想说的是，要想'事实'不被'改变'，必须具备两个条件：第一，必须是当事人亲眼所见，亲身经历的事；第二，这样的记忆可以永久性地延续下去。

"如果不能满足这两个条件，那么，所有的事实都有可能是虚假的。因为第一，从别的媒介里得到的'事实'也许本身就是虚假的；第二，如果记忆出了问题，无法延续，那么所记住的'事实'也有可能是虚假的。

"现在的我是很认真地在写，也是很冷静地在思考和分析着这些事情。比诺曹现在还在客厅里看着电视，他回到这个世界之后似乎也丧失了在回旋城里那种废寝忘食做木偶的动力。这件事一会儿还得让他帮忙才行，否则我也想不出其他的能够验证我想法的办法。

"现在回想起这几天所经历的事情，有好多奇怪的地方。那天早上突然去到的那个无人的世界，在公路上晕倒之后又回到了现实；梵高的出现与死亡；回旋城的拘留室里从书盒里取出的那封超现实的信；与阿欣那短暂的相遇和别离；回程时与比诺曹的偶然相遇……这所有的事情我都曾试图去猜想去推论它的合理性，试图找出隐藏在其中或是其外的真实，可是总是越想越混乱，前面的想法总是被后面的事实给否定。而这一切，似乎又像是被什么人安排好的，而我，只不过是照着棋谱下棋的棋子，对着剧本演习的演员而已。

"4天前，当我第一次去到风铃大街13号公寓楼的时候，瑞阳告诉我他一直在咖啡厅里等我，从来没有离开过。可当我从毕斯特的房间出来回到咖啡厅之后，以去洗手间为借口调查过咖啡厅里的录像。当时我看得很仔细，他在我离开之后还不到一分钟的时间就离开了,一直到我回到那里的两分钟之前才回去。对于现在的我来说,这是一个绝对的'事实',可也许对于你(明天的我)来说,这个事实已经被改变了。

"是的,问题就在这里,这是一个大胆而可怕的猜测。改变'事实'的唯一方法便是,改变记忆。

"明天的我,听我说,这很重要。也许那时你已经没有了曾经检查过咖啡厅里的录像的记忆,又或者是被换上了别的什么记忆,但你必须要相信这份记录,虽然你可能已经没有了记忆,但这是你……我自己写的东西。

"今天下午出门之后,我本打算去一遍风铃大街再次确认一下,可当我想到这些之后,便临时改了主意。我去买了一个日记本,现在我正在用这个日记本记录着,我并没有去风铃大街,瑞阳刚才打来电话询问我的消息,我骗他说自己正在回来的路上,那段录像已经被删除了。他让我不要想这么多,今天晚上先好好睡一个觉,明天起来就什么都好了。

"是的,我是准备好好睡一个觉,然后明天起来的时候,也许我现在的记忆就已经消失了,我不会记得今天发生的事,或者只记得一些无关紧要的事,重要的事,有关于咖啡厅里的录像这样的事,也许会被换成另外的记忆。甚至我都不会记得自己现在所写的这些东西,记得有这么一个笔记本。

"也许我是疯了,改变记忆,怎么可能会有这样的事情?这不可能是真的,但愿明天醒来,我能够好好地把自己嘲笑一番。

"我觉得很累了,把自己思考的东西记录下来是一件很费精力的事情,不过相对于空想来说,却能够更好的整理自己的思维。我想在这件事彻底解决之前,我应该多做一些像这样的记录。

"为了以防万一,我会把这个日记本交给比诺曹保管,并嘱咐他明天无论如何要把它交给我看,因为也许明天起来,我会把关于日记的事忘得一干二净。

"最后,祝我好运!"

看完这篇日记之后,应该说是还在看的过程之中,雷婉红的整个身体就已经被冷汗给浸湿了。

关于这篇日记里提到的事情,自己竟然一点都想不起来!

她拼命地去想,拼命地去回忆,感觉整个脑袋都快要爆炸了,可还是只能回忆起昨天是怎么样和比诺曹去了风铃大街的咖啡厅里，怎么样发现竟然会有两份录像，自己以前看到的那份居然是用电脑合成的。

可这篇自己亲手写的日记上却做着完全不同的记录。

"小曹，"雷婉红将比诺曹唤了过来，"你告诉姐姐，昨天我们有没有一起去过风铃大街的咖啡厅。"

比诺曹此时早已恢复了生气，有些郁闷地回答道，"姐姐你是怎么回事啊？昨天你说让我把这个本子交给你，可刚才我想给你，你却好像什么都不记得了似的。昨天我们是去了风铃大街……"

"我们是去了？"雷婉红有些激动，打断道，"我们的确是去了对吧，还在那里看到了录像……"

"不是！你听我说完啊！"比诺曹抢话道。"我们是去了风铃大街那个方向，可到半路的时候你就把车又给开回来了，还去买了这个本子，然后就把自己一个人关在房间里不出来……"

"你……你能确定吗？"

"这有什么不能确定的？"比诺曹皱了皱眉。"姐姐，你是怎么了？为什么你什么都记不起来了呢？"

"不……姐姐没事，我可能太累了，你去看电视吧，让我一个人休息一下。"

比诺曹离开之后，雷婉红像泄了气的皮球瘫倒在了地上。

她用颤抖的双手再次翻开日记本，仔仔细细地又读了一遍。

那的的确确是自己的笔迹，虽然自己什么都想不起来了，可是，她完全相信这份记录的真实性。

自己的记忆竟然被偷换了！自己脑子里所储存的那些记忆，竟然根本就是被覆盖之后的内容。

太可怕了！

如果这是真的，那么自己记忆中的那些事情，那些点点滴滴的回忆、生活、工作、爱情，这些所有所有的一切都有可能是虚假的。

这太可怕了！可怕得让人喘不过气来，可怕得让人发疯。

如果真的是这样，那么自己的生命还有何意义？每天都在虚拟的世界里生活，所有记忆中的人和事都有可能是被扭曲的，是不存在的……

不！不是这样的，要冷静，一定要冷静下来，就像日记里最开始写的那样，一定得先冷静下来，否则自己真的会发疯的。

偷换记忆？究竟是怎么办到的？

对于此刻的雷婉红来说，这样的问题并不重要，重要的是现在，下一步该怎么办？

自己现在所想所做的所有事情都将会成为过去，变成记忆，也许下一个瞬间，自己现在所知道的一切又将被新的内容给覆盖。

不能拖延时间了，现在已经没有别的办法可想了。

雷婉红猛地站了起来，随手抓起一件外衣披在身上，拿上手包，毫不理会比诺曹的呼喊，冲出了门外……

十二、灰色的新世界

雷婉红给老家的父母打了个电话。

"妈，爸，我想你们了……

"你们一定要保重身体……

"我一切都好，放心吧，最近会出趟差，是山区，据说手机信号不好，如果你们打不通电话不用担心……

"等这段时间忙完了……

"我回去看你们……"

挂上电话，雷婉红有种想哭的感觉。

她很想把一切都说出来，很想像小时候那样，从父母那里得到保护和安慰。

可是，这么做的结果，除了让父母担心、恐惧之外，起不了任何作用。

说不定自己还会被硬逼着送到精神病医院里去……

真是可笑！

这么下去的话，自己恐怕真的会疯的。

身陷在无比巨大复杂的迷宫中央，却连身前身后两三米的距离都看不清……

连自己走过的路都在不停地变化着，那些留下的足迹都有可能是虚假的幻觉。

如果不能找出那把打开真实之门的钥匙，自己将被彻底地封闭在这座黑色的迷宫之中。

这把钥匙就掌握在李瑞阳手中。

事到如今，雷婉红已经没有办法继续跟他玩这种毫无胜算的逻辑推理游戏了，太过复杂的问题只能用最为简单的办法来解决。

实际上她也没有别的办法可想，也没有时间让她去想。

每往前走一步都有可能在瞬间失去方向。

一旦失去方向，就意味着回到了比起点更加原始的地方。

是的，只剩下一条路可以走了！

站在李瑞阳的家门前，雷婉红毫不犹豫地按下了门铃。

"叮咚！叮咚……"

连按了好几下，没有动静。

于是，她从提包里拿出钥匙，把门打开了。

这把钥匙是李瑞阳在3年前给她的，一直到今天才第一次使用。

房间里很暗，所有窗帘都被拉上了，来了这么多次，雷婉红第一次在这里感到了压抑。

关上门，房间里越显昏暗，又暗又静。

这让雷婉红有种回到了回旋城里的某个房间里的感觉。

正当她用手摸索着想要把墙上的灯打开的时候，前方的灰暗中突然传出了一个低沉的声音。

"婉红，你来了。"

雷婉红被吓了一跳。顺着声音发出的方向看去，房间正中央的沙发上能看到一个隐隐约约的人影。

"别开灯了，来，过来坐下吧！"

雷婉红也不回话，在李瑞阳前方坐了下来，开口问道：

"你在干吗呢？敲门也不开，还把房间弄得这么阴气沉沉的。"

"没什么，只不过是在想些事情。"

"想得怎么样了？"

"不怎么样，"李瑞阳耸了耸肩，用不带任何感情的平静的声音说道，"你真的不能不回那个地方去吗？"

"那得看你了。"

"看我？你什么意思？"

"我得知道这到底是怎么回事？你得把你知道的一切都告诉我。"

"我知道的一切？你不都知道了吗？还有什么是你想知道的，只要你问，我都会如实回答你的。"

"唉……"雷婉红叹了口气，"其实你真的没有必要这么对我。这4年来你对我的好我都知道，在我心里你就跟我的亲人一样，我知道自己的性格，经常都让你生气，是你一直都在让着我……"

"既然你知道，为什么还要对我那么狠心呢？你这是在伤害我，你知道吗？"

"你听我说，我也不想这样，可我现在真的不知道到底该怎么做，你应该理解我，一直以来我都认为你是最能够理解我和包容我的人。"

"呵呵，理解、包容……你是在给我发好人卡吗？"

"好人卡？"

"'你是个好人，只可惜我们不合适。'这就叫做发好人卡。"

"……"

"好了，我开玩笑而已，我想我还不至于这么悲惨，对吧？"

雷婉红仍然不知道该如何去回答这种半开玩笑的话。

李瑞阳笑了笑："你过来找我是有什么别的话想跟我说吧！"

"是，"雷婉红点了点头。"瑞阳，我也不想跟你卖关子了，咱们都直接一点。"

她从手提包里拿出了那个笔记本，递了过去。

"这是什么？"

"你先看吧，看完你就知道了。"

"嗯，好吧！"说完，李瑞阳起身把客厅的窗帘拉开，昏暗的房间顿时显得明亮了许多。

回到沙发上之后，李瑞阳便翻开日记本，面无表情地看了起来。

片刻之后，他合上了本子，自始至终他的表情都没有发生过任何变化。

"这是你写的吗？"

"是的，应该是昨天晚上写的。"

"是吗？"李瑞阳站了起来，在房间里来回走了几步，又重新回到沙发上，认真地看着雷婉红。"婉红，我看你真的需要休息一下了，你是学心理学的，应该知道人在极度的压力之下会……"

"不不不！"雷婉红打断道。"瑞阳，你不要再跟我玩捉迷藏的游戏了，我只想知道这到底是怎么回事，你究竟想要干什么。"

"你是怀疑我……偷换你的记忆？"

"没错！"

李瑞阳笑了："你真的认为这样的事情，可能吗？"

"当然可能，更加不可能的事情都已经发生了。"

"更加不可能的事情？是什么？"

"就是这几天以来所发生的事情，你认为那些事情都是可能的吗？艾萨克雷斯，法拉的游戏，天才的世界……"

"是的，但是，如果记忆可以被偷换的话，你又怎么知道你所经历的这些事情都是真实发生过的呢？"

"我不知道，所以我才问你，希望你能告诉我到底是怎么回事。"

"我？我怎么……"

"瑞阳，你不要再骗我了好吗？"雷婉红近乎哀求地对他说道。"不管这一切到底是怎么回事，不管你到底为什么这么做，我想我都会理解你的。我说过，你就像是我的亲人一样，就算你对我的爱也是假的，至少这4年来我们之间……我们之间也是有感情的不是吗？现在我真的需要你的帮助，我想你同样也需要我的帮助不是吗？到底发生了什么事情？为什么不能诚实地告诉我呢？你是怕我接受不了，还是故意想要折磨我？算我求你了好吗？不要这么对我，我会受不了的，我会崩溃的……"

一滴晶莹的泪珠顺着雷婉红的脸颊滑落，她低下头，用手捂着脸，轻轻地抽泣了起来。

"唉……唉……唉！"

李瑞阳连续叹了三声气，却依旧没有说话。

"如果你是为了……"雷婉红一边抽泣着，一边接着说道，"是为了报复我……是我做了什么对不起你的事我自己都不记得了是不是？你告诉我好不好？我不想一直在虚幻中生活，明天起来连自己是谁都不知道。你有什么话不能告诉我的？就算你现在告诉我了，不也有办法把今天的记忆给换掉吗？明天起来我就什么都记不得了，为什么你还要对我撒谎呢？"

"唉……"又是一声叹息之后，李瑞阳终于开口说话了，"想要改变你的记忆，已经不可能了。"

"不可能了？"雷婉红顿时止住了哭泣。"什么意思？为什么不可能了？你终于肯承认了？"

"婉红，你先别哭了，等我一会儿。"说完，李瑞阳站起身来，往卧室里走去。

片刻之后，一本白色封面的书被放在了雷婉红的面前。

《ISSACREIS》

"这是……《艾萨克雷斯》？"

"没错。"李瑞阳点了点头："打开看看吧！"

"打开看……"雷婉红有些诧异，"这是你家里的那本吗？还是我当初收到的那一本？"

"这是你当初收到的那一本！"

"真的是被你给偷换走了？"

李瑞阳点了点头。

"这么说，这一本是真的《艾萨克雷斯》？"

"这是法拉留下来的那本《艾萨克雷斯》。"

"可这……"

"没事，看吧！"

拿着这本《艾萨克雷斯》，雷婉红的心情再一次变得混乱而复杂了起来。

这真的是那本困扰自己如此之久的书吗？

雷婉红万万没有想到找回它竟然是如此容易。

心里依然十分地忐忑，触碰到书本的手也有些颤抖，雷婉红终于打开了这本传说中的——《艾萨克雷斯》。

并没有什么太高的期望，所以结果也不太让人失望。

书里的内容依旧是一片空白。

"这里面还是什么都没有啊！"

"什么都没有？"李瑞阳有些吃惊，从雷婉红手中拿过书一看，里面果然空空如也，所有的书页上都是空白的。

"哈！真没想到，这么快就全都消失了。"

"消失了？什么消失了？"

"书上的字！"

"这书上有字？"

"是的，我写上去的字。"

"你写上去的？你都写了些什么？为什么……这不是艾萨克雷斯的书吗？"

"这是法拉留下的书，"李瑞阳纠正道。"真正由艾萨克雷斯本人所留下的书依旧不知所终。"

"你是说……艾萨克雷斯去到那个他创造的世界之后也写了一本书。"

"应该是吧，不过这只是一个传说而已，一个真正的传说。"

"传说？那你是怎么知道的？你果然从一开始就知道这一切？"

"是的，从一开始我就知道这一切，我的意思是……我只知道我所知道的这一切！"

"那你为什么不告诉我呢？为什么要骗我呢？"

"这些事我没法直接告诉你，你必须自己去寻找答案。"

"为什么？"

"为了你！"

"为了我？"雷婉红皱着眉说道，"又是为了我？我真服了，一个个都把责任往我身上推？你们都没有自己的思维，自己的行动能力吗？"

李瑞阳尴尬地耸了耸肩："好吧，算是为了我自己好了。不过婉红，你还是不够冷静啊。这种情况之下直接跑过来找我，你对我这样坦白，就完全失去主动了。"

"失去主动？"雷婉红笑了。"我什么时候得到过主动？自始至终我都被你牵着鼻子走。"

"当你发现你的记忆出问题而我却不知道的时候，你就已经掌握住主动了。"

"是啊，可那有什么用呢？就像你说的，也许第二天醒来之后这些记忆就全都变样了。"

"你可以想办法啊，就像你昨天做的事情一样。"

"是啊，那样的话，我每天都会被这种绝望的感觉给折磨一次，除此之外我还能做什么？也许用不了多久我就会疯掉的。"

"如果我一口否认，什么都不说，然后再操纵你的记忆让你连那个帮你保管笔记本的人都不相信，那你还能怎么办？"

"我的确没有办法，你现在依然可以这样做，我现在的做法实际就是在冒险，在赌博而已。"

"可你拿什么来赌呢？你输得起吗？"

雷婉红苦笑道："除了你我之间的感情外，我还能用什么去赌？如果说一直以来你对我的感情都是虚假的，那么我输得心服口服，既然注定要被你欺骗一辈子，也就没有必要去在意是哪种形式了。"

"是啊，可这样的方法也仅仅只在我身上才能行得通而已，如果是其他人呢？那你又能怎么办？"

"这个问题我没法回答。好了，瑞阳，别说这些了，这到底是怎么回事？你是怎么做到竟然可以偷换掉我的记忆的？关于'艾萨克雷斯'你究竟都知道些什么？都告诉我吧！"

李瑞阳没有说话，拿起那本白色的日记本，又翻了翻。

"被改变的事实是吗……光是看你写下的这些东西，已经说明你不再是几天前的那个雷婉红了，现在也没有必要对你隐瞒什么了。"李瑞阳放下日记本，又把视线集中在眼前的《艾萨克雷斯》上，神情漠然，仿佛置身于另外的一个世界。

这种样子、这种状态的李瑞阳是雷婉红平时很难看到的。在她的印象和记忆中，李瑞阳是一个个性开朗，充满热情和自信的，几乎不会为任何事情发愁的大男人。而此时的他，显然像换了一个人似的，神色中透露出淡淡的不安与恐慌。

不过雷婉红此时的心里总算是平静了许多，从李瑞阳的表现和反应来看，可以肯定的是，他对于自己并没有抱有任何的恶意。也就是说，他肯定掌握了一些连他自己都感到棘手、无从应对、远远超出他理解能力的事情。而他对自己所做的这些事情，必定有他不得不去做的理由。

现在唯一能做的就是静静地等待着倾听他的讲述。

终于，在一阵漫长的沉默之后，李瑞阳终于打破了寂静。

"还是从头开始说吧！你也知道，在艾萨克雷斯家族里公认的最聪明的那个人，也就是法拉，从他的哥哥波尔兰特手中偷走了这本书之后，便一直隐姓埋名，等待着能够看到那本书的那一天。旅途之中他也没有闲着，四处搜索着跟黑暗时代有关的各种民间流传下来的资料、传说。巫术的灭绝经历了长达200年的时间，虽然政府极力控制，甚至颁布了最严厉的法律来限制这些草根野史的流传，不过在那个时代，仍然有许许多多的传言流传下来，而所谓的巫术，也并没有彻底地消失。

"法拉是一个绝顶聪明的人，再加上他对所有未知的事情所抱有的那种狂热的好奇心，他在世界各地到处搜索着那些仅存的极为少数的会使用巫术的人。他的目的只有一个，就是希望能够找到一种可以影响人记忆的巫术。因为只有这样，他就能够将他的哥哥关于这本书的记忆给消除掉，才可以更早地看到这本书里的内容；也只有这样，他才能够彻底消除自己的哥哥有可能把他偷走书的事情告诉其他人的可能。

"在漫长的旅途中，法拉的确发现了许多在黑暗时代残留下来的巫师的后代，然而没有一个人会使用这种可以改变人记忆的巫术，绝大多数人甚至都不敢在他面前展示巫术，200年的血与泪让这些曾经站在世界最顶端的巫师害怕了。

"就在法拉感到万般沮丧的时候，一个意外的偶然，让他进入了艾萨克雷斯所创造的那个世界，也就是被现实中的某些大人物们称之为'新世界'的地方。在新世界里的一切让这个天才真正地疯狂了起来。他以令人难以想象的热情和精力投入到了对新世界的建设以及对巫术的研究上去。新世界里的人都是当年浴血奋战到最后一刻的巫师们的后代，对于巫术，他们都零零碎碎地掌握着一些。法拉把这些散乱的巫术整合了起来，竟然依靠自己的能力创造出了这么一种可以改变人记忆的巫术。

"就在他无比兴奋，回到家里准备对自己的哥哥使用这种巫术的时候，却发现波尔兰特早在他离家出走的一年之后就被人杀害了。可是这本书在这么多年来一直是空白的，这让法拉感到很沮丧，而当他得知自己哥哥的死因之后，这种沮丧变成了强烈的愤怒与狂暴！"

"他哥哥到底是怎么死的？"听到这里，雷婉红也忍不住问道。"是因他而死的对吗？也就是说，除了他哥哥之外，还有别的人知道这本书在法拉手中。"

"差不多吧！"李瑞阳点了点头，继续说道。"黑暗时代末期，在取得了克尔雷森战役胜利之后，欧洲各国的同盟也就此瓦解。为了应对随时有可能发生的国与国之间的大战乱，各个国家分别成立了研究攻击性巫术为主的机构。在见识到了艾萨克雷斯施展的将整座克尔雷森堡夷为平地的强大力量之后，没有一个统治者不对这种恐怖的力量动心。而所有的这些研究机构都是各国的最高机密，在极为隐秘的情况之下进行的。

"艾萨克雷斯，这位黑暗时代最为杰出的巫师，自然成为了各个国家竞相争夺的对象。当然当时没有人知道艾萨克雷斯身体里实际上装的是奥图的灵魂。奥图在逃亡的过程中死去，留下这本《艾萨克雷斯》。在经过艾萨克雷斯的儿子奥姆芬多的修改之后，祖祖辈辈一直流传到了法拉父亲的手中。本来想要传给波尔兰特的书，却被法拉偷走，这些都是你已经知道的事情。而在这两三百年的过程中，世界也在不断地变化着。欧洲各国当初所成立的研究巫术的机构，已经摆脱了政府的控制独立了出来，而且还联合成立了一个新的机构，取名为'Grey Union'——'灰色联盟'。这是一个一直隐藏在历史的阴影之下的机构，除了站在世界顶端的少数人之外，没有人知道其存在。灰色联盟从成立至今，一直在幕后操纵着整个世界的走势，无论政治与经济，还是宗教与战争，可以说他们才是整个世界真正的统治者。

"波尔兰特在发现书被法拉偷走之后，他就知道这本书已经找不回来了。他太了解自己的弟弟法拉了，那是个彻彻底底的天才，而且，再怎么说法拉也是艾萨克雷斯的后裔，书落在他的手中虽然有些隐患，但也算是继承先祖们的遗志。波尔兰特有两个兄弟，除了最小的法拉之外还有一个名叫拉普拉斯的二弟。拉普拉斯一直在外地做生意，得知父亲的死讯之后赶回家中。兄弟俩彻夜饮酒，在喝醉之后，波尔兰特竟然将这个秘密透露给了拉普拉斯，正因为如此，使他招来了杀身之祸。

"拉普拉斯是做造船生意的，他的生意做得很大，在当时正值大航海时期，航海业的发展为整个造船业带来了丰厚的利润。在这个行业里可以接触到许许多多的大人物，一个偶然的机会让他知道了灰色联盟的存在。被权力与利益所诱惑，对于一心想要加入灰色联盟的拉普拉斯来说，这无疑是一个绝佳的机会。

"艾萨克雷斯的遗物对于灰色联盟来说所具有的诱惑力之大是难以想象

的。很快,波尔兰特就被抓了起来,这件事进行得很隐密,家里人都只知道他秘密失踪了,对于灰色联盟的事情更是一无所知。

"在被审讯的过程中,波尔兰特看出对方并不知道真正的书已经被法拉偷走,看来拉普拉斯对那本书抱有野心,所以才没有把真相完全揭露给灰色联盟的人知道。当然这也仅仅是波尔兰特的猜想,也可能拉普拉斯因为什么别的原因而刻意隐瞒了这一事实。

"波尔兰特的智慧虽然比不上法拉,但也是个聪明绝顶之人。他在被审讯的过程中刻意装出一副贪生怕死、见利忘义的姿态,答应将书交出以换取自己的性命和功名利禄。他告诉灰色联盟的人因为书上所施展的诅咒,那本书只能他自己才能看到,除此之外在任何人的眼中看来都是空白。自己家中的那本《艾萨克雷斯》是法拉伪造的假书,上面本来就是一片空白,再加上迫于艾萨克雷斯的神奇传说,即便是有人怀疑也无从验证。就这样,在灰色联盟的监控之下,波尔兰特被送回家中取出那本'只有他自己知道藏书地点'的《艾萨克雷斯》。

"既然他宣称那是一本只有他自己能够看到的书,那么灰色联盟的下一步不用想也知道,就是会让他将自己看到的内容另外抄写一遍。这样一来他就只剩下两个选择,一是自己编造一本书,二是以书中有不能外泄的诅咒为由推脱。然而这两种方法都是死路。第一,完全不懂巫术的他要想自己编造出一本能够糊弄本来就懂得一些巫术的灰色联盟成员是根本不可能的事情;第二,如果不能外泄,而自己又无法学习里面的内容,为了保密他也会被灭口。实际上,当时对于活下来他已经不抱希望了,唯一想要做的事便是如何将这一切转告给法拉知道。而在灰色联盟的严密监控之下,他是没有任何接触到外人的机会的。好在波尔兰特在一开始就别有用心地跟灰色联盟派去监视他的人拉近了关系,告诉他们为了不让家里人担心,希望能够帮他捎去一封书信。书信的内容表面上看不出任何不寻常的地方,实际上,在这封信中波尔兰特加入了由法拉发明的压缩码。那是法拉在小的时候发明的用来记录书籍的编码。根据特殊的变换法则,可以将数十万字的书籍压缩成几千字的文章,这样一来,一本书的记载量就扩大了数十上百倍,也只有像法拉这样拥有如同现代计算机般的头脑处理能力的天才才能够阅读这样的书。波尔兰特虽然没有能力去阅读这样的书籍,但出于对这种压缩语的方法的好奇,他曾经也做过一些研究。于是，他便将这种方法反过来用，在自己讲述的很简短的几句话中表达出长达万字的内容。

"波尔兰特最终自杀而亡，这封信也最终被法拉看到。得知这一切之后，法拉愤怒地将《艾萨克雷斯》的空白书页撕去，并发誓要抓住拉普拉斯为哥哥报仇。然而，事隔多年，拉普拉斯已经在神秘而强大的灰色联盟中站稳了脚跟，身居要职，即便是法拉也没有办法接近他。他的对手并不只是拉普拉斯一个人，而是整个灰色联盟，或者可以说是整个世界。法拉很清楚，仅凭他一个人的力量实在太薄弱了，于是，他不断在新世界与现实世界里穿行，一边收集跟灰色联盟相关的一切信息，一边网络人才，成立了跟灰色联盟相对抗的'Fairy Land'，也就是你所知道的FL公司。

"Fairy Land成立的初衷就是为了搞垮灰色联盟，所以他们不断从现实中搜索人才输送到新世界，经过锻炼之后再将这些人送回现实世界的公司里就职。然而，在过了一段时间之后，法拉的这种想法逐渐改变了，也不那么急于去对付灰色联盟了，而是把精力集中在了两件事情上。

"第一，是Fairy Land的建设和壮大；第二，则是对死亡的研究。

"也许是日渐老去的原因，法拉越来越热衷于对死亡的研究，妄想突破死亡的极限，探索绝对的未知世界。于是，才有了这本新的《艾萨克雷斯》以及著名的'法拉游戏'的诞生。

"关于这本书，一直以来都有很多传说，流言不断。甚至有人怀疑法拉早就超越了死亡，到现在依然躲在新世界的某个角落继续操控着Fairy Land的一切。不管怎么样，这几个世纪以来，新世界都按照法拉游戏的规则运转着，一直到4天前，这本书到了你的手上为止。"

李瑞阳的话在这里停住了，他十分专注地看着雷婉红，似乎在给她思考的时间，又似乎在等待着她的提问。

他的话只说到一半，然而仅仅是这一半的内容，也让雷婉红感到自己来到了一个跟4天前完全不同的世界，自己就像是一只蜗牛来到了摩天大楼的顶部，看到了前所未有过的壮阔景象，而自己的身躯却依然如此渺小，身上也依然背着那重重的壳。

"为什么你要将那本书偷换走？"雷婉红直截了当地问道。"还有，那天你是怎么知道我会收到这么一本书的？你到底还有什么事情瞒着我？"

"我之所以会偷走这本书是因为现在还不是把它带到新世界里去的时候，"李瑞阳继续说道。"在上一任书的拥有者放弃其拥有权之后，这本书就会回到新世界的某个地方。这个地方只有法拉的后人才能进入，是一个绝对安全的地方。每一次书回到那个地方之后，便会由一个还未生有孩子的家族里的人进入将书回收，这时，书的底页上会出现一个人的名字，必须将书交给这个人，再由这个人将它带入新世界，新一轮的法拉游戏才会展开。之所以会经过这么一个复杂的程序，是因为法拉并不希望这本书总被其后代所占据，但又不放心非自己家族的人能够按照他的意愿来选择书的后继者，于是才想出了这么一种奇怪的安排方式。你可能不太明白这是什么意思，就拿你跟华欣来说吧，如果华欣本人想要得到这本书，那么他首先就必须摆脱你对他的怀疑，而当你知道了法拉的游戏规则之后，必然会联想到最想要得到这本书的人也许就是他自己。而对于华欣来说，虽然一开始就知道书的下落，不过要想在你面前彻底洗清怀疑，也得费不少功夫。而又因为你是他最重要的人，所以他也不会做出将你杀害这样的事情，即便是他得到书了也不得不提防这个秘密随时有可能会被你发现。这一上一下，游戏难度对于他来说也跟普通人没有什么区别了。"

"这么说华欣的确是法拉的后人了？"雷婉红问道。

"没错，这是真的。"

"那么你呢？你又是什么人？如果你是波尔兰特的后人的话，他在把这个秘密告诉自己的儿子之前就死了，你又怎么可能知道这一切的呢？"

"这一切自然是法拉的安排了，"李瑞阳回答道。"当他回到故乡，从波尔兰特的儿子手中看到了那封写给自己的信之后，就决定要帮哥哥好好照顾并保护好他的后人。于是，他把波尔兰特的儿子带入了新世界，并将自己所知道的一切都告诉了他，同时还将一个非常重要的任务交给了波尔兰特的后人们。"

想到李瑞阳的所作所为，雷婉红脱口说道："难道是让他们偷书？"

"当然不是了，"李瑞阳笑了。"还是继续用你来举例说吧。按照法拉游戏的规则，在你将这本书带入新世界之前，华欣是无法回到现实世界里来的。也就是说，他需要有一个人帮助他把书给带出去，再交到你的手上，然后再监督着你亲手将书给带回新世界中去！"

听到这里，雷婉红只觉得背心发凉，不由得打了个冷颤。

"你是说……这本书是……是你寄给我的？"

"呵呵，"李瑞阳微微地笑了笑，不知从何处拿出了两张纸，在雷婉红面前晃了晃。"怎么这两张纸上的字迹你都没有认出来吗？这也难怪，平时你都只见过我的签字，我又从来都没有给你写过情书……"

李瑞阳手中的两张纸，分别写着："婉红，拿着这里面的书，去找风铃大街13号403房间里的人，只有他能救我。"和 "婉红，千万记住！无论任何时候都不能看书的内容，否则你将和我落到同样的下场！"

太出人意料了。

雷婉红无论如何也想不到，华欣跟李瑞阳这两个人竟然……竟然相互认识！

"难道说你之前就去过那个世界？这几年来你一直都在骗我？"

"不，这几年来我都没有骗过你，一直到4天之前。"

"可是……"

"你从来都没有问过我不是吗？况且你以前根本就不知道《艾萨克雷斯》和新世界的存在，我只不过没有主动告诉你而已。"

"你这是在狡辩，"雷婉红有些生气。"真没想到，一直以来你都藏着这么大的秘密，枉我还对你这么推心置腹。"

"婉红，推心置腹的人应该是我。一直以来，你也没有跟我提过什么前任男朋友失踪这样的事情不是吗？"

"我……"雷婉红一时语塞，想了想，"算了，现在说这些根本就没有意义。我问你，你跟华欣到底是什么时候认识的？"

"5年前。"

"5年前！就在他失踪的时候？"

"没错，我跟他是在新世界里认识的，我的使命就是帮助他把书带回来给你，所以……"

"那怎么会是5年前呢？这本书不是最近才回到他手上的吗？"

"谁告诉你这本书是最近才回到他手上的？"

"难道不是吗？迈克尔·杰克逊不是10天之前才去世的吗？"

"迈克尔·杰克逊？"突然蹦出的这位天王巨星的名字，让李瑞阳觉得有些莫名其妙。"这跟迈克尔·杰克逊有什么关系？"

"他不就是上一任的《艾萨克雷斯》的拥有者吗？"

"他是……啊哈哈哈哈……"

李瑞阳忍不住大笑了起来，整个人都笑得瘫倒在沙发上起不来了。

雷婉红脸上一红，看来自己又闹笑话了。不过她仍然理直气壮地命令道："你……你笑什么？不许笑！"

"这……不笑……不笑都不行啊！"李瑞阳依然笑得前俯后仰。"迈克尔·杰克逊……你怎么会想到他啊……哎哟……"

是啊，当初阿尔莎说出这个名字的时候雷婉红就感觉挺奇怪，说实话当时她都挺想笑的。不过，一是阿尔莎看来特别严肃，一点都不像是在开玩笑；二来当时MJ那个样子，自己要是再笑的话实在不太合适，于是就强忍住了。

"看来阿尔莎是故意说出这个名字来刺激MJ的。"雷婉红在心里如此想着。

"别笑啦！"雷婉红一拳打在李瑞阳胸口上。"赶紧说，到底怎么回事？"

"好好好，"李瑞阳强忍住笑意，歪着脸说道，"当然了，我们也不能100%地说不是他，毕竟究竟哪些人曾经拥有过这本书是没有人知道的。"

"没有人知道？不是什么爱因斯坦啊，牛顿啊这些人吗？"

"那些都只是传说而已，有可能是真的，不过更有可能是假的。"李瑞阳耐心的解释道。"总之，5年前，我在新世界见到了华欣，当时他就已经拿到了这本书，可是，他却不肯把书交给我。"

"为什么？"

"因为你！"

"又是因为我？"雷婉红皱着眉头说道。"什么意思？他是不想让我去新世界冒这个险？"

"没错，"李瑞阳点了点头，"的确是这样，如果你去了，很有可能再也出不来了。"

"怎么可能呢？我现在不就出来了吗？"

"那是因为有我啊！"

"有你！"雷婉红又是一惊。"这跟你有什么关系呢？"

"所有事情都跟我是有关系的，你别急，听我慢慢跟你说。华欣拿到这本书之后，为了保护你，并没有想过要把它交给你。而法拉游戏的规则里也并没有制定对于这种行为的任何惩罚。只不过，这么做的话，他将永远无法回到这个世界来。

"既然华欣不愿意把书交给我，而我也不知道究竟要把书交给谁，所以，这件事也就就此作罢了。后来……没想到竟然让我遇见了你，还爱上了你……"

"你是说你后来遇见我完全是偶然？"

"对！一直到10天前，我才知道，那个将要开启新一轮法拉游戏的人，竟然是你。"

"那又是怎么回事？你不是说阿欣他不准备把书交给我的吗？"

"是的，本来他一直都是这个打算，不过到最近出了些变化。"

"什么变化？"

"这……"李瑞阳显得有些犹豫，一副欲言又止的样子。

"你快说啊！"雷婉红催促道。"都到现在这个时候了，你还有什么不能对我说的？"

"好吧，"李瑞阳点了点头，"我可以告诉你，不过你得先做好心理准备，这件事……"

"快说吧，别卖关子了，我今天来找你之前早就做好最坏的打算了。"

"好，既然这样，你听我说。"

李瑞阳变得异常严肃，四周的气氛突然变得紧张了起来。

"这几百年来，灰色联盟和Fairy Land之间一直保持着均衡的关系，虽然灰色联盟的势力超出FL很多，也一直想要将其消灭，然而，一旦他们有所行动的话，也必将付出惨重的代价，整个世界也将会因此而陷入混乱。一直以来，他们对于新世界的了解都是很有限的，那并不是一个可以随意进出的地方，FL所选择的每一个进入的人都是经过严格的挑选和调查的，即便里面有灰色联盟混进来的间谍，其活动能力也是极其有限的。可是，在1年之前，一个带有艾萨克雷斯血统的灰色联盟成员的进入，使得整个新世界开始变得混乱了起来。"

"那人是谁？"

"你猜是谁？"

"我猜？我怎么可能猜得到？"

"是你认识的人。"

"我认识的人？"雷婉红在脑海中思索片刻，突然瞪大了眼睛说道，"毕斯特！"

"没错，就是他！"李瑞阳赞赏地点了点头。

"他也是艾萨克雷斯的后人？还是灰色联盟的人……难道说……"

"没错，他就是当初出卖波尔兰特加入灰色联盟的普拉普斯的后代。"

"天哪！"雷婉红的脑海中不由的浮现出那个头发蓬乱，从来没有看见过眼睛的男人。"也就是说，华欣是法拉的后代，你是波尔兰特的后代，而那个毕斯特，又是普拉普斯的后代。几百年前的艾萨克雷斯家族的三兄弟，他们的后代竟然……"

"是的，"李瑞阳苦笑道，"很奇妙是吧，这就是命运。"

"那么，"雷婉红赶紧追问道，"他是怎么给新世界带来混乱的？"

"他给新世界带来了一个消息，维持了700年之久的新世界的秩序将在3年后陷入混乱。"

"什么？"雷婉红没有听懂李瑞阳的话。"什么意思，为什么将在3年后陷入混乱？"

"准确的说，新世界将在3年后取代我们现在的世界，成为唯一现实。"

"什么意思啊？我还是没听明白。"

"也就是说，我们现在生活的世界将在3年之后毁灭！"

"什么！"雷婉红惊得从沙发上站了起来。"这怎么可能？3年后……也就是……"

一股毛骨悚然的感觉刹那间覆盖在雷婉红的身体之上。

"2012年！"

"没错。"李瑞阳挤出苦涩的笑容，"关于2012的传说，可能是真的。"

这怎么可能？

关于2012世界毁灭的传说，最近这段时间的确在网上疯狂地传播，而且越传越神。然而，雷婉红对类似这种荒谬的流言向来都是不屑一顾的。

"世界毁灭如果都能被人预言到的话，那世界就不会被毁灭了。"

这是她经常对那些2012的信奉者们所说的一句话。无论是彗星撞地球还是海啸洪水，又或者是外星人入侵，只要人类能够预见得到的灾难，都是可以战胜的。

"你怎么知道世界会毁灭？是怎么样被毁灭的？"

"我可不知道地球为什么会被毁灭！"李瑞阳纠正道。"这只是毕斯特带给新世界人的信息而已。并不一定是真的。"

"可你刚才才说过，关于2012的传说可能是真的。"

"可能是真的也就有可能是假的啊！"

"废话！那他到底是怎么说的？地球为什么会被毁灭，总得有个解释吧！"

"你认为地球会怎么被毁灭呢？"李瑞阳反问道。

"我不知道，不过我可不相信所谓的大洪水和彗星撞地球这些事情。"

"是的，能够毁灭地球的，只有可能是我们人类自己。"李瑞阳接着说道。"3年之后，灰色联盟将会实施早就制定好的针对全人类的肃清计划，所有的人都将在这个计划中死去。"

"为什么？"

"最近的100年科技以超出人类想象的速度飞速发展，整个地球的人口也在疯狂地增长着，人类造成了极大的资源耗费使得地球的生态系统极度恶化。如此下去，最多再过100年，地球将无法承受这种能源的枯竭、气候的恶化而发生自爆。要想制止这一切，只能提前将人类文明消灭，让地球再生。怎么说呢，就像充电电池一样，只需要充几个小时的电就能够用上十几个小时甚至是好几天的时间，现在就到了要给地球充电的时候了。"

"可是，就算生态环境恶化也不至于做出如此极端的事情出来啊。我们可以通过别的办法来慢慢改变这一切，不是吗？现在已经有很多人都意识到这个问题了，他们在平时的生活中都很注意节能和环保的……"

"不！"李瑞阳打断道。"婉红，你太天真了。人类的愚蠢远远超出你的想象。你说的这种有节能环保意识的人不到总人口的1%，其他人根本不会去关注生态环境，他们只知道享受、铺张、浪费、奢侈地生活着。对于几十年或者几百年之后的世界，跟他们是没有关系的，也没有人会为了未来100年后将要发生的事情而放弃现在的生活。别说其他人了，就连你我都是一样。"

是的，李瑞阳没有说错，就连雷婉红自己在生活中从来都没有去考虑过所谓的环保问题，甚至怎么样的生活，购买什么样的商品叫做环保她都不知道。

"可这总会有解决方法啊，不至于做出这么极端的事情啊！"

"也许是有解决方法，不过对于世界的统治者们来说，没有人愿意为了那些渺小而愚蠢的人去冒这个险。人类全部死亡之后，将会进入再生充电的状态，时间也许会持续上百年，在这段时间里，灰色联盟的人们将会去新世界里居住，静静地等待着世界的再生。

"这一过程几乎已经不可逆了，唯一的希望就是在这本《艾萨克雷斯》之中说不定会记载着一些拯救世界的方法。这就是毕斯特给新世界的人们带来的信息。当然，这个信息并不是每个新世界的人都知道，只有极少数FL的高层才知道。"

"所以，为了避免这种事情的发生，才将这本书交给我，开始新一轮的法拉游戏是吗？"

"没错，当年以奥图的身份活在新世界的艾萨克雷斯一直希望巫术能够成为一种拯救人类的技术而不是毁灭人类，他在晚年一直做的研究也是针对这一目标进行着的，新世界里必定存在着继承他遗志的人，而且很有可能法拉就跟这样的人接触过。这本书里也很有可能记载着艾萨克雷斯的研究成果。"

"既然是这样，时间如此紧急，为什么还要推迟1年才把这本书带出来给我呢？"

"因为华欣和我也是最近才得知这一消息的。我们并不是FL的人，所以这些事情对我们是保密的。"

"那你偷走我的书又是为什么呢？"

"婉红，新世界是一个超出你想象的地方，我怎么能让你去冒这个险呢？"

"可这是唯一有可能拯救全人类的方法啊！"

"没错，但前提是人类值得我们去拯救。"

"你什么意思？"雷婉红有些气愤地问道。"难道你也认为人类应该就这样被消灭掉？几十亿的生命啊！"

"我只在乎你一个人，就算真的发生这样的事，我们还可以到新世界里生活，我原本是这么想的。"

"我可不愿意在那个鬼地方生活，"雷婉红又继续问道，"还有我的记忆是怎么回事？你也会巫术？"

"不，我自己可不懂得什么巫术。这些都是法拉当初设计好的，我从华欣手中拿到书之后，还要负责带着你进入新世界，而作为游戏见证者的我并没有参加这个游戏的资格，你也不一定会听华欣的话，所以法拉在这本书上还加上了一个咒语，就是在你进入新世界之前，我可以通过在这本书上写字的方式来改变你的记忆，只要给你加上合适的记忆，那么你就会毫不犹豫地带着它去新世界。一般来说，这是我在把书交给你之前就应该做的事情，之所以先寄给你书再偷走书，完全是因为出于对你的保护。一旦你带着书进入新世界之后，那些被改换的记忆便会复苏，而在1年之内你是没有办法出来的。如果你是我不认识的人，我可以毫不犹豫地做这样的事情，可是……当时就算我跟你把这一切都说出来了，你也不可能相信我的，而且新世界是个什么样子，如果你不经过自己亲身体验，是不会有任何感受的。所以，我才精心地设计并导演了这么一场戏，就是为了让你能够有一个直观的感受，到底何去何从，全由你自己决定。"

"你是说，这几天发生的事都是你设计的？"

"差不多吧，"李瑞阳点了点头。"实际上，你第一次进入风铃大街的那栋公寓楼时就是我带着你进去的，要不然，当时身上并没有携带着这本书的你是不可能进得去的。"

"这些记忆都被你给换掉了是吗？"

"没错，不过大部分你所经历的事情都是真的。实际上，毕斯特根本就不知道你带的那本书会是假的，那本书在你第一次去的时候就已经被他给偷换掉了。之后他一直在混淆你的思维，为的就是消除你的怀疑。他才是最想得到那本书的人，要不然他也不会一个人闯进新世界去泄露这一灰色联盟的机密情报，为的就是让新一轮的法拉游戏尽快展开。"

"那么，梵高的死是你还是毕斯特安排的。"

"当然不会是我了，我这么做有什么意义呢？"

"嗯。"雷婉红点了点头，毕斯特这么做的目的依然是为了把整个事件搅乱，这些事越乱，他就越有机会得到那本书。

"可毕斯特一口咬定书是被你给偷走的，而实际上也确实是被你给偷走的,那么他不担心我真的从你这里问出些什么事情来吗?"

"毕斯特根本就不认识我,而且,法拉精心设计的这一连串的开场仪式只有我和华欣两个人才知道,现在你是第三个了。"

"那么,在拘留室里的那张纸又如何解释呢?那真的是华欣写的?还是说……是毕斯特伪造的?或者根本那段记忆就是被你给改换过的?"

"那张纸嘛……多半也是毕斯特弄出来的,我说过了,你的思维越是混乱,对他得到书就越有利。这个家伙为了得到书倒是挺能玩小把戏的。"

"可他还是比不过你啊!"雷婉红没好气的说道。"我想他怎么也想不到那本书在一开始就是假的。"

"他应该不会怀疑,但也不一定,"李瑞阳解释道。"当年普拉普斯并不知道法拉会从波尔兰特留下的书信里得知整个事件的真相,更不知道法拉会将波尔兰特的儿子带入新世界中,还交给了他这样一个特殊的使命。而在当年,法拉早就对这一事件进行了巧妙地安排,他将一本假的《艾萨克雷斯》交给波尔兰特的儿子,并嘱咐他世代保存,为的就是转移灰色联盟的注意力。灰色联盟自然知道那本书是假的,所以当你告诉他我家里也有一本《艾萨克雷斯》时,他应该不会有太多的想法。"

"那之后发生的事情呢?我差一点就被困在回旋城里出不来了,你知道吗?"

"那是不可能的,就算阿尔莎没有救你,我也会出手救你的。回旋之城只不过是新世界的入口,冰山一角,只不过是为了让你感受一下那种寒冷的温度而已。"

"那再后来呢?在雷森克尔堡所发生的事,华欣怎么会知道我的行踪?是你告诉他的?"

"不!"李瑞阳摇了摇头。"你在雷森克尔堡所见到的那个人根本就不是华欣。"

"不是华欣!"雷婉红一次又一次地被李瑞阳的话所震惊。"这怎么可能,当时我见到的明明就是他啊……难道说,这也是你搞的鬼?"

"是的!"李瑞阳严肃地说道。"那个人是我,告诉你那些事的人也是我,之所以改换你的记忆是我想看看你对那个人到底还存有多深的感情。"

"你真无聊!"

"随便你怎么说吧！实际上对于到底让不让你把书带入新世界这个问题我本身也很矛盾，既然现在一切都被你知道，就由你自己来决定吧！不管你怎么决定，我都会在你身边保护你的。"

雷婉红咬着嘴唇沉思了片刻，问道："现在华欣在干什么？他还好吗？"

"这我可不知道，我跟他只不过见过几次面而已，连朋友都算不上。现在看来应该还是敌人了。"

"既然你说世界都快毁灭了，那我还有选择吗？"

"你当然有选择，任何时候你都可以选择自己的路。不过，你也不用着急，还有1年的时间让你思考。"

"1年的时间？什么意思？"

"意思就是说，在1年之内，你是不可能再进入新世界了。"

"为什么？你不准备把书给我吗？"

"不是，这本书你今天就可以拿走，不过，你作为送书的人，如果你在拿到书之前去过新世界的话，那么必须间隔1年的时间才能再次进入。"

"这……这又是为什么？"

"法拉游戏的规则之一，至于为什么我也不清楚。"

"法拉到底为这个游戏设置了多少规则？"

"很多。你也知道，法拉本身就是个非常爱玩的人，所以他自然为这个游戏设计了很多的规则。"

"他制定的这些规则，你全都知道？"

"当然了，刚才我已经说过了，作为游戏监督者的我，是唯一知道全部游戏规则的人，所以，我是没有参加游戏资格的。"

"那我现在该怎么办？"

"这得看你自己了，这个世界距离重生只剩下3年的时间，你还有1年的时间去思考，不用着急，你没有义务去做任何你不愿意做的事情。"

"你这么说……如果地球上的人在2012年真的会全部死去的话，除了带着书去到新世界，我还有别的选择吗？"

"当然有别的选择了，毕斯特的话并不一定是真的，就算是真的3年之后也不一定会顺利实施，FL的人肯定不会希望新世界被灰色联盟所控制，他们必定会全力去阻止这一事情的发生。不管怎么样，你都有1年的时间去准备，事情究竟如何，我想这1年之内会逐渐变得清晰的。"

"那你呢？你准备怎么做？"

"我？"李瑞阳十分轻松地说道，"跟以前一样，生活、工作，和你在一起。"

"发生这么大的事难道你一点都不紧张吗？"

"如果紧张着急能解决问题的话，我会的，"李瑞阳笑着回答道。"不过说实话，我的确很紧张，但是让我紧张的并不是这些事情。"

"那是什么？"

"你啊！"

"我？你是说，你很担心我？"

"担心是一方面，我最紧张的，是你会被那个华欣给抢走。所以，在这1年之内，我一定要让你嫁给我。"

"我现在可没有心思思考这样的事情。"

"没关系，我们还有时间，"李瑞阳的脸上又露出了一如既往的自信。"不管怎么样，如果你已经决定1年之后再次踏上新世界的旅途的话，这1年的时间就千万不要浪费了，会有很多更加意想不到的事情在等待着你。"

"好吧！"雷婉红站了起来，拿起放在自己面前的书。"这本书我现在可以带走了吗？"

"你现在就要走了吗？"李瑞阳感到很诧异。"我还有很多事情跟你说。"

"改天再说吧，说太多了我也消化不了。"

说完，雷婉红把这本已经、正在、即将改变她命运的书本装入了手提包，头也不回地向着门口走去。

"砰！"的一声，门关上了。房间里只剩下李瑞阳一个人一动不动地坐在沙发上，不知道在想着什么……

尾声：邀请函

将比诺曹送回家之后，雷婉红坐在回程的公车上，望着窗外缓缓移动着的乡间风景。天空有些阴暗，下着如丝般的小雨，如同她此时的心情一样，低沉、迷惘。

这几天她都没有和李瑞阳见面，当然也没有去上班。灰色联盟，Fairy Land，新世界，艾萨克雷斯，法拉游戏，这几个词语这几天来不断地出现在她的脑海里。

还有……华欣，这个自己曾经深爱着的男人，与他在新世界的再次相遇，没想到竟然只是连幻觉都说不上的人造记忆。

那么他现在到底怎么样了？过了这么长的时间，他是否早已将自己遗忘？到底什么时候才能再见到他？

李瑞阳的狂热让她无从应对，而华欣的虚无缥缈更加让她不知所以。

看着这一车来自乡村的老老少少，朴实的面容、真诚的微笑，雷婉红的心中感慨不已。

3年之后，这些人真的都会成为地球再生的祭奠品了吗？

比诺曹的老家所在的村庄连电都没有，早上起来，呼吸着夹杂着稻香的新鲜空气，雷婉红真不知道所谓的生态恶化、能源消耗这样的事情跟这些祖祖辈辈生活在山区里的老实人有何关系。

比诺曹说他要在家乡的山区里建一个木偶厂，为全世界的人做木偶。相信他的老家很快就能富起来。这种与世隔绝的绿色世界也许很快就会被宽敞的公路、巨大的厂房所代替。

雷婉红不明白为什么经济的发展总是以牺牲原生态的自然环境为代价。特别是在中国，越是发达的城市，环境污染就越严重。世界上污染最严重的20个城市里中国竟然就占了18个！

　　最近一段时间不断出现的各种异常，地震、海啸，被2012地球毁灭的吹捧者们在网上大肆宣传，也许，灰色联盟正在为他们将要做的事情提前做着准备，即便人们在心理上是无法接受的，是不相信的，但至少都知道有这么一种说法。带着略微的担心，然后继续地伤害着赖以生存的生态环境，享受这最后的3年疯狂。

　　然而，就算是这样，人类犯下的错误应该由人类自己来承担，就算是要受到惩罚的话，那也应该是神才能做的事情，除此之外，即便是灰色联盟这种所谓世界统治者也没有任何的资格。

　　也许他们早就把自己当做是神了。

　　真的有这样的机构存在吗？

　　已经被卷入这场旋风之中的自己，又该何去何从呢？

　　一直困扰着自己的关于"艾萨克雷斯"的谜团终于解开了一大半，而这只不过是通向风暴中心的序曲而已。

　　这高亢而神秘的旋律究竟会如何终结？

　　无论如何，雷婉红的心中已经没有了任何的犹豫和退缩。如果这一切都是自己的宿命，那么就只能尽力走好前方的路，虽然这条路还充满迷雾，看不清样子，不过，它依然只可能在自己的脚下延伸。

　　李瑞阳说得没错，任何事情，任何时候都不会只有一种选择。

　　别的事情暂且不提，这1年的时间自己究竟应该如何度过呢？

　　听着车窗外那淅淅沥沥的雨滴声，雷婉红逐渐陷入了沉思之中……

　　经过十几个小时的长途跋涉，雷婉红终于又回到了自己熟悉的城市。

　　刚从车上下来，他的背后就响起一个似曾相识的声音。

　　"你终于回来了，弗洛伊德小姐。"

　　雷婉红心里一惊，转过身一看，一个穿着便装，手臂上挂着绷带的高大男人正微笑着看着他。

　　"是你！"

　　这人不是别人，正是几天前想要绑架自己的——FL公司的王新凡。

"我等你很久了，"王新凡依然微笑着，挂着绷带的手臂笨拙地晃了晃。"上次被你男朋友害得我好惨啊！"

"你想干什么！"雷婉红立刻提高了警惕。"这里这么多人，你要是敢乱来的话，我可……"

"放心吧！我是来跟你道歉的，上次的事对不起，我太愚蠢了，请你原谅。"王新凡说着，弯下腰，冲着雷婉红深深地鞠了一躬。

这可让雷婉红有些摸不着头脑了。

"你在这里等我，就是为了给我道歉？"

"当然，"王新凡抬起头来，又继续说道，"另外还有一件东西要给你。"说着，他用自己那只没缠绷带右手从怀里掏出一封信，递到了雷婉红的面前。

雷婉红接过来一看，信的封面上印着"Fairy Land"的字样，还有其独特的多边形公司标记。

"这是什么？"

"这是公司总部给你的邀请函。"

"邀请函？邀请我去干什么？"

"去参加一个培训。"

"什么培训？"

"关于巫术的1年期培训！"

"关于巫术？这……到底是怎么回事？为什么你们会……"

"具体情况你自己看邀请函吧，总之我的任务已经完成了，托你的福，我也在这次的受邀者之列。好了，祝你好运，再见。"

王新凡的身影很快消失在人群之中，看着自己手中的信件，雷婉红的心中充满了疑惑。

Fairy Land邀请自己去参加关于巫术的培训！究竟是为什么？这是谁的安排？

有意思！

还没有打开书信，雷婉红已经做出了决定。这是一个绝佳的看清迷雾的机会，自己刚才还在为这1年时间如何度过而苦恼，现在一切问题都迎刃而解了。